Charming Kitty

Du même auteur
aux Éditions J'ai lu

Semi-poche

Seducing Cinderella

Tempting princess

Gina L.
MAXWELL

Charming Kitty

*Traduit de l'anglais (États-Unis)
par Agathe Nabet*

Titre original
FIGHTING FOR IRISH

Éditeur original
Brazen, an imprint of Entangled Publishing, LLC, Fort Collins

À toutes les victimes d'abus sexuel.
Puissiez-vous toujours conserver
la force intérieure de vous battre.
Aimez-vous, inconditionnellement.
Et n'acceptez jamais la défaite.

Remerciements

Comme toujours, et avant tout, j'aimerais remercier mon extraordinaire mari et mes merveilleux enfants qui font bien souvent le sacrifice de l'épouse et mère que je suis pour eux afin de me permettre de poursuivre mes rêves.

Liz Pelletier pour son excellence éditoriale, son indéfectible soutien et cette façon qu'elle a de toujours envisager plus loin et plus haut pour moi, quelles que soient les circonstances.

KP, ma Meilleure Amie Pour Toujours, celle qui me remonte autant le moral que je le fais pour elle.

Jamie Burch de *Chasing the Moon Creations*, pour la conception de ce bijou original pour Irish et Kat. Et un double merci pour m'avoir autorisée à chipoter.

Adam Von Rothfelder pour son enthousiasme quand je l'ai cité comme source d'inspiration pour le personnage d'Irish, pour l'avoir incarné sur la couverture, mais surtout et avant tout pour son amitié.

Ma mère, Michelle Bisbee, une véritable usine de promotion à elle toute seule.

Ma sœur, Tricia, qui m'a aidée bien plus de fois que je ne pourrais dire, dans plus d'un domaine que je ne saurais citer, et qui est aussi ma meilleure amie.

Ma tante par alliance, Sharon Macella, pour être toujours là pour moi et me traiter comme sa propre fille.

Ma cousine par alliance, Amber Wetherell, qui est devenue l'une de mes plus ardentes supportrices et une très bonne copine.

Kristen Anders et Angie Hocking pour avoir lu certaines scènes avant tout le monde et m'avoir soumis d'excellentes critiques.

Cecily White qui a bien voulu s'affubler de sa casquette de psy et travailler avec moi pour s'assurer que je comprenais et décrivais précisément la façon dont un personnage véhiculant le passé de Kat peut se sortir de ses problèmes, tant anciens que présents.

Annie Blackburn pour se montrer toujours aussi encourageante et être ma traductrice de cajun et la toute première fan d'Irish.

Robin Covington pour m'avoir inspiré sans le vouloir une scène d'amour, parmi tant d'autres.

Ross Zentner pour avoir mis son talent photographique au service de la couverture.

Brenna Schwartz pour avoir incarné Kat sur la couverture.

Tarrah, la propriétaire du vrai *Lou's Riverview*, qui se trouve en fait à Jefferson, dans le Wisconsin, et qui est un petit bar très chouette.

Et pour finir en beauté, tous les membres du gang Maxwell. Votre loyauté et votre amitié signifient bien plus à mes yeux que je ne saurais jamais le dire. #WorldDomination

Prologue

Aiden O'Brien engagea sa Harley sur le parking gravillonné du *Lou's Riverview* et contempla ce bar du bayou, situé dans la banlieue d'Alabaster, en Louisiane.

Vu de l'extérieur, on ne pouvait s'empêcher de penser que le bâtiment de plain-pied avait connu des jours meilleurs. Avant la Seconde Guerre mondiale, à en juger d'après le revêtement de bois délabré et les fissures des fondations. Il manquait des lettres à l'enseigne fixée au-dessus de la porte – le bois était resté plus foncé là où il n'avait pas été blanchi par le soleil. *Lo 's Ri erview*, pouvait-on lire désormais.

Aiden immobilisa sa moto près de la porte et la cala sur sa fourche d'un coup de botte. Il réprima un gémissement quand il fit passer sa jambe droite au-dessus de la selle. Le trajet depuis Boston, Massachusetts, lui avait permis d'emprunter des routes désertes et de profiter du paysage. Malheureusement, il s'était aussi révélé très éprouvant sur le plan physique.

Quelque part entre la Virginie-Occidentale et le Kentucky, il avait senti son coccyx s'enflammer. Et quand il avait atteint le Mississippi, l'inflammation était remontée le long de sa colonne vertébrale pour se loger entre ses omoplates. Il adorait sa bonne vieille Harley Panhead 62, mais ce n'était vraiment pas un véhicule conçu pour le tourisme.

Il étira les jambes et se demanda si *bayou* n'était pas le mot français pour *rôtissoire*. Maintenant que le vent ne le rafraîchissait plus, Aiden avait l'impression d'être un poulet qui aurait passé la nuit sous le gril. Le bourdonnement d'un climatiseur à l'angle du bâtiment lui apporta l'espoir de trouver un refuge contre les impitoyables rayons de l'astre lumineux.

Il accrocha ses lunettes de soleil à l'encolure de son tee-shirt, poussa la lourde porte en bois et pénétra dans le bar. Le lieu ressemblait à n'importe quel autre du genre – un alignement de compartiments le long du mur extérieur et autant de tables que la grande salle pouvait en contenir au centre. Chaque box était doté d'une lampe qui n'était rien de plus qu'une ampoule suspendue au plafond, chapeautée d'un abat-jour en plastique jauni par le temps et la fumée de cigarettes. Quelques tables de billard et des banquettes miteuses garnissaient une arrière-salle susceptible d'accueillir ceux qui aimaient boire en maniant une longue tige de bois – laquelle pouvait facilement devenir une arme quand l'alcool échauffait les esprits.

Le long du mur de droite, un comptoir de chêne massif se courbait en saillie. Le pub était désert en cet après-midi de début de semaine. Il n'y avait là que le barman et quatre habitués occupés à jouer au poker autour d'une table. Sales et mal rasés, ils devaient comptabiliser une dizaine de dents à eux quatre et Aiden se demanda s'il s'agissait d'un échantillon représentatif de la population d'Alabaster ou de sans-abri venus profiter de la clim'.

Il s'essuya le front d'un revers de manche et se dirigea vers le bar. Sa gorge était aussi sèche que le Sahara et il avait l'intention d'y remédier. Après quoi il entamerait la conversation, histoire de vérifier que l'information qu'on lui avait donnée était toujours d'actualité. Ce qu'il espérait. Il pourrait alors transmettre la bonne nouvelle à son copain et passer à autre chose.

Cependant, il n'avait pas l'intention de rebrousser chemin. Il avait fallu que Jax sollicite ce service de sa part pour qu'il se décide enfin à quitter Boston. Et maintenant qu'il avait franchi le pas, il ne comprenait pas pourquoi il ne l'avait pas réalisé cinq ans plus tôt, avant de bousiller sa vie. Et celle de son meilleur ami.

Il sillonnerait peut-être le pays sur le dos de sa Harley jusqu'à la fin de l'été. S'arrêterait à l'endroit qui lui plairait et ouvrirait un magasin de motos. Ou se ferait embaucher dans celui de quelqu'un d'autre. Peu importait, du moment qu'il remettait en état des engins à deux roues. C'était la seule occupation qui libérait son esprit et lui évitait, quelques heures par jour, de revivre la pire nuit de sa vie.

— Qu'est-ce que ce sera ?

Le barman posa le grand verre qu'il venait d'essuyer sur une étagère, plaqua ses paumes sur le comptoir et attendit sa réponse.

Aiden sortit son portefeuille et en tira un billet de cinq dollars.

— Beaucoup d'eau et un peu de conversation, répondit-il.

L'homme haussa un sourcil et son regard passa de l'argent au visage d'Aiden. Une telle somme n'était pas le genre de coupure qui incitait les langues à se délier. D'un autre côté, c'était un pourboire généreux pour une boisson gratuite.

Aiden dut réellement se concentrer pour se rappeler comment discipliner les traits de son visage afin d'adopter une expression qui n'ait rien de menaçant. Ses mécanismes étaient rouillés. Il savait pourtant qu'afficher un corps couvert de tatouages et de piercings ne facilitait pas le contact.

Il allait devoir tricher pour trouver celle qu'il cherchait. La fille n'allait pas tomber miraculeusement dans son giron ; cela supposait des efforts de sa part.

La chance lui sourit, cependant – le barman tendit la main vers lui et se présenta sous le nom de Johnny Anders. Aiden accepta sa poigne.

— Irish, annonça-t-il. Irish tout court, ajouta-t-il face au regard interrogatif de Johnny.

Personne, que ce soit ici ou ailleurs, n'avait besoin de connaître son vrai nom. Quand on choisit de laisser le passé derrière soi, on n'a pas envie qu'il vous rattrape à chaque tournant.

— OK, Irish tout court, répondit Johnny avec un sourire qui devait lui valoir des tas de pourboires. (En même temps, il récupéra le verre qu'il venait de placer sur l'étagère pour le remplir d'eau et de glaçons.) Et tu viens d'où, dis-moi ?

Derrière lui, une bordée de jurons fusa de la table des joueurs de poker. L'un d'eux moulina si vigoureusement des bras tout en accusant l'un de ses partenaires de tricher qu'il renversa sa chope. Johnny leur cria de se calmer, puis grommela quelque chose à propos des dégâts qu'il aurait à nettoyer.

Aiden porta le godet à ses lèvres desséchées, renversa la tête en arrière et le descendit d'un trait. Il poussa un long soupir, reposa le récipient sur le comptoir et fit un signe pour en demander un autre.

— Boston, répondit-il finalement.

Il allait devoir s'efforcer de lâcher plus de deux syllabes à la fois s'il voulait engager la discussion et glaner des informations. Alors qu'il se faisait cette réflexion, un bruit de pas lui parvint depuis le couloir surmonté du panneau PRIVÉ.

Une serveuse apparut, occupée à rassembler sa longue chevelure rousse en queue-de-cheval. Elle s'arrêta devant un miroir publicitaire pour la bière Miller et ajusta sa coiffure.

Elle était… éblouissante.

L'élancement qui saisit son entrejambe, aussi violent que s'il avait reçu un coup de poing dans le plexus solaire, le prit complètement au dépourvu. Aiden n'aurait pas su dire à quand remontait la dernière fois que la simple vision d'une femme avait suffi à le mettre à genoux. Apparemment, son membre avait meilleure mémoire que lui et tenait à le lui faire savoir.

Il adopta une attitude faussement détendue et cala un pied sur la barre de cuivre ceignant le comptoir pour dissimuler l'érection qui l'avait saisi.

La fille n'était pas d'une beauté classique. Quand on l'observait, on ne pensait pas robes de soirée, chignons élégants et flûtes de champagne. Non, on l'associait davantage à des robes d'été aux couleurs vives… les cheveux au vent… à la morsure acidulée d'une rasade de limonade…

Merde. Aiden se frotta le front du bout des doigts. Les dernières heures de route avaient dû lui donner une insolation. Ouais, ça devait être ça – il était victime de ce mal. Mieux valait s'en tenir à cette explication. Toute autre – à partir du moment où il comparait une femme à de la limonade – aurait signifié qu'il renonçait à sa virilité.

La menace vivante à son apathie sexuelle croisa son regard dans le miroir. L'évalua froidement. Une étincelle d'attention mutuelle jaillit pourtant, aussi fugace et flamboyante que la flamme d'une allumette, mais la rousse abaissa le voile de ses paupières et détourna les yeux. Le tatouage « pas intéressée » serait apparu sur son visage que le message n'aurait pas été plus clair.

Il s'appliqua à feindre une inattention identique et reporta son regard sur le barman – tout en continuant à l'étudier du coin de l'œil. Elle se retourna et tendit le bras vers la bière décapsulée que Johnny avait dû laisser à son intention. Elle la porta à ses lèvres et avala plusieurs longues gorgées. Aiden ne put s'empêcher d'envier le goulot de cette bouteille.

Svelte et souple, elle atteignait à peine le mètre soixante-dix. Son tee-shirt portait le même logo que celui de Johnny, mais l'encolure plongeante du sien révélait la naissance de ses seins et moulait son buste. Un uniforme près du corps destiné à susciter le désir… de mauvaises personnes.

Des visions d'ivrognes aux mains baladeuses traversèrent l'esprit d'Aiden et un instinct qu'il croyait mort depuis des années saisit ses entrailles.

Celui de protéger et de défendre – alors que personne ne lui demandait rien. La convoitise qu'attisait cette fille n'était pas son souci.

Sauf que si, justement, pauvre idiot. Cette fille est ton *souci.*

Il se souvint de la description que Jax lui avait donnée. « Rousse, pas très grande, couverte de taches de rousseur. » Il n'allait peut-être pas avoir besoin de discuter avec Johnny, finalement. Il n'était pas assez près d'elle pour examiner ses traits, mais pour ce qui était de la couleur de ses cheveux, elle était tout à fait comparable à celle de la bière d'un pub irlandais.

— Salut, Johnny, dit-elle. Tu crois qu'on pourrait invoquer une épidémie de rougeole et fermer pour la soirée ?

— Tu plaisantes ? ricana le barman. Lou nous dirait de continuer le service avec des gants et des masques en papier !

— Alors il n'y a plus qu'à espérer que le temps passe vite et qu'il n'y ait pas trop de casse, soupira-t-elle en nouant un petit tablier noir agrémenté de poches autour de sa taille.

— Toujours optimiste ! C'est ce qui me plaît chez toi, Sydney.

Sydney. Pas le bon prénom.

— C'est ça, moque-toi, Anders, répliqua-t-elle en glissant un carnet de commandes et un stylo dans son habit de travail.

Les joueurs de poker interrompirent les quolibets dont ils avaient salué l'arrivée de la serveuse quand elle passa devant le comptoir. Elle s'employa alors à leur répondre par des commentaires sarcastiques. Aiden s'apprêtait à demander un menu à Johnny quand un cri strident retentit près de lui.

Sydney, perchée sur des talons, venait de glisser sur la flaque de bière que Johnny n'avait pas encore essuyée. N'écoutant que ses réflexes, Aiden écarta largement la jambe gauche, pivota et coula un bras sous sa taille, lui évitant de justesse de heurter le sol. Instinctivement, la serveuse noua les bras autour de son cou comme on s'accroche à une bouée de sauvetage, et ils se retrouvèrent plaqués l'un contre l'autre.

Des sifflements et des murmures s'élevèrent derrière eux, mais il n'y prêta pas attention. Pas plus qu'à quoi que ce soit d'autre, à vrai dire. C'était comme si son torse fusionnait avec sa poitrine, juste au niveau des piercings qui traversaient ses tétons... L'onde de plaisir qui l'envahit se logea dans ses parties intimes... Très rapidement, il s'empressa de concentrer ses pensées sur son visage, tout près du sien.

Une beauté naturelle. Tels furent les mots qui lui vinrent à l'esprit. Tout en elle semblait directement issu des quatre éléments. Il avait eu tort de croire que ses cheveux étaient bêtement roux. Maintenant qu'il les voyait de près, ils lui rappelaient les reflets mordorés du soleil levant.

Ses yeux bleus, rehaussés d'une pointe de vert, avaient la couleur de la mer dans ces publicités qu'on voit pour des vacances sur une île paradisiaque. Ils lui renvoyaient son regard, chargés d'un trouble innocent.

Le reste de son visage déclinait plusieurs nuances de pêche. La plus claire revenait à son teint parfait, la plus sombre à ses lèvres pleines, celles intermédiaires appartenaient à ses…

Taches de rousseur.

Il s'était peut-être trompé, en fin de compte.

Elle ne portait peut-être pas le bon prénom, mais la raison pour laquelle Aiden avait quitté Boston venait à coup sûr de lui tomber dans les bras.

1

Deux mois plus tard…

Aiden balaya du regard la salle agitée du bar et répertoria les différents stades d'ébriété des clients – éméchés, ivres ou complètement cuits.

C'était l'heure de pointe, mais Kat MacGregor, qui se faisait appeler Sydney Carter – un pseudonyme qui lui allait comme un tablier à une vache – circulait avec aisance entre le comptoir et les tables.

Depuis qu'il l'avait retrouvée, Aiden s'était fait embaucher comme « médiateur » et avait été autorisé à s'entourer d'une équipe restreinte. Il lui avait suffi d'observer les dégâts causés par les rixes entre ivrognes deux jours de suite pour convaincre Lou que ce dernier avait besoin de ses services. Il y était d'autant plus aisément parvenu qu'ils avaient tous accepté le salaire de misère que Lou octroyait à ses employés. Au bout du compte, le propriétaire du bar faisait une bonne affaire puisqu'il n'avait plus aucun frais de verres et de mobilier brisés.

Aiden avait fait appel à son ami et ancien coéquipier Xander James, et peu de temps après, Xan avait chargé tout ce qu'il possédait ainsi que la seconde moto d'Aiden sur un camion pour le rejoindre et s'associer à sa nouvelle aventure.

Aiden avait ensuite recruté Johnny Anders, le barman, et deux de ses connaissances pour compléter l'équipe. Désormais, Lou avait deux médiateurs aguerris sur le terrain tous les soirs, trois le week-end et quatre les soirs de pleine lune, car les types dangereux affluaient alors aussi abondamment que la bière coulait à flots.

La partie la plus difficile de son boulot se révéla être la phase d'explication à Johnny et à ses acolytes de ce qu'était la différence entre médiateur et videur. Au départ, ceux-ci étaient persuadés que leur travail consistait à intervenir une fois qu'un incident s'était produit – ce qui était la mission d'un videur.

Les médiateurs, eux, se devaient d'agir en amont de la bagarre. Ils s'efforçaient ainsi de contenir les choses *avant* qu'elles dégénèrent, permettant ainsi aux affaires de continuer à tourner, même s'il régnait une certaine animation.

Xan et Aiden les avaient coachés les premiers temps pour leur montrer comment veiller au grain et, une fois qu'ils eurent compris le principe, la casse diminua considérablement. Les soirées du *Lou's Riverview* n'en étaient pas devenues miraculeusement calmes pour autant, mais, au moins, elles ne partaient plus dans tous les sens.

Et si Aiden pouvait garantir à Kat une ambiance plus sereine, il s'estimait satisfait.

— Alors, quoi de neuf, mon pote ? s'enquit dans son oreillette la voix à l'accent britannique de Xander.

Aiden avait financé de sa poche ces coûteux gadgets – le détail qui avait achevé de convaincre Lou. Communiquer avec son service d'ordre figurait en tête de liste de ses priorités.

Tous les vendredis soir, c'était la même histoire. Les péquenauds d'Alabaster affluaient pour décompresser et le bar se transformait en pétaudière. Alimentés par les demis de bière et les tournées de tequila, les tempéraments s'enflammaient sur fond de musique rock et country.

— Rien que du vieux, répondit-il d'un ton absent alors que Kat passait devant lui avec un plateau chargé de bouteilles de bière.

Il la suivit des yeux, tournant à peine la tête. L'ondulation de ses hanches et la courbe de ses fesses exerçaient sur lui un pouvoir hypnotique. Entre sa façon de slalomer à travers la foule, de déposer les boissons devant les clients et de répliquer à leurs plaisanteries du tac au tac, Kat hissait le service en salle au rang d'art à part entière.

Aiden s'avança dans la salle, attentif au moindre signe de grabuge, tout en gardant un œil sur la rousse incendiaire. Elle connaissait son affaire et, contrairement aux autres serveuses, n'appelait jamais les médiateurs à la rescousse. Ce qui n'empêchait pas Aiden d'intervenir – on pouvait toujours tomber sur un fruit pourri.

Au moindre signe de perturbation, il s'interposait avant que les choses ne s'enveniment. Et si sa seule présence ne suffisait pas, une menace concernant les bijoux de famille de l'agitateur permettait de limiter les dégâts – le sens de la famille des clients du *Riverview* se limitant généralement aux attributs qu'ils tenaient à préserver.

La première fois qu'il s'était interposé entre Kat et un client du bar, elle l'avait toisé d'un air incrédule. Incapable de trouver ses mots face à ses yeux braqués sur lui, il s'était contenté de la dévisager et elle avait tourné les talons sans formuler le moindre commentaire. La même situation s'était reproduite un certain nombre de fois – intervention, échange de regards, retraite silencieuse.

Et puis un soir, après qu'il eut « raccompagné » en le tenant par la gorge un type qui lui avait touché les fesses, Kat le rejoignit dehors. Les poings calés sur les hanches, elle le considéra à travers ses paupières plissées.

— Je n'ai pas besoin qu'on veille sur moi.

— Je n'en doute pas, répliqua-t-il en croisant les bras.

— Alors laisse tomber, tu veux ? Les autres médiateurs ne sont pas aussi collants que toi. Tu me fais perdre du fric à t'interposer sans arrêt.

Aiden n'avait pas envisagé qu'une serveuse puisse récolter de meilleurs pourboires si elle laissait un type flirter avec elle ou avoir la main baladeuse. Il fronça les sourcils. Son intention n'était pas de lui nuire financièrement, mais il n'avait pas non plus l'intention de changer d'attitude.

— Combien je te fais perdre, chaque fois ?

Elle leva les mains en l'air, clairement exaspérée.

— Cinq, dix, vingt… ? Comment veux-tu que je sache ?

— Je te filerai vingt dollars chaque fois que j'empêcherai un crétin de te tripoter, opina-t-il.

Les sourcils de Kat se rejoignirent et ses épaules s'affaissèrent de dépit.

— Je ne veux pas de ton argent, Irish.

Il apprécia la façon dont elle prononça son nom, même si ce n'était pas le sien. Tout comme elle, il se cachait derrière un pseudonyme, s'en tenant à son ancien nom de lutteur. Xander était le seul à connaître son vrai nom - et ses secrets - et il tenait à ce que les choses en restent là.

— Tu m'écoutes ? insista-t-elle. Je veux que tu me lâches.

Pas question.

— Je ne peux pas.

— Comment ça, tu ne peux pas ?

Il ne pouvait pas plus répondre à cela qu'il ne pouvait faire ce qu'elle lui demandait. Il lui était impossible de lui dire qu'il avait quitté Boston pour ce bled marécageux afin d'aider un ami, mais que la raison de sa présence n'avait finalement plus rien à voir avec cela. Qu'il lui avait suffi de poser les yeux sur elle pour que ce service devienne secondaire face à son inexplicable besoin de veiller sur elle. De la protéger.

Aiden enfouit les mains dans les poches de son jean afin de résister à l'envie de serrer Kat dans ses bras pour chasser les fantômes qui hantaient son regard.

— Quand je suis dans les parages, personne ne doit te toucher sans invitation de ta part. *Personne*, ajouta-t-il, incapable de se maîtriser davantage, en se penchant vers elle pour murmurer à son oreille.

Elle eut un brusque mouvement de recul et il l'entendit retenir son souffle. Une expression qu'il ne parvint pas à identifier passa comme un éclair sur son visage, puis elle tourna les talons et regagna le bar.

Depuis cet incident, elle ne lui avait plus adressé la parole, se contentant de le remercier des yeux chaque fois qu'il lui venait en aide. Cette forme de communication silencieuse convenait parfaitement à Aiden et il lui répondait de la même façon, priant pour que celle-ci véhicule un simple « il n'y a pas de quoi », s'efforçant de garder pour lui les « Dieu, que tu es belle ! » et autres « je donnerais tout pour une nuit avec toi ». Comme elle n'avait pas encore jugé utile de l'envoyer bouler, il pensait s'en être honorablement tiré.

Jour après jour, cependant, il lui était de plus en plus difficile de réguler la chaleur de son regard quand il croisait le sien. C'était plus fort que lui. Aiden se considérait comme un mec bien, mais il savait aussi qu'il n'avait rien d'un saint. L'uniforme court et moulant de Kat mettait en valeur ses courbes délicates et il avait un mal de chien à se retenir de la déshabiller des yeux. Et de s'imaginer en train de la posséder.

— Irish, intervint Xan dans son oreillette, est-ce que tu as un œil sur le billard ? Il y a du chpoum en vue.

Aiden localisa aussitôt deux types en train de s'engueuler, mais son portable vibra sur sa hanche au même instant. *Merde.* Peu de gens avaient son numéro et il ne pouvait pas se permettre d'ignorer leurs appels. Il consulta l'écran et jura dans sa barbe quand il prit connaissance du SMS.

— Je dois téléphoner, Xan. Tu crois que tu peux gérer ça en solo ?

— Tu m'insultes, là. Tu sais bien que je peux *tout* gérer.

Xan était un mec bourré de qualités, mais la modestie en était exclue.

— Passe ton coup de fil, ajouta-t-il, mais fais vite. J'ai repéré une créature de rêve qui n'arrête pas de me faire les yeux doux…

— Au risque de te choquer, Xan, ta vie sexuelle ne fait pas partie de mes priorités.

— La tienne non plus. Mais il faudrait peut-être que tu arrêtes de baiser à droite à gauche et que tu te décides.

— Boucle-la, Xan, l'interrompit-il en refermant derrière lui la porte du bureau qui étouffa le brouhaha du bar. Quand j'aurai besoin de ton avis, je te le ferai savoir.

Il délogea l'écouteur de son oreille et le laissa pendre sur son épaule. Aiden n'aimait pas passer ce genre de communication. Elles lui rappelaient des choses qu'il avait envie d'oublier… comme la double vie qu'il était en train de mener.

Après deux sonneries, une voix masculine répondit :

— Salut, O'Brien.

— Comment va, Jax ?

— J'ai connu mieux. Entre le stress du boulot et les préparatifs du mariage, Vanessa est plus obsessionnello-compulsive que jamais. Et comme par-dessus le marché elle se fait un sang d'encre pour sa petite sœur, tu comprendras que j'envisage sérieusement de passer une annonce pour trouver un prêtre exorciste.

Aiden sourit et cala une fesse sur le bureau surchargé de paperasse.

— Mais avant d'en venir là, tu t'es dit qu'une petite mise à jour serait susceptible d'apaiser le démon, c'est ça ?

— Au point où j'en suis, je suis prêt à tout, mais j'ai préféré t'appeler avant. Alors, où en sont les choses au pays des alligators ? Dis-moi que vous vous êtes enfuis tous les deux et que vous êtes en train de faire des bébés sur une plage de rêve...

— Je croyais que tu voulais entendre de bonnes nouvelles.

— Tu rigoles ? Ce serait celle-là la meilleure de toutes. On deviendrait frères par alliance et on fonderait la première équipe irlando-hawaïenne d'Arts Martiaux Mixtes. Imagine la bannière trop cool que ça ferait : un trèfle irlandais jaillissant d'un ananas !

Aiden se passa la main sur le visage. Il avait presque oublié à quel point Jax pouvait être épuisant. Ceux qui ne le connaissaient pas le prenaient pour un mec ultra-zen et posé, mais ses proches savaient qu'il disposait d'une énergie sans limite, exclusivement cantonnée à trois secteurs : la lutte, le surf et sa relation avec la sœur aînée de Kat – Vanessa. En dehors de cela, Jax était quelqu'un sur qui on pouvait toujours compter en cas de problèmes.

Ce qui expliquait la situation dans laquelle Aiden se retrouvait. Il devait beaucoup à Jax. Énormément, même.

Il ne connaissait pas les détails des problèmes de Kat. Tout ce qu'il savait, c'était qu'elle avait appelé Vanessa à l'aide avant de quitter sa dernière adresse connue sans laisser de traces. Jax et Vanessa avaient engagé un détective privé qui l'avait retrouvée à Alabaster, mais Vanessa n'était pas persuadée que sa petite sœur était sortie d'affaire pour autant. Jax avait alors contacté Aiden et lui avait demandé de se rendre en Louisiane pour une quinzaine de jours, histoire de vérifier les informations de l'enquêteur et de s'assurer que Kat allait bien.

Mais au lieu de deux semaines, cela faisait deux mois qu'Aiden veillait sur Kat, que la chose plaise ou non à l'intéressée. Il faisait régulièrement son rapport à Jax ou Vanessa, histoire de maintenir l'illusion que c'était pour eux qu'il restait – et non pour des raisons personnelles qu'il préférait ne pas analyser.

— J'aimerais pouvoir t'aider, répondit-il en glissant une main dans sa poche, mais ici c'est le *statu quo*.

— Ça vaut toujours mieux que d'apprendre qu'elle a des ennuis, répondit Jax. Écoute, je t'appelais aussi pour te dire qu'on va partir en croisière demain. On sera absents quinze jours. Vanessa a besoin de prendre le large, sinon elle risque de craquer. Je m'inquiète aussi pour Kat, mais je reconnais que Vanessa est mon premier souci. Et je sais que je peux compter sur toi.

— Elle est ici depuis six mois sans qu'aucun problème ne se soit manifesté. Il y a de grandes chances pour que tout danger soit écarté, alors contente-toi de te soucier de ta chérie. Je gère.

— Merci, mec.

— Et sinon, le grand jour approche ?

Jax poussa un long soupir.

— Je ne sais pas trop… Vanessa a déjà repoussé deux fois la date des noces. Au départ, ce voyage était censé être notre lune de miel, mais elle n'arrête pas de remettre à plus tard sous des prétextes qui me laissent de plus en plus dubitatif.

— Vanessa n'est pas du genre à se dégonfler au dernier moment, ou je me trompe ?

— Le problème n'est pas là, mon frère. Elle attend que Kat réponde à ses appels et lui annonce sa venue au mariage.

Aiden eut la très nette impression de sentir quelque chose se coincer dans sa poitrine. Lui-même était si proche de ses sœurs qu'il ne pouvait pas imaginer ne pas assister au leur, le jour venu. Colleen n'avait que onze mois d'écart avec lui et ils étaient nés la même année – lui en janvier, elle en décembre. Elle avait souvent tenu le rôle de la maman pour lui et leur cadette, Mary Catherine, à l'époque où leur mère cumulait deux boulots. Et en dehors de la maison, c'était Aiden qui veillait sur elles deux.

Ils resteraient à tout jamais les Trois Mousquetaires, soudés contre le reste du monde. S'éloigner d'elles n'avait pas été facile, même s'il s'agissait d'un mal nécessaire. Et Aiden savait qu'une rupture définitive aurait été dévastatrice.

— Je suis désolé d'entendre ça, dit-il. Peut-être que si Vanessa l'appelle encore pour lui parler du mariage, Kat se décidera à la rappeler.

— J'ai une meilleure idée. Séduis-la, amène-la à Hawaï... et on fera une double cérémonie !

— C'est ça, bien sûr. Même pas en rêve, *mon frère,* répondit-il d'un ton lourdement ironique.

— Bon, tant pis, marmonna Jax. Mais tu sais, Vanessa m'a confié que Kat avait eu de mauvaises expériences avec les mecs. Je ne la connais pas, mais toi, si. Tu es un type bien, O'Brien. Je sais que tu la traiterais bien, et elle pourrait peut-être être en mesure de te faire comprendre que tu n'es pas aussi pourri que tu le crois. Qui sait ? Elle serait peut-être même capable de te rendre amoureux.

Aiden s'écarta du bureau et serra le téléphone au risque de le broyer.

— Tu sais que je ne peux pas me le permettre, Jax.

— C'est là que tu te trompes.

— La sœur de mon meilleur ami est morte à cause de moi. Je ne mérite pas d'être aimé.

— Tout le monde mérite de l'être, O'Brien. Même toi. Tu es trop englué dans les souvenirs pour t'en rendre compte, c'est tout.

La gorge trop nouée pour répondre, Aiden coupa court à la conversation. L'heure de la fermeture approchait et ce n'était pas le moment de chercher à évacuer tous les soucis qu'il avait en tête. Il devait se concentrer sur le présent. Après, il rentrerait chez lui et ferait de la musculation jusqu'à tomber de fatigue. L'épuisement physique était le seul remède sur lequel il pouvait compter.

Quand il regagna la salle, il avisa aussitôt Kat. Elle avait une prise de bec avec un client. Il fendit la foule pour gagner le box occupé par quatre hommes et se plaça entre Kat et l'olibrius qui la ramenait. Il lui suffit de croiser les bras pour que la tablée redevienne silencieuse.

Il fit alors peser son regard sur le fauteur de troubles, puis s'adressa à Kat.

— Quel est le problème ?

— Il conteste l'addition, répondit-elle. Ce n'est pas à toi de t'en occuper, Irish.

Aiden réprima un ricanement. Toujours aussi fière. Mais c'était justement ce qui lui plaisait, et elle avait raison. C'était à elle de s'acquitter de ce genre de litige. Il inclina légèrement la tête, puis s'éloigna, veillant cependant à rester à portée d'oreilles.

— Je peux savoir combien tu gagnes quand c'est toi qui gères ? susurra le client d'une voix pâteuse.

Kat secoua la tête et fit claquer sa langue.

— Voyons, Karl... Ta maman ne t'a pas expliqué qu'il ne faut pas s'occuper des affaires d'une femme tant qu'elle ne t'a pas suggéré de le faire ?

— Ma mère s'est tirée quand j'étais petit, mais mon père m'a expliqué comment traiter les gonzesses.

Cette réponse déclencha un éclat de rire et des échanges de coups de coude chez ses comparses de beuverie.

— Je n'en doute pas, répondit-elle. Maintenant, tu sais quoi ? Règle les sept tournées que tu as commandées, et la maison t'en offrira une dernière.

Karl plissa les yeux, ses lèvres se retroussèrent sur un sourire mauvais et il se pencha vers elle.

— Je vais te dire comment je vois la chose... Je paye les *six* tournées que je *sais* avoir commandées, et à la place d'une tournée gratuite, tu nous montres tes nichons.

Aiden sentit son corps se tendre comme une arbalète. D'un bond, il regagna le box, souleva l'abruti par le col de sa chemise et le maintint en l'air, les orteils du gars effleurant à peine le sol.

Karl se mit à trembler comme une feuille, les yeux aussi grands ouverts que si ses paupières avaient été maintenues par des écarteurs, la tête si outrageusement renversée en arrière qu'il ressemblait à un personnage de dessin animé. Aiden avait facilement dix kilos de muscles et une tête de plus que lui.

— Répète un peu ça, trou du cul, gronda-t-il. Je t'écoute.

— Je plaisantais, mec. Je te jure !

— Irish, je peux tr...

— C'est bon, Sydney. Retourne bosser, répondit-il aussi calmement qu'il put.

La rage qui l'avait saisi bouillonnait dangereusement en lui. Et voir cette colère éclabousser Kat était bien la dernière chose qu'il souhaitait, mais à cause de Karl, son self-control ne tenait plus qu'à un fil.

Kat fit glisser son torchon de son épaule avec un soupir dégoûté et se dirigea vers le bar. Aiden attendit d'être certain que son tempérament fougueux ne lui dicte pas de revenir sur ses pas, puis attrapa le paquet de billets qui dépassait de la poche de Karl. Il le reposa par terre, jeta un coup d'œil à l'addition et compta les billets froissés – presque tous de un dollar, plus quelques-uns de cinq.

— Il manque sept dollars, annonça-t-il. Tu crois qu'un de tes copains est prêt à les allonger, ainsi que le pourboire de la dame ?

Les trois autres entonnèrent un chœur de « hé, ho, Karl a dit qu'il payait », assorti de « c'est pas à moi de payer ». Aiden garda l'argent, ramassa le ticket de caisse et planta l'index contre le torse de Karl.

— C'est fini pour ce soir, Karl, déclara-t-il en baissant les yeux vers lui. La prochaine fois que tu viens, souviens-toi de deux choses : et d'une, amène assez d'argent pour payer tes consos *et* laisser un généreux pourboire à la serveuse qui se démène pour te servir ; de deux, traite le personnel avec le respect qui lui est dû. C'est compris ?

Karl opina aussi vigoureusement du chef qu'une figurine animée sous acide.

— Bien, conclut Aiden. Maintenant, rentre chez toi.

Karl et sa fine équipe s'empressèrent aussitôt d'obéir.

Un problème de moins pour la soirée, se dit Aiden en ajoutant discrètement ce qui manquait pour que la somme ne soit pas déduite du salaire de Kat avant de remettre l'addition au barman. Du coin de l'œil, il vit Kat s'engager dans le couloir qui conduisait au bureau de Lou et aux toilettes du personnel. Il tira un autre billet de son portefeuille et la suivit.

— Sydney.

Elle tourna la tête juste avant d'entrer aux W-C. Aiden la rejoignit et se planta devant elle, soudain incapable d'émettre un son. C'était toujours la même chose. Quand il devait la tirer d'embarras, il n'avait aucun problème pour trouver ses mots. Mais quand il se retrouvait seul en face d'elle, il n'arrivait plus à parler. Si l'envie lui prenait de lui demander comment s'était passé son week-end, il craignait de formuler une tout autre question, si par malheur il ouvrait la bouche…

Je ne peux plus penser à rien d'autre qu'à toi. Je rêve de sentir ton corps se plaquer contre le mien et tes jambes encercler ma taille. Ta petite chatte palpiter autour de ma queue quand tu jouis. Respirer ton odeur jusqu'à t'aspirer tout entière à l'intérieur de moi.

Plutôt que de prendre un tel risque, Aiden se contenta de tendre vers elle vingt dollars jusqu'à ce qu'elle les prenne. Avec autant de réticence qu'à l'accoutumée.

— Je t'ai dit d'arrêter ça, dit-elle en levant le billet devant elle.

— Je sais.

Il se força à tourner les talons et se dirigea vers la salle.

— Irish.

Il s'immobilisa devant la porte et jeta un coup d'œil par-dessus son épaule. Les traits de Kat s'étaient adoucis au point de faire disparaître les cernes qui creusaient son regard.

— Merci pour ce que tu viens de faire.

Aiden hocha la tête et poussa la porte. Alors qu'il fendait la foule des clients, les paroles de Jax lui revinrent à l'esprit.

« Tout le monde mérite d'être aimé. Même toi. »

Mais Jax se trompait. Aiden avait perdu ce droit cinq ans plus tôt dans une rue pluvieuse de Boston. La nuit où Janey avait perdu la vie à cause de lui.

2

La soirée de Kat, qui avait déjà mal commencé, prit soudain un tour encore plus désagréable.

Ils l'avaient retrouvée.

Deux États, six mois et une fausse identité la séparaient de sa dernière rencontre avec eux, mais ils l'avaient quand même retrouvée. Peu importait comment. C'était le pourquoi de cette traque qui lui broyait les entrailles.

Le set de table en papier sur lequel on avait griffonné un message tremblait entre ses mains. Après avoir jeté un rapide coup d'œil au parking des employés du *Lou's Riverview*, elle le relut, dans le vain espoir d'avoir mal lu la première fois.

Il est temps de payer !
On t'a à l'œil et nos oreilles traînent chez les flics.
Tu as 48 heures.

Non. Elle ne s'était pas trompée. Antony Sicoli voulait voir la couleur de son argent dans les deux jours, sinon elle pouvait s'attendre à aller faire un tour aux urgences. Ou à la morgue.

Les hommes de Sicoli la surveillaient.

En d'autres termes, Kat MacGregor était foutue.

Elle refoula la bile qui menaçait de remonter dans sa gorge et maudit sa bêtise. Elle aurait dû s'en douter. Teindre ses cheveux en noir et les couper. Noyer ses taches de rousseur sous une épaisse couche de fond de teint – comme toutes les pauvres filles qui bossaient chez Lou, en quête de pourboires minables assortis de commentaires salaces.

Travailler comme serveuse dans ce rade du fin fond de la Louisiane était l'opposé d'un job de rêve. Mais Lou payait au noir et ne posait pas de questions, ce qui, selon les critères de Kat, s'apparentait au job idéal.

Le besoin urgent de regagner la sécurité de sa vieille voiture la saisit. Elle plongea la main dans son sac et chercha les clefs de sa Chevrolet 1984 couleur brunâtre. Elle ne valait plus un clou, mais c'était la seule donnée constante de sa vie, depuis qu'elle était partie de chez elle à l'âge de dix-sept ans.

Cette voiture et Lenny.

Maudit Lenny. Elle était en première quand elle avait commencé à sortir avec lui et à l'époque, elle savait déjà qu'il n'était pas digne de grand-chose, mais elle n'avait pas réfléchi plus loin que le bout de son nez. Lenny était très populaire et il était prêt à l'emmener loin de chez elle et de tout ce qui s'y passait. Les premiers temps, ça ne l'avait pas dérangée qu'il claque son fric au jeu pendant qu'elle travaillait comme serveuse à droite à gauche pour arriver à joindre les deux bouts. C'était pénible, mais c'était toujours mieux que ce qu'elle avait connu avant.

Mais le danger auquel ils avaient échappé de justesse à Nashville un an et demi plus tôt avait cependant fait passer leur situation de vaguement difficile à carrément mortelle. Lenny avait emprunté vingt mille dollars au plus grand chef de la criminalité du Tennessee. Sicoli était même sans doute le seul et unique parrain de cet État, mais c'était avec lui que Lenny avait trouvé le moyen de s'embrouiller.

Les gorilles de Sicoli avaient adressé un puissant rappel à l'ordre à Lenny. Et au lieu de venir le menacer directement, ils avaient envoyé Kat à l'hôpital avec quelques côtes cassées, une commotion cérébrale et un visage digne de rivaliser avec la scène finale de *Rocky*. Après ça, Lenny et elle avaient pris la fuite. Ce qui expliquait sa présence dans une ville aussi lumineuse et riante qu'Alabaster…

Kat secoua le contenu de son sac dans l'espoir de faire remonter ses clefs à la surface. Alabaster n'était peut-être qu'un trou perdu des marécages du Mississippi, mais l'endroit s'était révélé idéal pour se cacher. Jusqu'au mois dernier, en tout cas. Malheureusement, Lenny s'était fait coffrer pour « possession avec intention de vendre » d'une grosse quantité de cristaux de méthadone. De *cristaux de méthadone* ! Quand Kat lui avait fait jurer d'arrêter les paris, elle n'avait pas imaginé une seconde qu'il allait se mettre à dealer. D'accord, elle ne s'était pas attendue à ce qu'il trouve du jour un lendemain un travail légal – après tout, à quoi lui aurait-elle servi, autrement ? – mais de là à vendre de la drogue…

D'un autre côté, l'arrestation de Lenny lui avait indirectement rendu service. Se retrouver livrée à elle-même pour la première fois lui avait permis de comprendre qu'elle était capable de fonctionner toute seule. Jusque-là, elle avait toujours dépendu de quelqu'un. Mais c'était bel et bien fini.

À dater du premier jour de détention de Lenny, Kat avait décidé d'économiser chaque sou jusqu'à ce qu'elle ait assez d'argent pour quitter la ville avant sa sortie de prison.

Follement, elle avait cru que tout se passerait bien. Pour la première fois de son existence, elle avait goûté à la liberté, savouré le fait de vivre sans avoir à se soucier du nouveau pétrin dans lequel Lenny avait pu se fourrer. Mais le destin avait décidé de lui jouer un nouveau tour et la geôle de Lenny lui apparaissait à présent comme un abri ultra-sécurisé, tandis qu'elle se retrouvait coincée dehors, traquée par des types à qui elle ne pouvait rien donner.

Gé-nial.

Elle finit par sentir le contact de ses clefs au bout de ses doigts et les tira de son sac, mais ses mains tremblaient si fort qu'elle les laissa tomber par terre. Elle jura, se pencha en avant pour les ramasser et perçut soudain un pas lourd et traînant, à quelques mètres derrière elle. Son cœur se mit à battre très fort et son souffle se bloqua à l'idée de se retrouver face aux sbires de Sicoli… jusqu'à ce qu'une version très alcoolisée d'une chanson d'Alan Jackson lui parvienne. Aucun gorille de la mafia n'approcherait sa cible de façon aussi décontractée. Ni en chantant aussi faux.

Elle inspira à fond, ramassa son trousseau, se redressa et se retourna pour faire face à Rick Mullineaux, l'un des triples piliers du bar – triple parce qu'il était toujours là, toujours bourré, et toujours insupportable.

— Salut, Sexy Syd. Tu m'attendais, ma belle ? s'enquit-il en prenant appui d'une main sur le capot de la Chevrolet.

Vivre sous un faux nom était déjà pénible, mais entendre Rick le convertir en surnom ridicule la mit au supplice. Kat venait d'assurer un double service, elle était claquée et avait mal aux pieds. Il ne lui restait plus que la force de se réfugier derrière le pare-brise de sa voiture. Cet imbécile pouvait se vanter de tomber vraiment mal.

— Dégage, Mullineaux. Je ne suis pas d'humeur. Va cuver dans ta camionnette. Qui se trouve sur le parking de devant, je te rappelle, ajouta-t-elle en lui tournant le dos pour déverrouiller la portière de sa voiture.

— Pas besoin d'être malpolie, répliqua-t-il d'une voix pâteuse qui renforçait son accent du bayou. Tu te crois tellement mieux que toutes les autres putes que Lou se laisse berner, mais tu ne vaux pas plus cher que les autres.

L'écho de ses paroles passa sur sa peau comme la cavalcade d'un millier d'araignées. Elle glissa ses clefs entre ses doigts et referma le poing pour former l'arme qu'elle avait baptisée d'après un ses personnages Marvel préférés : Wolverine. Et pour la énième fois de sa vie, regretta de ne pas posséder de superpouvoirs. Si elle en avait eu, un abruti comme Rick Mullineaux n'aurait pas même osé un haussement de sourcils.

— Rentre chez toi, Rick, dit-elle en se préparant à affronter la menace qui se précisait. Je ne veux pas d'ennuis, ni avec toi ni avec personne. Tout ce que je veux, c'est bosser et qu'on me laisse tranquille.

— Ben c'est con, ça, parce que j'ai pas envie de te foutre la paix.

Il avança de façon à la plaquer contre la voiture. Kat réagit avant qu'il ait le temps de poser une main sur elle et projeta son poing flanqué de ses clefs contre la joue du bonhomme. Des gouttes de sang apparurent aussitôt.

— *Salope !*

Kat le repoussa de toutes ses forces, se retourna et saisit la poignée de la portière.

Elle n'avait malheureusement pas réfléchi à la situation car en rejetant Rick avec assez de force pour l'éloigner d'elle, elle l'avait envoyé rebondir contre la camionnette garée près de sa Chevrolet et elle se retrouva ainsi coincée entre la bedaine chargées de bière de son agresseur et la carrosserie de sa voiture. Les sales pattes de Mullineaux se refermèrent sur ses hanches.

Aussitôt, les cauchemars qu'elle refoulait depuis des années refirent surface et ses plus anciens instincts de défense prirent le dessus. Kat se sentit disparaître, basculer dans ce néant obscur où elle n'existait plus.

Et puis… plus rien.

Il pouvait bien lui faire ce qu'il voulait maintenant. Il avait suffi qu'il pose les mains sur elle pour que toute envie de se débattre la déserte. Dès cet instant, sa santé mentale allait patienter dans le néant pendant que son corps ferait le mort.

Il ne lui restait plus qu'à espérer qu'elle aurait encore assez de forces pour regagner sa tanière quand l'animal qui était plus gros qu'elle aurait fini de s'amuser avec elle.

*
* *

Aiden franchit la lourde porte de service du bar et alluma la cigarette déjà coincée entre ses lèvres. La chaleur étouffante du mois d'août gifla son visage et la moiteur de l'air s'insinua dans ses poumons comme un fluide visqueux. À tout prendre, il préférait mille fois la fumée cancérigène qu'il leur faisait inhaler.

Il avait passé trente-deux années de sa vie à Boston et maudit l'hiver chaque fois que ce saligaud avait pointé son museau. L'idée d'une tempête de neige s'abattant brutalement sur la Louisiane commençait cependant à le faire sourire. D'un autre côté, ne plus prendre son passé en pleine figure tous les jours constituait un sacré progrès, même dans une fournaise comme Alabaster.

Il tira une longue bouffée de sa cigarette et regarda la braise rougeoyer dans l'obscurité. C'était dans des moments comme celui-là qu'il aurait aimé échapper à la nuit en dégustant une bière bien fraîche. Mais depuis cinq ans, aucune goutte d'alcool n'avait franchi ses lèvres. Et ne les franchirait jamais plus.

Les soirées du vendredi étaient toujours les plus dures. Aiden et ses collègues méritaient vraiment leur salaire ces jours-là. À lui tout seul, il avait tué dans l'œuf quatre esclandres, et Xan n'avait pas chômé non plus.

Chaque conflit réglé sans violence physique est une victoire, fit-il l'effort de se souvenir. Quand il avait décidé de ne plus toucher à la boisson, Aiden avait aussi décidé de ne plus se servir de ses poings. Un challenge titanesque pour un natif de souche irlandaise de South Boston qui avait jusqu'alors gagné sa vie comme lutteur professionnel des Arts Martiaux Mixtes.

Il recrachait un filet de fumée blanche quand des bruits de conversation étouffés lui parvinrent depuis le fond du parking. La faible lueur de la lampe située au-dessus de la porte de service peinait à éclairer les lieux. Il distingua cependant deux silhouettes, l'une féminine, l'autre, à en juger par sa gestuelle hésitante, appartenant à un client éméché.

Aiden savait que certaines filles ne limitaient pas leurs services à apporter des bières aux clients. Il ne les jugeait pas, mais se tenait à égale distance de leurs affaires qu'elles se tenaient des siennes. C'était une sorte de loi du silence au *Lou's Riverview*.

Peu désireux d'assister à un spectacle qu'il aurait eu du mal à chasser de son esprit par la suite, Aiden écrasa sa cigarette et s'apprêta à regagner le bar. Alors qu'il posait la main sur la poignée de la porte, un cri de colère masculin suivi d'un bruit de bagarre le figea sur place.

Il tourna les talons et courut vers le couple, comptant ses pas pour garder son sang-froid. Une fois qu'il fut assez près pour comprendre qu'il s'agissait d'une agression, il serra les poings. Mais quand il réalisa que Kat en était la victime, Aiden ne sut contenir sa rage. Son instinct dicta à ses muscles de flanquer à ce type un coup digne de Superman, mais son esprit parvint *in extremis* à lui rappeler de garder le contrôle.

Sa main se referma sur la nuque du type, et un puissant rugissement lui échappa quand il l'envoya valdinguer à plus de cinq mètres de là. Le corps de l'homme atterrit avec un choc sourd.

— Enfoiré de Mullineaux, siffla-t-il entre ses dents.

Aiden alla s'accroupir près de l'ivrogne et tâta son pouls. Il fut presque déçu de le sentir – aussi puissant que régulier. Après l'avoir traîné à l'écart où il l'abandonna à son sort, il s'empressa de rejoindre Kat. Elle était toujours plaquée contre le flanc de sa voiture. Elle n'avait même pas tourné la tête pour voir où était passé son agresseur. Aiden la détailla de la tête aux pieds afin de s'assurer qu'elle allait bien. Sa jupe noire était toujours en place, mais le bas de son tee-shirt n'était plus glissé sous sa ceinture.

Son cœur se serra à l'idée qu'un type comme Mullineaux l'ait palpée comme un quartier de viande. La beauté naturelle de Kat lui donnait une allure fraîche et innocente qui contrastait avec l'atmosphère du *Lou's Riverview*, mais son regard racontait une tout autre histoire. Il était hanté par le passé, et de ce point de vue-là, Kat ressemblait à tous les paumés qui se retrouvaient chez Lou.

— Sydney ? (Il répugnait à utiliser ce prénom, mais Aiden n'était pour elle qu'un collègue de travail – et les choses devaient en rester là.) Il est parti. Tout va bien.

Elle ne répondit pas.

Elle tremblait. Elle lui rappela ce chaton qu'il avait un jour trouvé derrière l'école avec sa petite sœur. Recroquevillé sur lui-même, il ne formait plus qu'une minuscule boule de poils et cachait sa tête, comme si le fait de ne pas voir le danger pouvait suffire à le faire disparaître. Mary Catherine s'était agenouillée devant le coin où il se blottissait pour le caresser et lui parler tout doucement jusqu'à ce qu'il reprenne confiance et ose enfin sortir.

Aiden n'était pas quelqu'un de logique ni de rassurant. Il était plutôt du genre baril de poudre qui a du mal à se contenir. Ce qui s'était révélé un atout du temps de ses combats professionnels. Mais une fois hors de la cage, il avait tendance à frapper d'abord et à poser les questions ensuite. Au bout du compte, c'était ce qui avait gâché sa vie et celle de ceux qu'il aimait…

Il s'appliquait désormais de son mieux à refréner son tempérament explosif. Calquant son attitude sur celle de Mary Catherine face au petit félin, il s'approcha lentement de Kat, dans l'espoir de l'inciter à quitter son attitude de repli. Il tendit vers elle une main hésitante pour lui caresser le dos. Mais dès que la paume de sa main se posa sur son omoplate, Kat aspira une grande goulée d'air, comme si elle refaisait surface dans le port de Boston en plein mois de février.

— Ne me touche pas ! siffla-t-elle en se retournant brusquement.

Quand il la vit ainsi, collée à sa voiture et les yeux écarquillés de terreur, Aiden eut furieusement envie de tordre le cou de Mullineaux.

À moins de chercher à satisfaire ses besoins sexuels les plus basiques, Aiden n'avait plus ressenti celui d'attirer une femme dans ses bras depuis des années. Ces dernières semaines, pourtant, il avait réalisé qu'il avait souhaité serrer Kat contre lui rien que pour la réconforter, pour qu'elle se sente à l'abri.

Ce désir le saisit alors, mais de multiples raisons lui interdirent d'y céder – son propre refus de l'approcher de trop près figurant en tête de liste.

Il leva donc les mains en l'air et espéra que le fait de lui parler doucement, également inspiré de la méthode de Mary Catherine avec le chaton, fonctionnerait mieux que sa tentative de caresse.

*

* *

— Je te promets que je ne te veux aucun mal.

La voix grave s'insinua dans les oreilles de Kat et le monde qui l'entourait retrouva ses contours familiers. Cet accent de Boston ne pouvait appartenir qu'à un seul homme. Un homme qui, malgré son caractère réservé, semblait apparaître comme par magie chaque fois qu'un client s'avisait de laisser traîner ses mains sur elle.

Un homme dont le regard bleu lui donnait l'impression de se retrouver tout à la fois entièrement nue et en sécurité.

— Irish ?

— Oui, c'est moi.

Une sensation de soulagement s'empara de ses orteils et remonta dans son corps, ranimant ses nerfs au passage, chassant cette paralysie inconsciente qui l'avait saisie et qu'elle détestait plus que tout. Elle commençait à se sentir à nouveau en pleine possession de ses moyens... quand son regard tomba sur Rick Mullineaux, étendu par terre derrière Irish. Son cœur s'emballa soudain de plus belle.

— C'est bon, ne t'inquiète pas pour lui, dit-il en faisant un pas de côté pour lui obstruer la vue et gardant les mains en l'air pour ne pas risquer de l'effrayer. Reste avec moi, Kitty-Kat, ajouta-t-il en désignant ses propres yeux de ses deux doigts.

Qu'elle reste avec lui ? Que voulait-il dire ? Elle n'eut pas le temps de réfléchir à ce qui devait être une formule dénuée de sens, car la seconde partie de sa phrase venait de la frapper.

— Kitty-Kat ?

Oh, non ! Avait-il découvert son vrai nom ? Était-ce là sa façon de le lui faire savoir ? L'idée qui la traversa alors lui glaça le sang. *C'est peut-être l'un des hommes de Sicoli.*

— Pourquoi m'appelles-tu comme ça ?

— Tu plaisantes ? répondit-il avec un demi-sourire. Tu étais blottie dans ton coin et pouf ! d'un seul coup, tu te mets à cracher et à griffer. Ça m'est venu comme ça, ajouta-t-il en haussant les épaules.

Kat se détendit et le gratifia d'un sourire triste.

— C'est toujours mieux que Sydney, marmonna-t-elle.

— Tu n'aimes pas ton prénom ? demanda-t-il en laissant retomber ses mains.

— Je le déteste, répondit-elle en baissant la tête.

Elle ne le trouvait pas laid en soi, mais être obligée de se cacher derrière un nom d'emprunt lui laissait un goût amer.

Comme elle regardait par terre, elle vit la main d'Irish approcher et ne sursauta pas quand son doigt glissa sous son menton pour l'inciter à relever la tête. Ils étaient tout près l'un de l'autre et sa proximité le rendait plus impressionnant que jamais. Bien au-dessus du niveau de son regard, ses larges épaules et son torse massif surmontaient sa taille étroite. Il dominait largement le petit mètre soixante-dix de Kat et le mauvais éclairage du parking durcissait les traits de son visage.

— Tu as peut-être un nom de famille ? dit-il.

— Et toi, *Irish*, rétorqua-t-elle, est-ce que tu en as un ?

Elle savait que oui. Tout le monde en avait un. La question était plutôt de savoir si on choisissait ou non de le révéler, car chez Lou, beaucoup de gens optaient pour la méthode Madonna.

— Bon, je crois que je m'en tiendrai à Kitty-Kat, alors, répondit-il avec un léger sourire.

Kat s'efforça d'ignorer les palpitations qui gagnaient son ventre. L'idée qu'un homme use d'un surnom affectueux avec elle – surtout un dont la voix grave la faisait vibrer chaque fois qu'elle l'entendait – lui était si étrangère qu'un gloussement nerveux lui échappa.

— Si ça peut te faire plaisir, dit-elle d'un ton faussement désinvolte.

— Tu veux peut-être prendre un verre pour te remettre ? suggéra-t-il.

Kat repensa soudain aux yeux qui étaient partout et aux oreilles qui traînaient, aux flics, au morceau de papier retrouvé un peu plus tôt dans la soirée, aux gorilles et à l'argent. Tout ce qu'elle voulait, c'était regagner son appartement miteux, descendre quelques verres de Jack Daniel's et se laisser couler dans cet état d'oubli hébété où la réalité cesse d'exister.

Elle regarda autour d'elle, s'attendant presque à repérer des silhouettes menaçantes parmi les ombres du parking.

— Heu... non, il faut que je rentre, bredouilla-t-elle en ouvrant la portière de sa voiture pour se mettre au volant.

Il posa une main sur le rebord, l'empêchant de la refermer.

— Tu es sûre que ça va ?

Kat avait appris de bonne heure à feindre des émotions qu'elle ne ressentait pas. Elle sourit, révélant l'éclat de ses dents.

— Absolument.

— Je crois que tu as laissé tomber quelque chose, annonça-t-il en s'accroupissant. C'est à toi ? demanda-t-il, tendant vers elle le message chiffonné des hommes de Sicoli.

Kat sentit son abdomen se serrer quand il entreprit de défroisser le papier.

— Non, déclara-t-elle, ce n'est pas à moi. Merci encore, Irish.

Sans attendre sa réponse, elle claqua sa portière, mit le contact et quitta le parking comme si elle avait eu le diable à ses trousses.

3

Kat consulta son rétroviseur intérieur une bonne centaine de fois pour s'assurer qu'aucune voiture ne la suivait, mais n'aperçut rien d'autre que le halo de ses feux arrière. Elle avait dû regarder trop de thrillers ces derniers temps. *À partir de maintenant, je me cantonne aux comédies romantiques.* Aucun ingrédient des films avec Katherine Heigl n'était susceptible d'alimenter sa paranoïa.

Après dix minutes de route, elle atteignit le feu tricolore du centre-ville d'Alabaster. Et cinq minutes plus tard, elle avait regagné son appartement situé au-dessus d'une boutique de tatouages, fermé ses trois verrous et calé la chaîne de sécurité.

Kat s'appuya contre la porte et ne chercha même pas à contracter les genoux quand elle les sentit flancher. Elle se laissa glisser, tremblante, à bout de nerfs. Plus d'une décennie s'était écoulée depuis qu'elle s'était trouvée sans défense face aux avances sexuelles d'un homme et pourtant, il avait suffi d'une seconde pour qu'elle retrouve brutalement cette sensation douloureuse. Elle méprisait cette vulnérabilité incontrôlable qui l'affaiblissait quand elle avait justement besoin de se montrer forte et qui faisait d'elle une cible alors qu'elle aurait voulu être une arme.

Elle serra les poings pour maîtriser ses spasmes et se força à respirer lentement pour oublier les menaces du passé et se concentrer sur celles qui se profilaient.

Ses yeux balayèrent le studio, à l'affût du moindre signe trahissant le passage d'un intrus, mais tout était tel qu'elle l'avait laissé.

Le plaid à imprimé panthère recouvrait toujours le dossier de son futon noir et ses derniers achats de DVD – la seule dépense qu'elle s'autorisait – étaient toujours éparpillés sur le dessus de la vieille malle qui lui tenait lieu de table de cuisine, de table basse, de table de nuit et de cale-pieds. Sur la droite, la kitchenette semblait en l'état, le mini-plan de travail sur lequel trônaient le four à micro-ondes et le grille-pain, immaculé.

À moins qu'un piège ou un intrus inconnu ne la guette dans la salle d'eau qui se trouvait sur la gauche, son appartement était intact. Pour le moment.

Elle se redressa et fit la seule chose qui lui permettrait de se détendre et de se sentir en sécurité dans sa situation. Elle se servit un verre de Jack Daniel's, en but aussitôt la moitié pour faire descendre quatre comprimés d'ibuprofène, le remplit à nouveau et le posa sur le coffre en bois.

Après une rotation de la tête dans l'espoir de soulager la tension de son dos, Kat enfila sa tenue de nuit préférée : débardeur et petite culotte. Sa fenêtre était équipée d'un climatiseur qui fonctionnait quand ça lui chantait et les nuits d'été étaient si étouffantes en Louisiane qu'il était préférable de dormir en vêtements légers.

Quand elle fit glisser sa jupe sur ses hanches, Kat retint son souffle. Elle baissa les yeux et vit les quatre marques rouges que les doigts de Rick Mullineaux avaient imprimées sur sa chair en la pressant contre les os de son bassin. Il y avait longtemps qu'elle n'avait plus observé ce genre de traces sur sa peau et cette découverte l'amena au bord de la nausée.

Elle la refoula, bien décidée à ne pas se laisser envahir par le passé. Elle avait d'autres soucis en tête. Comme se demander si elle pouvait envisager de trouver un arrangement avec les hommes de main de Sicoli. Et ce qu'elle pouvait espérer comme avenir au cas où elle n'y parviendrait pas.

Elle finit de se déshabiller, ouvrit le tiroir du bas de sa commode et sortit un 9 mm du dessous d'une pile de tee-shirts. Elle ne l'utilisait pratiquement jamais, mais Lenny avait veillé à lui en enseigner le maniement. Sur le coup, elle avait trouvé ça adorable. Mais il ne lui avait pas fallu très longtemps pour comprendre que son intention était avant tout d'assurer sa protection *à lui*. Un vrai trésor, ce garçon.

Elle fit basculer le barillet au creux de sa paume pour s'assurer qu'il était chargé, le remit en place et vérifia par deux fois le cran de sécurité avant de le glisser sous son oreiller. Elle lança la lecture de *Présentateur vedette : La légende de Ron Burgundy* parce que le DVD était déjà dans le lecteur et qu'il s'agissait d'un excellent choix quand on voulait échapper au réel en s'immergeant dans la niaiserie la plus absolue. Malheureusement, les vertus lénifiantes de Ron Burgundy et d'un verre et demi de whisky n'engourdirent pas assez son esprit.

Kat cala ses coudes sur ses genoux et son menton au creux de ses mains. Qu'allait-elle bien pouvoir faire ? Elle n'avait jamais été le cerveau du tandem – Lenny non plus, d'ailleurs, mais il avait toujours été le leader. Quand il décidait qu'il était temps de mettre les voiles, Kat se dépêchait de boucler leurs maigres effets et ils embarquaient dans la Chevrolet, en route pour une autre ville qui, selon Lenny, leur garantirait la sécurité et la fortune.

« On t'a à l'œil et nos oreilles traînent chez les flics. »

Elle frissonna à l'idée d'être observée par les hommes de Sicoli. Elle jeta un coup d'œil aux fenêtres qui donnaient sur la rue. L'enseigne au néon du tatoueur colorait de rouge et d'orangé les pauvres rideaux blancs.

Lenny et elle étaient dans le Tennessee la dernière fois que les gorilles de leur créditeur avaient retrouvé leur trace, et ceux-ci avaient été très clairs sur la façon dont les choses se passeraient s'ils ne récupéraient pas rapidement l'argent. Sicoli ne pouvait pas se permettre de laisser passer une dette. Sa réputation en aurait pâti, on aurait dit de lui qu'il était faible et négligent. Si son débiteur ne pouvait pas payer, il – ou elle – devait être éliminé. Et apparemment, aux yeux de Sicoli, Kat était de cette catégorie de personnes au même titre que Lenny.

Autant dire qu'elle était déjà morte.

Sa seule issue résidait dans la fuite. Mais elle ne toucherait sa paye que le lendemain et elle allait en avoir besoin. Elle irait travailler comme d'habitude, rentrerait chez elle sans chercher à les semer et ferait semblant de se mettre au lit. Elle mettrait tout ce qu'elle pourrait dans son sac à dos, laisserait passer deux heures et se faufilerait dehors. Elle serait obligée d'abandonner sa voiture et de prendre le car ou de faire du stop.

Elle se retrouverait alors complètement seule pour la première fois de sa vie, les derniers liens l'attachant encore à Lenny et à son ancienne vie définitivement coupés. C'était l'objectif qu'elle s'était fixé depuis l'arrestation de son petit ami, mais le fait de se retrouver au pied du mur lui donna envie de vomir et un frisson de frayeur la traversa. La pression ajoutée de savoir qu'un chef de la mafia était sur ses talons n'arrangeait pas vraiment les choses. Quoi qu'il en soit, elle n'avait plus d'autre issue que la fuite en avant... jusqu'à ce qu'elle n'en puisse plus.

La sonnerie du portable posé sur la malle retentit et elle leva la tête. Elle conservait ce téléphone depuis des années sans que Lenny n'en sache rien et ne l'avait sorti de sa cachette qu'après son arrestation. Mais depuis lors, elle ne répondait jamais aux appels qu'elle recevait. Une seule personne avait ce numéro, et bien que ce fût pour Kat un crève-cœur de ne pas répondre à sa sœur, elle savait qu'il était impossible que Vanessa s'empêche d'intervenir. Et elle ne pouvait pas la laisser faire cela.

Elle attendit que le signal annonçant l'arrivée d'un nouveau message vocal retentisse, puis composa le code pour l'écouter.

— *Salut, Kitty-Kat.*

L'allégresse de la voix de Vanessa était toutefois toujours teintée de tristesse. Comme si elle n'était pas complètement heureuse, et ce, à cause de la distance – physique et émotionnelle – que Kat maintenait entre elles. Et à chacun de ses coups de fil, Kat sentait se tordre la lame du couteau que Nessie avait planté dans son cœur le jour où elle était partie pour l'université, il y avait de cela près de quinze ans.

— *Je suis en train d'établir le plan de table du mariage. Tu me manques, tu sais. J'ai beau être heureuse avec Jackson, la seule personne dont je serai privée pour que la cérémonie soit parfaite, c'est toi. Si tu m'appelles, je volerai vers toi et je t'emmènerai où tu voudras, promis. Le truc, c'est que... (Soupir.) Je vais partir, là, pour deux semaines. Et je ne serai pas joignable par téléphone. Mais je te rappelle dès mon retour, d'accord ? Je t'aime, Kitty-Kat. À bientôt.*

Les larmes ruisselaient sur les joues de Kat et brûlaient sa peau comme de l'acide. Elle avait idolâtré Nessie pendant toute sa jeunesse. Il ne se passait pas un jour sans qu'elle ait l'impression de mourir à l'idée de ne plus faire partie de sa vie. Et maintenant que sa sœur avait trouvé l'amour d'un homme digne de cela – une entité en laquelle ni l'une ni l'autre n'avaient jamais cru – elle éprouvait plus de remords que jamais de ne pas pouvoir être auprès d'elle pour partager son bonheur.

Kat s'allongea sur le futon, étendit le plaid sur elle et le cala sous ses jambes. Il faisait trop chaud pour dormir avec une couverture, mais elle ne pouvait pas dormir sans s'accrocher à quelque chose. Quand elle était petite, elle s'agrippait à l'un de ses ours en peluche… ou à Nessie. Après être partie de chez elle, elle avait pris l'habitude de garder une couverture ou un oreiller contre elle, l'essentiel étant de ne pas se sentir seule.

Elle essuya ses larmes et se rappela que le plus important, c'était que sa sœur s'en soit sortie. S'il était possible que des filles comme elles soient heureuses, elle était contente que le destin ait choisi Nessie. Elle était la plus pure, et méritait tout ce que le monde avait à lui offrir de bon.

Kat, elle, avait été abîmée par leur passé. Il l'avait bien plus altérée que Vanessa et son âme en était sortie irrévocablement entachée. Kat avait beau avoir fait la paix avec cette idée depuis des années, il lui arrivait encore de souhaiter que les choses se soient passées différemment. Et que ce soit *elle* qui ait trouvé le bonheur auprès d'un homme qui ne lui ferait jamais de mal.

Quelqu'un comme Irish.

Tandis que ses yeux se fermaient, Kat se souvint de la façon dont il l'avait délicatement incitée à relever le visage vers lui. Et ce fut sur cette image qu'elle succomba finalement au sommeil.

4

Aiden observa Kat tandis qu'elle soulevait un plateau chargé de boissons du comptoir et s'éloignait vers la salle. Quelque chose avait changé dans son comportement. Elle était plus tendue, plus agitée.

L'assurance et la grâce nonchalante qui caractérisait son service avaient disparu. Le souvenir de ce chaton perdu revint le hanter alors qu'il la suivait des yeux. Ceux de Kat ne parvenaient à se fixer nulle part et il l'avait vue sursauter à plusieurs reprises dans le courant de la soirée. Comme si elle était atteinte de paranoïa.

Était-ce dû à l'agression de Mullineaux ou à l'énigmatique message qu'il avait découvert sur le set de table et dont il était certain qu'il était bel et bien destiné à Kat ?

Comme pour lui donner raison, elle se retourna si brusquement quand un client posa la main sur son épaule qu'elle renversa son plateau de demis. Aiden s'empressa de jouer des coudes pour la rejoindre et la trouva occupée à ramasser les morceaux de verre brisé, se répandant en excuses face à un type vêtu d'un tee-shirt Skid Row. À en juger d'après l'état de son pantalon, le type avait été copieusement éclaboussé... et n'avait visiblement pas apprécié.

Aiden se plaça devant elle et s'adressa à « Skid Row ».

— Recule, mec. C'était un accident et elle s'est excusée.

— C'est pas ça qui va arranger mon fute ! Elle pouvait pas regarder où elle allait, cette conne ?

Aiden serra les dents et les poings. *Un, deux, trois...* C'était un cliché, mais compter, ainsi que s'abstenir de boire de l'alcool, l'aidait à ne pas craquer chaque fois qu'un crétin s'énervait devant lui. Pourtant, au lieu de le calmer, les chiffres lui firent cette fois l'effet d'un compte à rebours avant l'instant où il allait libérer le monstre qui l'habitait. Il devait trouver une parade. Et vite.

Il fit signe à Xan de s'occuper de l'imbécile qui insistait maintenant pour que ses amis et lui puissent boire à l'œil toute la soirée et s'accroupit devant Kat, toujours occupée à rassembler les bris des chopes de bière sur son plateau.

— Ça va ? murmura-t-il près de son oreille.

Elle tressauta si violemment qu'il eut l'impression de voir l'année d'espérance de vie dont il venait de la priver jaillir hors de son corps.

— Merde ! lâcha-t-elle en laissant retomber un éclat de verre.

Il prit sa main, la retourna et vit le sang couler d'une entaille à la base de sa paume.

— Viens avec moi.

— Attends, il faut que j...

— Certainement pas, répliqua-t-il en retirant son tee-shirt pour en envelopper la main de Kat.

Le liquide rouge coulait si abondamment qu'elle risquait, sinon, d'en répandre une traînée derrière elle. Il plaça un bras autour de sa taille et l'entraîna vers l'arrière-salle malgré ses protestations. Avant d'en franchir l'accès, il ordonna à l'un des subalternes du barman d'aller finir de nettoyer la salle. Puis il poussa Kat dans le bureau désert de Lou et referma la porte derrière eux.

— Tu veux bien arrêter ce cirque ? dit-elle. Je vais très bien.

— C'est à moi d'en juger. Assieds-toi.

Son soupir de frustration le fit sourire alors qu'il ouvrait la trousse de premiers secours. Elle choisit de s'asseoir sur le bureau de Lou plutôt que sur son fauteuil et il ne lui en tint pas rigueur - Lou était un homme corpulent qui ne semblait pas franchement partisan de la douche quotidienne. Aiden disposa sur le bureau le matériel dont il allait avoir besoin.

— Fais voir ta main.

Elle leva la main à contrecœur pour lui permettre de la débarrasser du tee-shirt. Une fois que ce fut fait, il le jeta à la poubelle, puis déchira l'emballage de plusieurs compresses imprégnées d'alcool et en tamponna délicatement les pourtours, puis la plaie en elle-même. Il s'efforça de ne pas remarquer la façon dont les genoux de Kat frôlaient ses cuisses ni celle dont son souffle effleurait ses doigts tandis qu'il la soignait.

Il ne se soucia pas davantage de l'aspect soyeux de la chevelure qui encadrait son visage ou de la suave et printanière senteur de lilas qui chatouillait ses narines.

Il n'avait pu penser qu'à elle depuis son départ précipité de la veille. À dire vrai, il avait rarement songé à autre chose depuis la première fois qu'il l'avait vue, alors même qu'elle lui était inaccessible. Pas seulement parce qu'elle avait un petit ami, comme il avait pu le constater au cours du mois précédant l'arrestation dudit compagnon, avec lequel Kat formait un couple aussi improbable que Xander et lui-même.

Aiden avait carrément eu l'impression que s'il avait cherché à s'interposer entre eux, le copain de Kat n'aurait rien fait pour l'en empêcher. Ce qui lui paraissait absurde, étant donné que si Kat lui avait fait l'honneur d'être sa copine, Aiden n'aurait pas hésité à tuer quiconque aurait tenté de l'éloigner de lui.

C'était justement à cause de cette pulsion meurtrière qu'il s'obligeait à considérer seulement Kat comme une collègue de travail. De plus, Aiden avait pour habitude de s'en tenir aux relations d'un soir et quelque chose lui disait qu'une nuit – ou même plusieurs – avec cette jeune femme mystérieuse ne suffirait pas.

Elle inspira l'air entre ses dents quand il tamponna délicatement la plaie.

— Il va falloir poser des agrafes, dit-il en levant les yeux.

Elle secoua la tête avant même qu'il ait fini sa phrase.

— Pas la peine. Avec le bandage, ça se refermera tout seul.

— Si tu gardais la main au repos quelques semaines, ça pourrait marcher, répondit-il. Mais si tu continues à travailler, il va falloir te recoudre, autrement, la plaie se rouvrira chaque fois que tu bougeras le pouce.

Elle fronça les sourcils, respira et mordit sa lèvre inférieure.

— Tu as peur du docteur et des piqûres ?

— Je ne sais pas, murmura-t-elle les yeux baissés, son visage pâlissant sous ses taches de rousseur.

*

* *

— Tu n'as jamais vu de médecin ?

Kat était surtout terrifiée à l'idée de se retrouver dans un hôpital pour la deuxième fois de sa vie. Et il n'était pas question qu'elle parle à Irish de son premier séjour.

Elle secoua la tête et les bribes de souvenirs qui lui remontèrent à l'esprit l'incitèrent à affermir la pression de ses dents sur sa lèvre. Les motifs pour consulter un thérapeute ou se rendre dans un établissement médical n'avaient pas manqué durant son enfance. Mais quand vos propres parents sont à l'origine de ces causes, ils sont rarement enclins à vous y conduire car ils risquent ensuite de recevoir une visite des services sociaux.

— Tu sais quoi ? dit-il en la forçant à relever le menton comme il l'avait fait la veille. Une fois que j'aurai bandé ça, je t'emmènerai à l'hôpital pour qu'on te soigne comme il faut. Je t'attendrai, je te ramènerai chez toi, et de là, j'appellerai Xander pour qu'il passe me prendre. Ça te va ?

Quelque chose palpita dans son ventre quand son regard bleu saphir chercha la réponse sur son visage. Pourquoi Irish lui faisait-il cet effet-là ? Peut-être parce qu'il était une contradiction ambulante…

À première vue, il avait tout du mauvais garçon, couvert de tatouages et de piercings, qu'on redoute de croiser seule, même en plein jour. Et pourtant, il lui tenait la porte quand il la voyait arriver. S'il pensait qu'un client l'ennuyait, il s'interposait. Et il suffisait qu'il pose les yeux sur elle pour que Kat sache que tant qu'il était dans les parages, il ne pouvait rien lui arriver.

— Tu es toujours avec moi, Kitty-Kat ? demanda-t-il d'une voix douce.

Il avait dit quelque chose d'équivalent, la veille, quand elle avait paniqué. « Reste avec moi, Kitty-Kat. » Sur le moment, elle avait pris cela pour une formule dénuée de sens, mais cette fois, la petite fille qui s'abritait derrière sa carapace de cynisme se surprit à soupirer, des étoiles plein les yeux. Kat allait devoir s'appliquer à laisser en sourdine cette minuscule part d'elle-même.

Elle déglutit et hocha la tête.

— D'accord, dit-elle en réponse à sa proposition.

Le sourire qu'elle vit passer sur ses lèvres lui apprit que c'était celle qu'il attendait. Il s'affaira alors à préparer les compresses stériles et la pommade antibiotique dont il allait avoir besoin.

Tandis qu'il jouait les médecins amateurs, Kat s'autorisa à l'observer du coin de l'œil. Son corps était impressionnant. Et cela ne tenait pas seulement aux quatre pour cent de masse grasse que devait afficher son impédancemètre. Couvert de tatouages colorés, cet homme était une vraie peinture vivante. Quand il avait retiré sa chemise, elle en avait eu le souffle coupé.

Elle n'avait eu jusqu'alors qu'un aperçu de ceux de ses bras, depuis le bas des manches du teeshirt de travail qui moulait ses biceps, jusqu'aux deux mots inscrits sur ses phalanges – CAGE sur la main droite, RAGE sur la gauche.

Son membre supérieur gauche formait une fresque marine. Une pieuvre très réaliste surmontait son épaule et déployait ses tentacules jusqu'à son coude. Tortues et étoiles de mer, poissons tropicaux et branches de corail garnissaient le reste de son bras sur fond de mer bleue.

Le bras droit développait une thématique asiatique, les motifs principaux étant une jolie geisha et un guerrier samouraï.

Mais celui qu'elle n'avait encore jamais vu occupait presque tout son torse. Centrée au niveau du sternum, une fleur de lotus dans des tons verts, violets et jaunes, sur fond de vagues bleu vif stylisées de manière japonisante, se déployait sur ses pectoraux. Au-dessus, des lettres élégantes suivaient la courbe de sa clavicule pour former ce qui devait être son nom de famille, encadré par deux trèfles irlandais.

Kat était si absorbée dans l'étude des motifs – sans parler des tiges d'argent diaboliquement sexy qui ornaient ses tétons – qu'elle faillit sursauter quand il reprit la parole :

— Est-ce que ça fait mal ?

Est-ce que ça faisait mal ? Oui, énormément, même. Mais en comparaison des blessures qu'elle avait reçues auparavant, la douleur n'allait pas au-delà de quatre, sur une échelle de un à dix.

— Un peu.

L'un de ses sourcils sombres se releva tandis qu'il finissait d'appliquer la pommade.

— Si l'une de mes sœurs s'était coupée comme ça, ses cris m'auraient déjà rendu sourd.

Elle haussa l'épaule gauche.

— Je dois bien supporter la souffrance, je suppose.

Le regard d'Irish s'attarda brièvement sur la cicatrice verticale de près de dix centimètres qui s'étendait sous sa clavicule. Elle était ancienne et la plupart des gens ne la remarquaient pas. Mais il était rare qu'on l'approche d'aussi près qu'Irish le faisait en ce moment. Elle aurait préféré que les tee-shirts de ses tenues de travail ne soient pas aussi échancrés, mais Lou tenait à mettre en valeur le décolleté de ses serveuses. Et Kat savait d'expérience que plus on exhibe celui-ci, meilleurs sont les pourboires.

Kat n'aurait su dire si le grognement qui échappa à Irish marquait son accord ou son incrédulité.

Il maintint les compresses d'une main, attrapa de l'autre le rouleau de gaze et l'enroula autour de sa main et de son poignet.

— C'est bon, comme ça ?

— Oui, merci.

Les yeux de Kat revinrent se poser sur son torse tandis qu'il s'affairait à ranger le matériel dans la trousse de premiers secours.

— O'Brien, c'est ça ?

Ses yeux bleus étincelèrent entre ses cils noirs un bref instant, puis il reprit sa tâche.

— Ouais, acquiesça-t-il à contrecœur. Tu pourrais peut-être me dire ton vrai nom, histoire d'égaliser les scores.

Elle se raidit aussitôt.

— Qu'est-ce qui te fait croire que Sydney n'est pas mon vrai prénom ?

— Hier soir, tu n'as pas dit, je *le* déteste, tu as dit *ce* nom. Et puis, ajouta-t-il en faisant soudain peser son regard sur elle, tu as ce truc, chaque fois que quelqu'un s'en sert.

— Ce truc ? Quel truc ?

— Je ne sais pas. Une espèce de réaction. Comme si tu te sentais insultée.

Génial, se dit-elle. Heureusement qu'elle n'avait jamais rêvé de devenir actrice, parce qu'elle n'était visiblement pas douée pour jouer la comédie.

— Si ça peut te consoler, ajouta-t-il, je crois que personne ne s'en est aperçu.

Personne, sauf lui.

Et les hommes de Sicoli, qui étaient là pour la tuer.

— Aucun souci, assura-t-elle. Mais le fait d'être un bon samaritain très observateur ne suffit pas pour que je te fasse confiance.

Elle baissa les yeux sur sa main bandée et eut l'impression de l'avoir giflé, alors qu'il venait de la soigner.

— Je suis désolée, ajouta-t-elle piteusement.

— Tu n'as pas à l'être. Tu as parfaitement raison.

Surprise, Kat releva vivement la tête, mais Irish s'était déjà retourné pour ranger la trousse de premiers soins. Il ouvrit un placard, fouilla dans un carton et en sortit l'un des tee-shirts que portaient les videurs.

— Bon, je vais prévenir Xander qu'on s'en va et demander à Johnny de me remplacer, dit-il en enfilant le maillot. Après, on sortira discrètement par-derrière.

« On sortira discrètement par-derrière… » Merde ! Le fait de se retrouver si près de lui torse nu avait court-circuité son esprit au point de faire oublier à Kat qu'elle devait sortir subtilement de son appartement pour échapper aux griffes de Sicoli. Elle n'avait pas le temps d'aller à l'hôpital. Elle devait s'en tenir au plan initial. Ou du moins à une version légèrement modifiée qui supposait qu'elle quitte le travail plus tôt, *sans* Irish.

Tout en faisant mine d'acquiescer, elle coula un regard vers le vestiaire où se trouvait son sac à main.

— N'y pense même pas, Kitty-Kat.

Kat reporta vivement les yeux sur lui.

— Je sais à quoi tu penses, mais je ne te laisserai pas me fausser compagnie. Si ta plaie s'infecte, que tu fais une septicémie et que tu meurs parce que je t'ai mal soignée, la culpabilité me tuera. Tu ne veux pas être la cause de *ma* mort, j'imagine ?

Son demi-sourire indiquait qu'il plaisantait, mais son regard était extrêmement sérieux. À l'évidence, il se sentait responsable d'elle et ne lui faisait pas confiance. Kat était habituée au manque de foi de la part des hommes vis-à-vis d'elle. Irish n'était pas si différent des autres, finalement, se dit-elle en s'efforçant d'étouffer sa déception.

D'autant que le doute qu'il avait eu était fondé.

Elle évalua les choix dont elle disposait. Si elle le suivait, son plan se trouverait retardé de plusieurs heures, ce qui le rendrait plus compliqué à accomplir, mais pas forcément impossible. Dans le cas inverse, elle aurait le temps de s'enfuir plus loin avant de trouver un refuge le lendemain matin. Mais, si sa main s'infectait, elle serait obligée d'aller à l'hôpital pour se faire soigner, ce qui reviendrait à semer des petits cailloux derrière elle à l'intention de Sicoli.

Kat descendit du bureau et s'approcha des casiers du personnel. Elle récupéra son sac, le passa sur son épaule et lança ses clefs de voiture à Irish. Il les rattrapa d'une main et l'étudia un moment.

— Quoi ? s'enquit-elle d'un ton de défi. Maintenant, je ne peux plus aller nulle part jusqu'à ton retour.

Il franchit l'espace qui les séparait, plaça ses clefs au creux de sa main valide et replia ses doigts dessus.

— Je reviens dans cinq minutes, annonça-t-il.

Il lui accordait donc sa confiance ? Excepté Nessie, personne ne l'avait jamais crue. Elle contempla son trousseau et sentit son cœur se serrer.

— Irish ?

— Oui ?

— Si tu veux...

Elle plongea son regard dans ses yeux bleus avant de changer d'avis, s'accrocha désespérément à l'espoir qu'elle pouvait faire confiance à cet homme et se jeta à l'eau.

— … tu peux m'appeler Kat.

Il inclina légèrement la tête sur le côté.

— Tu veux dire la version adulte de Kitty-Kat ?

Cela eut le don de la faire sourire. Un peu.

— C'est le diminutif de Katherine. Avec un K.

Il leva la main et effleura très brièvement sa joue du bout de son pouce.

— Je reviens dans cinq minutes… Kat.

Il tourna alors les talons, sortit de la pièce et referma la porte derrière lui.

5

Quand ils ressortirent des urgences, il était trois heures du matin. Se retrouver à l'hôpital avait pétrifié Kat, mais elle s'était efforcée de ne rien en laisser paraître. Quand une infirmière l'avait appelée pour poser ses agrafes, Aiden avait proposé de venir avec elle pour « lui tenir compagnie ». Le soulagement qu'avait trahi son regard avant qu'elle fasse mine de hausser les épaules – un geste qui lui était coutumier, avait-il noté au passage – fut des plus révélateurs.

Elle s'était montrée très courageuse, finalement. La main d'Irish ne partageait sans doute pas ce sentiment… Kat l'avait serrée si fort qu'il s'en était fallu de peu qu'il ne soit obligé de rester pour se faire poser un plâtre. Mais dix minutes et douze agrafes plus tard, l'anxiété avait fini par céder la place à l'épuisement.

Ce fut du moins ce qu'il avait cru.

Kat avait semblé plus détendue tandis qu'elle écoutait les instructions de soins de l'infirmière, mais dès qu'ils furent sortis de l'hôpital, son comportement changea complètement. Il sentit les muscles de son dos se crisper sous sa main quand il la guida sur le parking. Elle eut beau s'efforcer d'être discrète, il la vit scruter les alentours comme si elle s'attendait à voir surgir quelqu'un. Et quand l'alarme d'une voiture se déclencha, elle fit un bond de quinze mètres.

Au bar, sa nervosité aurait pu s'expliquer par sa crainte de voir surgir Mullineaux, mais pas là. Sans compter que son instinct lui dictait de se tenir en alerte. Il sentait un regard peser sur lui, aussi désagréable qu'une étiquette qui gratte la nuque.

Qui donc pouvait bien les observer ? Et pourquoi ?

Une fois qu'ils eurent quitté le parking, Aiden remarqua très vite qu'une voiture les suivait.

— Dans quel pétrin est-ce que tu t'es fourrée ?

Kat cessa de se ronger les ongles et lui jeta un coup d'œil depuis le siège passager.

— Je ne vois pas de quoi tu parles.

— Ne me prends pas pour un idiot, Kat. Je sais que tu es sur tes gardes. Je suis prêt à t'aider, mais je ne peux rien faire si tu ne m'expliques pas ce qu'il se passe.

Elle se tourna vers lui, calant son dos contre la portière, et croisa les bras.

— Tu ne penses pas que j'ai des raisons d'être sur le qui-vive après ce qui m'est arrivé hier soir ?

— Si, répondit-il en jetant un coup d'œil au rétroviseur – on les suivait toujours. Mais je ne crois pas que ce soit Mullineaux qui t'inquiète.

Il s'arrêta au feu, posa la main sur le dossier du siège voisin et se tourna vers elle.

— Ne te retourne pas, mais il semble que tes problèmes se trouvent dans la Cadillac qui est derrière nous depuis qu'on a quitté l'hôpital.

Kat amorça le mouvement qu'il lui avait interdit de faire. Aiden s'y était attendu. Il posa alors sa main droite sur la joue de la jeune femme et se pencha vers elle afin de laisser croire à leurs poursuivants qu'il l'embrassait.

— Je t'ai dit de ne pas te retourner, murmura-t-il. Maintenant regarde devant toi et fais comme si tu ne les avais pas remarqués. Compris ?

Elle déglutit, puis hocha la tête juste avant que le feu passe au vert. Ils n'étaient plus très loin de chez elle et Aiden voulait connaître la nature du danger qui la menaçait avant de faire quoi que ce soit.

— C'est à cause de ton copain qu'ils sont là ?

Elle resta immobile, mais du coin de l'œil, il la vit se raidir davantage.

— Qu'est-ce que tu veux dire ?

— Il est en prison. Est-ce que ces types sont chargés de veiller à ce que personne ne le remplace pendant qu'il est à l'ombre ?

— Oh, souffla-t-elle en baissant les yeux sur ses mains. Non, je ne crois pas qu'ils soient là pour ça.

— Bon. Est-ce que tu veux que je les sème ?

— Tu ne pourras pas.

— Pourquoi ?

— Pour un tas de raisons, répondit-elle, à commencer par le fait que Mario Andretti lui-même ne pourrait semer personne avec cette poubelle à roulettes.

— Et en admettant que cela ne pose pas problème ?

Elle secoua la tête et jeta un regard dans le rétroviseur extérieur.

— Il n'existe aucun endroit où je puisse me cacher sans qu'ils me découvrent. Au mieux, je peux espérer leur échapper un jour ou deux. Mais ça ne fera que repousser l'inéluctable.

Inéluctable. Aiden avait ce mot-là en horreur.

« Un de ces jours, tu vas finir par blesser quelqu'un avec ton sale caractère. C'est inéluctable. »

Joey Patterson, son meilleur ami de toujours, avait eu raison. Tellement raison. Et depuis lors, il avait fait tout ce qui était en son pouvoir pour s'assurer de le faire toujours mentir.

— Qu'est-ce qui est inéluctable ?

Kat se contenta de garder les yeux tournés vers la fenêtre. Les eaux sur lesquelles elle naviguait étaient troubles. Et profondes.

Aiden détendit les doigts puis les replia sur le volant au point de faire blanchir ses jointures. Il la connaissait à peine, mais l'idée qu'on puisse lui faire du mal suffisait à réveiller ses vieux démons. Il n'avait plus ressenti ce besoin de protéger quelqu'un depuis cette affreuse nuit avec la petite sœur de Joey – *Ne pense pas à ça, abruti. Pense à ce qui se passe* maintenant.

— Très bien, ne me réponds pas, dit-il en dépassant la rue qu'il aurait dû prendre. On va faire les choses à ma manière.

— Et c'est quoi, au juste ?

— Je sais que tu n'as aucune raison de me croire, mais je veux t'aider, déclara-t-il en tournant les yeux vers elle. Est-ce que tu peux me faire confiance, Kat ?

Elle laissa s'écouler une longue minute avant de répliquer et Aiden concentra son regard sur le défilement de la ligne en pointillés au milieu de la route.

— Qu'est-ce que j'ai à perdre ? dit-elle finalement.

Ce n'était pas la réponse encourageante qu'il avait espérée, mais il s'en contenterait pour l'instant.

Il continua de rouler au maximum de la vitesse autorisée jusqu'au bar de Lou. Les gens qui la traquaient devaient avoir repéré ses faits et gestes. Ils s'attendaient donc à ce qu'elle le dépose au bar pour qu'il récupère sa moto avant de rentrer chez lui.

Quand il s'engagea sur le parking, la Cadillac continua sa route comme il s'y était attendu. Elle allait certainement faire demi-tour un peu plus loin, se garer sur le bas-côté tous feux éteints et attendre que Kat reparte chez elle.

Il gara la Chevrolet au fond du parking et coupa le moteur.

— Suis-moi, dit-il.

Elle descendit de voiture et le retrouva devant le coffre.

— Tu comptes rester ici ? Je ne suis pas spécialiste, mais si tu veux mon avis, je pense que c'est un mauvais plan.

Un sourire malicieux tordit sa bouche.

— Ce n'est pas ce que je compte faire, Kitty-Kat. Ne bouge pas d'ici, je reviens tout de suite.

Il ouvrit la porte de service à l'aide de ses clefs et alla récupérer son casque dans son casier. En temps normal, il conduisait sa Harley, mais comme il était en train d'en bricoler le moteur, il roulait ces derniers jours sur sa Suzuki GSX-R1000.

Après avoir refermé derrière lui, il rejoignit Kat qui l'attendait les bras croisés, comme si elle redoutait de ne pouvoir garder son calme.

— Prends ça.

Elle accepta le casque bleu roi qu'il lui tendit et l'accompagna jusqu'à sa moto.

— Irish, je ne voudrais pas passer pour une ingrate, mais je ne comprends pas bien à quoi ça sert d'aller ailleurs puisqu'ils vont me suivre de toute façon.

Aiden déverrouilla la selle et attrapa les lunettes qui protégeraient au moins ses yeux du vent, vu qu'il n'avait qu'un seul casque. Il l'aida ensuite à enfiler la protection sur sa tête pour lui éviter de faire sauter les agrafes de sa main, puis dégagea la moto de sa fourche.

— Tu as sans doute raison, dit-il une fois qu'elle eut pris place derrière lui. Mais pour cela, il faudra d'abord qu'ils nous rattrapent.

Il mit le contact, débraya et pressa le bouton de démarrage. Le moteur rugit et lâcha un filet de gaz.

Kat se pencha en avant, plaqua le buste contre son dos et noua les bras autour de sa taille. Ce n'était ni le lieu ni le moment, mais Aiden sentit son cœur sauter un battement au contact de ses mamelons durcis à travers leurs tee-shirts et ne put s'empêcher de constater que l'entrejambe de Kat s'adaptait idéalement à la courbe de ses fesses.

Arrête de penser avec ta queue. Il s'attardait trop à des détails et avait tendance à imaginer des choses qui n'existaient pas vraiment parce qu'il y avait trop longtemps qu'il se contentait de relations superficielles.

Il ne pouvait pas se permettre d'en avoir d'un autre type. Et pour le moment, il devait aider Kat à se tirer d'embarras. Après quoi il retrouverait son style de vie simple et détaché. Et l'histoire s'arrêterait là.

Elle renforça l'étreinte de ses bras et quelque chose dans sa façon de serrer sa taille ne tenait pas seulement au besoin de rester en selle.

Et l'histoire s'arrêterait là ? Ben voyons...

— Accroche-toi, Kitty-Kat.

*
* *

Les palpitations de son ventre étaient si puissantes que Kat était certaine qu'Irish pouvait les sentir contre son dos. Elle était doublement inquiète. Non seulement c'était la première fois de sa vie qu'elle grimpait sur une moto, mais elle commençait à se demander si cette tentative de semer les hommes de Sicoli n'allait pas avoir pour seul résultat de les irriter davantage.

Irish tourna la tête sur le côté et lui jeta un coup d'œil à travers ses lunettes enveloppantes.

— Détends-toi, Kat. Si tu restes droite, je vais avoir du mal à prendre les virages. Tout ce que tu as à faire, c'est suivre les mouvements de mon corps, OK ?

Elle hocha la tête, incertaine de parvenir à se faire entendre à travers le casque intégral.

Alors qu'Irish leur faisait traverser le parking, elle se sentit un peu bête d'être aussi nerveuse. Finalement, c'était loin d'être aussi effrayant qu'elle l'avait redouté. Ils s'arrêtèrent à l'endroit où les gravillons cédaient la place au bitume. Kat tourna la tête à droite et plissa les yeux. Elle ne vit aucun signe de danger.

Des phares s'allumèrent cinq cents mètres plus bas. Visiblement, ce brusque changement dans le mode de vie de Kat les avait fait renoncer à la discrétion. Irish libéra les gaz plusieurs fois de suite, et Kat pensa à la façon dont le taureau racle le sol en guise d'avertissement avant de charger sur celui qui menace son territoire.

Soudain, la moto démarra en direction de la Cadillac. Kat sentit son cœur remonter dans sa gorge et fut certaine de laisser son estomac sur le parking. Si elle ne s'était pas agrippée aussi fermement à Irish, elle y serait sans doute restée tout entière.

Le conducteur de la Cadillac avait dû anticiper leur mouvement et accéléra. Les roues pivotèrent en soulevant des jets de terre quand la voiture se retourna pour pointer en direction de la moto. Dès que les pneus mordirent l'asphalte, l'automobile se plaça en travers de la route pour leur barrer le passage.

Kat hurla et ferma les yeux, persuadée que ses os seraient pulvérisés par l'impact, mais elle sentit seulement l'engin sur lequel ils étaient assis pivoter rapidement de droite à gauche et puis… plus rien. Rien de différent, en tout cas. Elle sentait toujours le vrombissement du moteur sous ses fesses et plus que jamais le corps ferme d'Irish devant le sien. Elle prit une longue inspiration, regarda autour d'elle et découvrit le paysage qui défilait si vite qu'il était impossible d'en discerner les contours. Un éclat de rire remonta dans sa poitrine, bien qu'elle ne sache ni d'où il venait ni pour quelle raison il jugeait bon de jaillir.

Il n'eut cependant pas le temps de franchir ses lèvres, car un double faisceau lumineux venait d'apparaître. Kat regarda derrière elle, constata que la Cadillac gagnait lentement du terrain et perdit toute envie de sourire.

— Irish !

— T'inquiète, lança-t-il par-dessus son épaule.

Le doute l'assaillit malgré tout et son sang se figea dans ses veines. Ils n'avaient plus qu'une faible longueur d'avance sur la voiture. Elle n'avait pas la moindre idée de la vitesse à laquelle ils roulaient, mais ils devaient sûrement pouvoir aller plus vite. Ce genre de modèle n'était-il pas censé filer aussi vite qu'une fusée ?

Alors qu'elle s'efforçait de rassembler ses rares connaissances au sujet du bolide qu'elle chevauchait, elle reconnut soudain le feu orange qui se profilait à l'horizon. *Oh, non. Le virage du suicidé.*

Jusqu'ici, ils avaient roulé tout droit, mais le virage en épingle à cheveux qui les attendait en haut de la côte tenait son surnom de l'accident qui avait eu lieu quelque vingt ans auparavant et dans lequel un adolescent qui roulait trop vite avait perdu la vie au volant de sa voiture. Tout le monde s'accordait à dire que le gamin en question savait que ce virage était dangereux et que s'il l'avait pris à une telle allure, c'était forcément parce qu'il souhaitait mourir.

L'existence de Kat n'avait sans doute rien d'un rêve, mais elle n'avait pas du tout envie de passer de vie à trépas.

— Ralentis ! Tu vas nous tuer !

Elle n'eut pas le temps de lancer un autre cri. Le corps d'Irish avait plongé vers la droite et elle n'avait pas d'autre choix que d'en faire autant. Ils penchaient tellement sur le côté qu'elle eut l'impression qu'ils allaient toucher le sol et la vision de leurs corps se détachant de la moto et de leur peau restant accrochée sur le gravier de la route projeta une décharge électrique le long de sa colonne vertébrale. Malgré le tohu-bohu de pensées macabres qui crépitaient dans sa tête, son esprit logique resta aux commandes, lui assura qu'Irish savait ce qu'il faisait et qu'en dépit de son angle dément, la moto abordait le virage ultra-serré avec une élégance et une vitesse inexplicables.

La Cadillac n'eut pas autant de chance. Des crissements de pneus et de freins se bloquant lui parvinrent à travers l'épaisseur de son casque, suivis d'un choc violent ponctué par un froissement de métal.

Elle n'osa pas regarder derrière elle. Ne plus voir ces faisceaux lumineux déchirer l'obscurité autour d'eux lui suffisait amplement. Irish réduisit les gaz, ramenant le compteur kilométrique à un niveau qui permit à l'estomac de Kat de retrouver sa place… enfin, plus ou moins.

Elle s'était toujours demandé pourquoi certaines femmes préfèrent rouler à l'arrière d'une moto plutôt que d'en conduire une. Mais maintenant qu'elle se retrouvait plaquée contre Irish, les vibrations du moteur se répandant dans tout son corps, elle en comprenait la raison.

Alors qu'ils se connaissaient à peine, il y avait une certaine intimité à rouler de cette façon. Elle sentait ses abdos onduler sous ses mains quand il se penchait sur le côté pour épouser les mouvements de la moto. Ses seins pressaient contre son dos et avec sa jupe courte qui remontait sur ses cuisses, la zone sensible de son entrejambe se retrouvait directement plaquée contre ses fesses. Chaque geste qu'il faisait déclenchait une caresse sensuelle et générait un crépitement d'étincelles dans ses zones érogènes.

Elle se sentit bientôt gagnée par une agréable sensation de désir qui ne tarda guère à éveiller sa frustration car elle ne savait pas ce qu'elle allait pouvoir faire pour y remédier.

Un quart d'heure plus tard, ils quittèrent la route principale pour s'engager sur une allée gravillonnée. Celle-ci sinuait entre deux rangées de cyprès chargés de grappes de broméliacées qui formaient une sorte de tunnel végétal. Ils s'arrêtèrent devant un ranch, si petit qu'on aurait dit une cabane, bardé de bois sombre, et qui s'ouvrait sur une vaste véranda. Sur la gauche, se dressaient un garage et une vieille grange.

Irish coupa le moteur et l'aida à descendre de la moto avant d'en faire autant. La façon dont il lança sa jambe au-dessus de la selle fit penser à Kat à un chevalier des temps modernes descendant de son destrier d'acier.

Mon Dieu, se dit-elle en frissonnant. Sa main n'était peut-être pas la seule partie de son corps à avoir subi des dommages un peu plus tôt. Son bon sens devait avoir été sévèrement écorné si elle en venait à voir Irish sous les traits d'un preux chevalier venu la délivrer de sa haute tour de pierre.

Il l'aida à retirer son casque et elle pria pour que la course n'ait pas autant rougi ses joues qu'elle en avait l'impression.

— Viens vite, dit-il en grimpant les marches de la véranda. Si on ne se dépêche pas, Ally la furieuse va venir t'embêter.

Elle le suivit en s'efforçant de démêler ses cheveux avec ses doigts, renonça, fit glisser un élastique de son poignet et releva ses cheveux, sa coiffure formant une queue-de-cheval qui aurait vainement aspiré au statut de chignon.

— Qui est Ally la furieuse ?

— Un animal errant - une femelle, en fait. Qui a très mauvais caractère. Et qui a plus ou moins élu domicile sous la véranda.

Il ouvrit la porte moustiquaire, s'immobilisa et se tourna vers elle, souriant à demi.

— On a réussi à l'amadouer en lui donnant du poulet, Xander et moi, mais quand elle ne connaît pas les gens, elle est assez sauvage.

— Peut-être que je lui plairai, dit Kat. Les chats m'aiment bien, en général.

Il laissa échapper un gloussement tandis qu'il déverrouillait la porte, l'ouvrit et l'invita du geste à le précéder à l'intérieur.

— Ça ne m'étonne pas, dit-il avec un sourire en coin.

Kat entra et regarda autour d'elle, curieuse de découvrir si l'endroit lui ressemblait. La réponse s'imposa d'elle-même.

Pas du tout.

Si Kat avait été agent immobilier, elle aurait vanté l'endroit comme un « vaste espace ouvert ». Sur la droite, l'espace cuisine était seulement délimité par une petite table et quatre chaises, plantées au milieu de la pièce. Elles n'étaient plus de première jeunesse et plusieurs portées de chiots semblaient s'être fait les dents sur leurs pieds.

Le living occupait la partie gauche. Un canapé et une causeuse en cuir caramel étaient disposés de façon à former un angle à l'intérieur duquel trônait un gigantesque pouf assorti. Kat révisa cette estimation quand son regard se posa sur l'écran plat. Le pouf était seulement très grand, l'écran de télé, lui, était bel et bien gigantesque.

Elle se demanda brièvement si les hommes ne compensaient pas certains manques avec de l'équipement électronique, comme ils avaient tendance à le faire avec de grosses voitures. Une vision du torse nu d'Irish – si ferme, si viril – surgit dans son esprit… *Non, pas possible.*

Trois portes identiques s'alignaient sur le mur du fond. Il aurait suffi de les numéroter pour se croire sur le plateau d'un jeu télévisé dans lequel les candidats se seraient vu offrir trois choix possibles.

— C'est joli, dit-elle d'un ton dont l'absence de conviction se faisait cruellement sentir.

— Xander aime avoir son confort.

— Tout ce qui se trouve ici est à lui ?

— Non, répondit-il en désignant la table et les chaises. Voici ma contribution.

— Ah ! s'exclama-t-elle avec un grand sourire. J'en conclus que tu es Oscar, et Xander, c'est Felix.

— Je te demande pardon ?

— Tu sais bien, Felix et Oscar, les héros d'*Un couple étrange*.

Elle attendit un signe de compréhension de sa part, mais il se contenta de hausser les sourcils et d'écarquiller les yeux.

— C'est une série télé. Les héros sont deux colocataires. Felix est un maniaque de l'ordre et de la propreté alors qu'Oscar est plutôt du genre crasseux et bordélique.

Irish bomba le torse et croisa les bras.

— Si j'ai bien compris, tu viens de dire que je suis crasseux et bordélique ?

Kat plaqua une main sur sa bouche et sentit ses yeux devenir aussi ronds que des soucoupes. Irish l'avait davantage aidée au cours des cinq dernières heures que personne ne l'avait fait en cinq ans, et elle n'était pas chez lui depuis cinq minutes qu'elle trouvait le moyen de l'insulter.

— Irish, je suis désolée. Ce n'est pas du tout ce que je voulais dire, je te jure.

— Je plaisante, dit-il, abandonnant son attitude de gros dur pour la gratifier d'un sourire éblouissant. En fait, je crois que tu as tapé dans le mille avec ton histoire de Felix et Oscar. Xan dit tout le temps que je n'ai aucun sens du rangement.

Il ne s'était pas vexé ni mis en colère, n'avait pas riposté par une méchanceté de son cru et ne l'avait pas envoyée dormir sous la véranda avec Ally la furieuse… Tout le contraire de ce à quoi Kat était habituée. Du coup, elle ne sut absolument pas comment réagir.

Elle décida de respirer à fond et ordonna à ses muscles de se détendre. Respirer lui fit un bien fou. Ses narines et ses poumons s'emplirent du parfum épicé de la maison d'Irish qui l'aida à s'éclaircir les idées. Ce fut comme si elle avait appuyé sur un bouton de reformatage de son esprit.

Son corps refusa en revanche de lui obéir, ce qui ne la surprit pas. Elle était incapable de se souvenir d'une époque de sa vie où elle se serait sentie décontractée. Elle vivait dans un état de perpétuelle tension physique.

Un frôlement de doigts rugueux sur sa joue déclencha un frisson le long de sa colonne vertébrale et un voile de chair de poule couvrit ses bras. Mais quand ces doigts soulevèrent son visage et que ses beaux yeux bleus plongèrent au fond des siens, le frémissement se mua en traînée d'étincelles et le flot de chaleur qui l'envahit fit disparaître la marque de fraîcheur qui était apparue quelques secondes plus tôt.

— Kat ?

— Gnè ?

Tout discernement avait déserté son esprit. Elle pouvait s'estimer heureuse d'être parvenue à produire un son quelconque. Elle n'avait encore jamais réalisé à quel point il était beau. Et par « beau », elle entendait vraiment *très* beau. Parce que, au-delà des tatouages, des piercings et de son allure débraillée, Irish présentait des traits d'une finesse aristocratique.

Il avait le front large et lisse, tant qu'il ne fronçait pas les sourcils ; trois plis horizontaux le traversaient alors. Ses pommettes hautes encadraient un nez long et droit qui réfutait l'idée qu'elle s'était faite de son passé – dans quelque quartier mal famé où les bagarres de rues seraient monnaie courante. Ses lèvres s'harmonisaient à la perfection, aussi pleines et tentatrices l'une que l'autre, et au creux de son menton, dissimulé par un léger début de barbe, nichait une fossette qui se creusait quand il souriait.

Ses yeux, surtout, étaient les plus éblouissants qu'elle ait jamais vus. En amande, ils étaient encadrés d'épais cils noirs qui auraient pu sembler féminins sur un visage moins viril que le sien.

Si on lui avait demandé d'en donner la couleur, elle aurait dit qu'ils étaient « feu et glace ». Elle savait bien que ce n'était pas le genre de nuance qu'on trouve dans une pochette de feutres, mais c'était ce qu'ils lui inspiraient.

Ils étaient parfois d'un bleu si glacial qu'ils avaient le pouvoir de suspendre le coup de poing qu'un abruti s'apprêtait à balancer et à l'obliger à bien réfléchir avant d'aller au bout de son geste. À plus d'une reprise, Kat s'était dit que ses yeux étaient l'arme secrète d'Irish en tant que médiateur.

Mais d'autres fois – comme à cet instant précis – ils lui rappelaient la partie la plus chaude d'une flamme, des braises bleues qui auraient le pouvoir de tout faire fondre sur leur passage. Y compris Kat.

— Tu es avec moi, Kitty-Kat ? murmura-t-il.

Ces quatre mots, dont elle commençait à se dire qu'ils lui étaient exclusivement destinés, firent naître dans sa poitrine une onde de chaleur et une palpitation qu'elle n'avait encore jamais ressenties.

— Oui, répondit-elle en hochant lentement la tête. Je suis avec toi.

— Bon.

Ses doigts lâchèrent son menton pour envelopper sa main valide.

— Tu as eu une journée difficile. On parlera une fois que tu te seras reposée. Prends mon lit, je dormirai sur le canapé.

Elle ouvrit la bouche pour protester, mais il leva la main et l'entraîna vers la porte la plus à gauche, celle qui pouvait être pour Kat l'*Entrée n° 1*.

— Pas de discussion. Je suis peut-être un peu rustre, mais je ne suis pas un butor.

Le cœur de Kat se mit à battre de plus en plus vite alors qu'ils en approchaient. *Sa chambre. Son lit. Son domaine. Un accès clos. Pas d'issue.*

Elle hésita dangereusement entre la fuite et la paralysie. La plupart des gens hésitent entre l'évasion et la bataille, mais Kat avait appris très tôt que la guerre est la pire des solutions face à l'inéluctable. Si elle ne parvenait pas à s'échapper rapidement, elle allait se pétrifier, et la sécurité qu'elle avait jusqu'ici ressentie auprès d'Irish fondrait comme neige au soleil.

Elle s'arrêta brusquement et lâcha sa main.

— Non, tu ne comprends pas. *Je ne peux pas.*

Il plissa les yeux, comme s'il essayait de deviner un code ou de déchiffrer un message secret – ce qui n'était pas très éloigné de la vérité.

— Tu ne peux pas ?

Elle recula de deux petits pas tout en secouant la tête.

— Je serai bien mieux sur le canapé, je t'assure.

— Kat, dit-il gentiment, je n'entrerai pas, je te le jure. Je resterai ici.

Elle le crut. Vraiment. Mais c'était plus fort qu'elle. Si elle se mettait dans une position aussi vulnérable, de mauvais souvenirs sortiraient de l'ombre pour la hanter.

— Je t'en supplie, Irish. Laisse-moi le divan.

6

Une fois qu'il eut pris sa douche et enfilé un short, Aiden s'assit à son horrible table de cuisine pour prendre son café et s'efforça de ne pas trop regarder Kat, qui dormait encore sur le canapé. Il lui avait donné un tee-shirt pour dormir, mais celui-ci gisait, intact, sur le pouf. Elle avait posé ses vieilles baskets l'une à côté de l'autre par terre, près d'elle. La légère couverture qu'il avait sortie pour elle l'enveloppait étroitement et ses genoux étaient remontés contre sa poitrine.

Elle ressemblait à une chrysalide humaine, mais il avait le sentiment qu'à son réveil, aucune métamorphose n'aurait eu lieu. Kat serait toujours aussi apeurée, nerveuse et profondément méfiante.

« Je t'en supplie, Irish. Laisse-moi le divan. »

Ses entrailles s'étaient nouées quand elle l'avait supplié de la sorte et il avait eu envie de tuer la chose qui hantait son regard bleu.

Il porta la tasse à ses lèvres et avala une gorgée de breuvage amer. Il s'était leurré lui-même en disant à Jax qu'il ne se passerait rien entre Kat et lui. Et maintenant, son ami ne serait plus joignable avant deux semaines. Il allait devoir trouver le moyen d'aider la jeune femme tout seul.

L'un dans l'autre, il avait royalement échoué. Il avait accepté de garder un œil sur Kat pendant quelques semaines et de faire son rapport à sa sœur, pas de s'impliquer dans sa vie. C'était exactement le genre de chose qu'il s'était juré de ne plus jamais faire cinq ans plus tôt. Au lieu d'aider les gens, il finissait par leur faire du mal.

Ou pire encore.

Mais malgré la promesse qu'il s'était faite, il n'avait pu garder ses distances avec cette jolie rousse aux yeux aussi brillants que des topazes.

Comme s'ils avaient perçu ses pensées, les yeux de Kat s'ouvrirent et se posèrent sur lui.

Il jeta un coup d'œil à l'horloge du micro-ondes. 13:45. Ce qui signifiait qu'elle avait dormi une dizaine d'heures.

— Bonjour, Kitty-Kat.

Ses bras émergèrent du cocon de la couverture, puis elle se redressa, s'assit dans l'angle du canapé et ramena ses genoux contre sa poitrine. Aiden se demanda s'il s'agissait simplement d'une position confortable ou si elle ne cherchait pas, inconsciemment, à se protéger.

Elle cala ses longs cheveux derrière ses oreilles, puis encercla ses jambes de ses bras.

— Bonjour. Désolée d'avoir dormi autant. Tu aurais dû me réveiller.

— Je ne suis debout que depuis dix minutes. Tu as bien dormi ?

— Tu sais quoi ? répondit-elle après avoir considéré sa question. Je me suis vraiment parfaitement reposée. Pourtant, je ne dors jamais bien quand je ne suis pas chez moi. Je devais être épuisée.

— Tu veux du café ?

— Avec plaisir. Sans crème, s'il te plaît.

Elle se leva du canapé et traversa la pièce, pieds nus sur le plancher. À peine réveillée et les cheveux emmêlés, elle accomplissait l'exploit d'être toujours aussi belle. Et quand elle franchit le rectangle de lumière répandu par la fenêtre, Aiden eut l'impression de voir surgir devant lui une sorte de déesse solaire. Sa chevelure s'embrasa et ses taches de rousseur semblèrent éclairées à contre-jour par le halo de sa peau translucide.

Quand les ombres de la pièce absorbèrent les contours mystiques que l'imagination débordante d'Aiden avait prêtés à ses traits, il dut se secouer pour sortir de la transe qui l'avait saisi. Mais un tel effort était loin de suffire pour guérir la folie qui le menaçait. Il devait se ressaisir et la voir pour ce qu'elle était : la future belle-sœur de son ami Jax qui avait besoin d'être aidée. Parce qu'elle ne pourrait jamais être rien d'autre pour lui.

Aiden lui servit une tasse de café et la posa devant elle. Elle la prit entre ses mains et souffla dessus pendant quelques secondes avant d'en absorber une petite lampée. Ses paupières voilèrent son regard et elle émit un murmure approbateur qui fit penser à Aiden à tout autre chose qu'à la saveur du breuvage.

Plutôt que de laisser son esprit vagabonder, une fois de plus, il décida qu'il était temps d'obtenir des réponses. Il s'était impliqué dans une situation qui le dépassait et s'il voulait avoir une chance de les maintenir hors de danger tous les deux, il devait savoir de quoi il retournait.

— Il est temps que nous ayons une petite conversation, Kat.

Son expression d'extase disparut. Elle baissa les yeux, mordilla le coin de ses lèvres et replia une jambe pour la caler devant sa poitrine. Alors seulement, elle hocha la tête.

— Qui étaient ces individus qui nous ont suivis, hier soir ? Qu'est-ce qu'ils te veulent ?

— Ils travaillent pour un homme à qui Lenny doit de l'argent, soupira-t-elle. C'est pour leur échapper qu'on est venus ici.

— Et ils ont retrouvé votre trace quand ton copain s'est fait arrêter, c'est ça ?

Elle acquiesça.

— Depuis quand sont-ils ici ?

— Ça, je ne sais pas. Mais ils me l'ont fait comprendre vendredi soir, juste avant que je termine mon service.

— Le message que j'ai ramassé par terre ?

— Oui, répondit-elle avant de prendre une gorgée de café. Je l'ai trouvé sur mon pare-brise.

— Combien leur doit ton *copain* ?

Aiden n'aurait pas cru possible qu'une personne au teint aussi laiteux que celui de Kat puisse pâlir. Elle porta à nouveau sa tasse à ses lèvres, comme si elle espérait y puiser le courage de continuer la conversation. Il ne lui en donna visiblement pas assez pour croiser son regard.

— Vingt mille, avoua-t-elle, les yeux rivés sur la table.

Il laissa fuser un long sifflement.

— Sacrée somme. Intérêts compris ?

— C'est comme ça que ça marche ? Il peut y en avoir ? demanda-t-elle en relevant la tête.

— Tout dépend du prêteur, j'imagine… Écoute, ajouta-t-il en calant ses coudes sur le meuble, je ferai tout ce que je peux pour t'aider, mais il faut que tu me dises contre qui on se bat.

— Pourquoi ?

— Comment ça, pourquoi ?

— Pourquoi veux-tu m'aider ?

Aiden se laissa aller contre le dossier de sa chaise et se demanda ce qu'il pouvait répondre étant donné qu'il ne connaissait pas lui-même la réponse. Il tambourina des doigts sur la table, puis haussa les épaules.

— Qui sait ? Je suis peut-être atteint du complexe du superhéros… ou accro à l'adrénaline. À moins que je n'aie du mal à tourner le dos quand un ami a besoin d'aide.

Et qu'il vaudrait mieux pour toi que je n'en fasse rien.

— Tu me connais à peine.

— Je sais que tu ne mérites pas d'assumer les conséquences des conneries de ton copain.

Kat parut réfléchir. Sans doute évaluait-elle les options dont elle disposait. Aiden alla jeter dans l'évier son café refroidi et s'efforça de manifester une patience qu'il n'avait pas. Des émotions enfouies remontaient à la surface. Celles qui exigeaient de lui de passer à l'action et de faire disparaître la menace qui pesait sur elle par n'importe quel moyen.

— Il s'appelle Antony Sicoli, dit-elle finalement. Un ancien caïd de la mafia de New York qui a décidé un jour qu'il préférait les montagnes du Tennessee. Lenny lui a emprunté de l'argent, a parié gros et a perdu encore plus. Sicoli veut récupérer ce qui est à lui.

Aiden passa une main sur son visage, puis se gratta le menton. Il avait espéré qu'elle dirait qu'il s'agissait d'un petit bookmaker de quartier… sans trop y croire après ce qu'ils avaient dû faire la veille pour semer la Cadillac.

— Dans ce cas, tu peux t'attendre à ce qu'ils exigent plus que vingt mille, vu que vous avez cherché à leur fausser compagnie. Les types crapuleux n'apprécient pas trop qu'on les défie. D'autant que le message disait qu'ils ont un complice dans la police et que tu as jusqu'à ce soir pour rembourser leur chef de file ?

— Exact.

— De combien disposes-tu ?

— Rien. Depuis que Lenny s'est fait coffrer, tout ce que j'ai, c'est un fonds d'urgence, au cas où je devrais m'enfuir. À mon avis, quelques centaines de dollars ne suffiront pas à les calmer.

Aiden se versa un autre café et réfléchit. Il ne comprenait pas qu'on puisse rejeter les erreurs d'un type sur une femme innocente. Mais des criminels comme ce Sicoli ne s'embarrassaient pas de morale. Les seules personnes qui comptaient aux yeux de ce genre de types étaient les membres de leur famille. Les autres n'étaient que des pions qu'ils déplaçaient à leur guise pour faire de l'argent, et si l'un des pions s'avisait de leur en faire perdre, il devait dégager.

Définitivement.

Il se tourna vers elle et but une gorgée du liquide chaud.

— Qu'est-ce que tu comptes faire ?

Kat laissa échapper un ricanement étranglé.

— À part braquer une banque, je ne vois pas.

Aiden la regarda se lever et le rejoindre pour déposer sa tasse dans l'évier. Elle fit alors couler l'eau et entreprit de la laver. Aiden lui aurait bien dit de laisser tomber, mais elle n'en aurait fait qu'à sa tête. Sa petite sœur, Mary Catherine, était comme ça. Quand un truc la tracassait, elle récurait la maison de fond en comble.

— J'avais l'intention de m'enfuir cette nuit, avoua-t-elle après avoir nettoyé son récipient trois fois de suite.

D'un geste absent, elle prit celui qu'Aiden tenait à la main, le vida dans l'évier et renouvela l'opération. Il se dit que, de toute façon, il n'avait pas vraiment besoin d'un supplément de caféine.

— C'est ce que j'ai fait finalement, ajouta-t-elle. Mais pas comme j'en avais l'intention. Maintenant, je ne sais pas comment récupérer mes affaires, et mon argent, et...

— Kat, l'interrompit-il en lui reprenant la tasse des mains, sentant que le désespoir menaçait de la submerger. Je sais que l'idée est tentante, mais tu ne peux pas passer ta vie à échapper au passé.

Aiden savait qu'il n'avait aucun conseil à donner en la matière. Mais lui au moins pouvait s'estimer heureux – sa vie antérieure ne pouvait le hanter qu'au niveau mental et émotionnel. Alors que celle de Kat la tuerait si elle la rattrapait.

— Je n'avais pas l'intention de fuir éternellement, objecta-t-elle. Seulement jusqu'à ce que je trouve un endroit où me cacher. Il paraît qu'il fait très beau au Mexique en ce moment.

— Ma pauvre ! Le diable lui-même ne prendrait jamais ses vacances au Mexique en plein mois d'août.

— Le problème n'est pas là, répliqua-t-elle en relevant la tête.

— Tu as raison. Le problème, c'est que si tu t'évades maintenant, tu te réveilleras chaque matin jusqu'à la fin de tes jours en te demandant s'ils ont fini par te retrouver. Tu passeras tes journées à regarder derrière toi, au point d'oublier qu'il y a un avenir devant toi. Ce n'est pas une vie, Kat.

— Je n'ai pas le choix, Irish. Que veux-tu que je fasse d'autre ?

— Laisse-moi t'aider.

— Quoi ? Pas question ! Tu es fou ?

— Probablement, mais je ne vois pas le rapport.

— Je refuse de t'entraîner là-dedans.

— J'y suis déjà. Il a suffi que je te fasse monter sur ma moto pour que je m'y trouve plongé jusqu'au cou.

— Je sais, et maintenant, s'il t'arrive quelque chose...

Son menton trembla comme si elle faisait de son mieux pour juguler un déluge d'émotions. Son choix s'arrêta sans doute sur la colère, car elle serra soudain le poing de sa main valide et en martela sa poitrine pour accentuer sa diatribe.

— Putain, Irish ! Tu aurais dû te mêler de tes affaires !

Aiden l'encercla de ses bras et la serra contre lui quand elle chercha à se débattre, avec autant de force qu'un chaton.

Elle abandonna au bout de quelques secondes et accepta son étreinte, les larmes silencieuses qui roulaient sur ses joues tombant sur son torse.

Il passa une main sous son visage pour lui faire relever les yeux et fit lentement glisser l'autre le long de son dos dans l'espoir de l'apaiser et de ralentir sa respiration. La chose lui parut tout à fait naturelle – être là pour elle et la consoler – et il en fut le premier surpris.

Voir une femme fondre en sanglots faisait pourtant partie de ses plus grandes frayeurs. D'habitude, il leur demandait d'un ton maladroit d'arrêter de pleurer ou bien leur proposait tout et rien jusqu'à ce qu'elles retrouvent le sourire.

Mais réconforter Kat et la prendre dans ses bras était si… *bon*.

Au bout de quelques minutes, ses larmes se tarirent et elle se contenta de rester blottie contre lui, ses bras toujours repliés entre leurs deux corps.

— Tu aurais dû me laisser seule, murmura-t-elle finalement si doucement qu'il l'entendit à peine.

Si elle ne s'était pas trouvée en danger, elle aurait eu raison. Mais ce n'était pas lui qu'il aurait alors cherché à épargner. Il l'aurait fait pour elle.

— Quelque chose me dit qu'on t'a trop souvent laissée seule, souffla-t-il contre ses cheveux d'une voix étrangement rauque. Je reste avec toi, que tu le veuilles ou non.

Elle renversa la tête en arrière et riva son regard au sien. Les sourcils froncés, elle le scruta comme si elle cherchait à s'assurer qu'elle avait bien entendu. Aiden se demanda combien de personnes avaient trahi cette femme pour arriver à imprimer une telle incertitude sur son visage.

Il se jura de ne jamais ajouter son nom à cette liste.

Ne fais pas de promesses que tu ne pourras pas tenir.

Aiden prit doucement son visage entre ses mains et essuya ses derniers pleurs avec ses pouces.

— Je ne lâche pas l'affaire, déclara-t-il, et je ne t'abandonne pas, entendu ?

Elle hocha imperceptiblement la tête, mais la compréhension qui naquit sur sa belle frimousse scella leur accord silencieux. Elle l'autorisait à lui venir en aide, ce qui signifiait qu'il n'aurait plus besoin d'agir dans son dos. Ce qui ferait un mensonge de moins. Plus il en réduirait le nombre, mieux ce serait.

Aiden vit son regard parcourir ses traits et s'arrêter sur sa bouche. Maintenant qu'une certaine connivence s'était installée entre eux, le fait de se retrouver ainsi, à demi vêtus et étroitement enlacés, commençait à éveiller des réactions à un niveau plus physique.

Les mains de Kat se détendirent sur son torse et caressèrent ses piercings. Ce léger effleurement sur un endroit particulièrement sensible déclencha une onde de chaleur sous sa ceinture. Leurs souffles courts se mêlèrent dans les quelques centimètres qui séparaient leurs lèvres. L'arôme du café et le parfum de lilas de la jeune femme créèrent un mélange puissant d'addictions anciennes et nouvelles.

Le cœur d'Aiden s'emballa, son ventre se serra et son gland durcit si fort à l'idée de l'étreindre que Kat n'allait guère tarder à découvrir à quel point il la désirait.

Il immisça ses doigts dans sa chevelure, immobilisa sa tête entre ses mains et approcha lentement son visage. Une veine se mit à palpiter à la base du cou de Kat. Ses paupières voilèrent son regard. Et il lui fallut encore attendre une éternité, mais finalement, *finalement*, sa bouche se retrouva toute proche de celle de Kat. Ils étaient sur le point de s'embrasser.

Mais au dernier moment, elle se détourna.

Aiden reprit soudain contact avec la réalité, ce qui eut pour effet de mettre fin à son excitation. Il écarta les bras et recula. Il se comportait comme un abruti. Non seulement elle était en danger et ne savait plus où elle en était, mais en plus, elle avait un copain. Le fait que ledit ami soit en prison et n'ait pas vraiment le profil du Prince charmant n'autorisait cependant pas Aiden à approcher Kat.

Non par respect pour ce type. Mais par respect pour elle. Et même s'il n'en comprenait pas les raisons, Kat avait choisi d'être avec Lenny. Il était donc hors de question qu'il pose la main – et encore moins la bouche – sur elle.

Aiden avait bien des défauts, mais profiter de la détresse d'une femme en était exclu. Être élevé par sa mère et avoir veillé sur ses sœurs avait fait de lui un gentleman – même s'il n'en avait pas l'allure.

— Désolé, c'était…

Aiden s'éclaircit la voix, puis se passa la main dans les cheveux.

— Je n'aurais pas dû te toucher comme ça.

— Pas de souci, dit-elle en encerclant sa taille de ses bras. Ne t'en fais pas, ce n'est pas grave.

Désirer de plus en plus une femme qu'il ne pouvait pas avoir était *très* grave, au contraire. Mais il ne lui restait plus qu'à prendre son mal en patience jusqu'à ce que cette histoire soit terminée.

— Tu veux prendre une douche ? proposa-t-il. Il doit y avoir un pantalon de jogging de ma sœur qui traîne dans mes affaires et tu peux mettre le tee-shirt que je t'ai passé hier soir. Ce n'est pas la grande classe, mais au moins, c'est propre.

— J'aimerais bien, merci.

Aiden gagna la salle de bains pour préparer tout ce dont elle aurait besoin. Xander prenait soin d'acheter des brosses à dents pour ses invitées de passage. Aiden, lui, n'avait pas besoin de penser à cela. Aucune femme n'avait réussi à l'intéresser depuis qu'il avait posé les yeux sur la serveuse rousse du *Lou's Riverview*.

Et son intérêt pour elle grandissait tellement qu'il y avait peu de chances pour qu'il s'avise de regarder un jour une autre femme.

*

*   *

Kat coiffa ses cheveux avec ses doigts devant le miroir de la salle de bains et maudit sa vieille habitude d'esquiver tout être masculin sur le point de l'embrasser. Non que son aversion pour les baisers sur la bouche se soit magiquement envolée, mais, au lieu de laisser parler ses réflexes, elle aurait pu guider ses lèvres vers un autre endroit.

Elle avait une telle envie de sentir celles d'Irish sur sa peau. De savoir ce que cela faisait quand un homme tel que lui – capable de venir en aide à une femme qu'il connaissait à peine – vous touchait. Pas comme un test qu'elle s'empresserait d'oublier. Mais comme si elle était son amante.

Chérie. Adorée. Respectée.

Elle avait été si près de céder à la tentation. Le parfum épicé qui émanait de lui au sortir de la douche l'avait attirée comme un aimant. Une palpitation s'était élevée dans son ventre quand Irish avait penché la tête vers elle. Il lui avait semblé qu'il mettait cinq ans plutôt que cinq secondes à rapprocher sa bouche de la sienne. Elle avait baissé les paupières et s'était immergée dans l'instant.

Et puis un frisson l'avait traversé, elle avait rouvert les yeux pour découvrir qu'il l'avait lâchée, qu'il reculait et que son regard partait dans toutes les directions, redoutant de se poser sur elle. Tout cela à cause de ses vieux réflexes.

D'un autre côté, il avait peut-être recouvré ses esprits à la dernière seconde. S'engager avec une serveuse de bar pourchassée par la mafia du Tennessee ne relevait pas du coup de génie. Comment avait-elle pu croire qu'elle pourrait ne serait-ce que goûter à un tel fantasme ?

Je suis vraiment trop conne.

Kat jeta une fois de plus un coup d'œil à sa tenue d'emprunt. Ce qu'Irish avait appelé un pantalon de jogging s'était en fait révélé un élégant corsaire de yoga noir. Le détail comique tenait à l'inscription en lettres blanches qu'on pouvait lire sur le tee-shirt qui lui arrivait aux genoux : JE SUIS TATOUÉ, MAIS JE BOSSE. Un pied de nez à ceux qui jugent les gens sur les apparences. S'agissait-il du cadeau empoisonné d'un proche qui se faisait du souci pour lui ou d'un gag d'un de ses copains ? Irish ne donnait pas précisément dans la subtilité. Si quelqu'un le toisait, il devait se contenter de le gratifier d'un doigt d'honneur.

Elle ôta deux des élastiques qu'elle portait toujours autour du poignet. Elle utilisa le premier pour relever ses cheveux en queue-de-cheval et le second pour éviter de flotter dans le tee-shirt dont elle avait rassemblé et replié l'excédent de tissu.

Finalement, elle posa la main sur la poignée de la porte et poussa un long soupir. Pas moyen d'échapper à l'humiliation qu'elle s'était infligée à elle-même avec ce baiser manqué. Relevant fièrement le menton, elle entra dans la pièce principale… et la trouva vide. La déception de ne pas voir Irish balaya les restes de sa honte.

Il devait être sorti… Elle se demanda toutefois ce qui avait bien pu l'inciter à partir par cette canicule. Elle enfila ses chaussures, accéda à la véranda et prit une seconde pour s'habituer à la moiteur étouffante. Au loin, la chaleur faisait ondoyer l'air au-dessus de la voie bordée d'arbres dégoulinant de grappes de mousse espagnole.

Des bruits de métal entrechoqué attirèrent son attention vers le garage. Kat sourit, s'empressa de descendre les marches du perron et s'engagea sur l'allée menant à la remise. Elle était à mi-chemin quand quelque chose dans l'herbe retint son attention et la figea sur place.

À deux mètres d'elle, le plus gros alligator qu'elle ait jamais vu prenait un bain de soleil… à moins qu'il n'attende le passage d'une petite citadine écervelée pour en faire son déjeuner.

L'animal ouvrit toute grande la gueule, émit un affreux sifflement et fit un pas dans sa direction.

Kat retint son souffle, redoutant que le simple fait de respirer puisse l'énerver. Qu'était-elle censée faire ? S'enfuir ? Le défier du regard ? Faire semblant d'être morte ? Le charmer avec une flûte ? Elle n'avait jamais regardé *The Crocodile Hunter* et le vague souvenir qu'elle avait gardé de *Crocodile Dundee* ne lui fut d'aucun secours.

La bête fit un autre pas.

Kat fit alors le vœu solennel de regarder autant d'émissions d'*Animal Planet* qu'elle pourrait afin de survivre à toutes les espèces animales susceptibles ou non de croiser sa route.

Quand elle amorça un mouvement vers l'arrière, l'alligator réagit en continuant d'avancer. Kat paniqua complètement et se mit à hurler comme une gamine.

Irish, toujours là quand il s'agissait de lui porter secours, déboula aussitôt du garage.

— Assez, fifille. Dégage !

Kat voulut obéir, mais comme la bête avait chargé sur elle quand elle avait reculé, son corps refusa de s'exécuter. Irish s'interposa courageusement entre elle et le saurien, mais Kat ne voulait surtout pas qu'il se fasse dévorer par sa faute.

— Courons jusqu'à la maison !

— Pas la peine, répondit-il en jetant un coup d'œil par-dessus son épaule. Elle fait la vilaine parce qu'elle ne te connaît pas. Je t'ai dit qu'elle n'aimait pas les nouveaux venus.

— Qui ça ?

— Ally, répondit-il en désignant l'alligator.

Kat comprit alors et en resta bouche bée.

— Tu veux dire que le lézard géant qui menace de m'avaler et de transformer mes os en cure-dents est *Ally la furieuse* ? Tu m'avais dit que c'était un *chat* !

— Pas du tout. Tu as *cru* qu'il s'agissait d'un chat. Après la journée que tu avais eue, je n'ai pas voulu t'inquiéter. Allez, viens, ajouta-t-il en la prenant par la main pour l'entraîner vers la remise.

En chemin, Kat s'efforça du mieux qu'elle put de calmer les battements de son cœur ; une fois assise sur une caisse en bois et Irish sur son tabouret à côté de sa Harley, elle fut à peu près remise de ses émotions.

Mais lorsqu'il posa sur elle son regard d'un bleu intense et qu'il inspecta sa nouvelle tenue, Kat sentit son cœur s'emballer de plus belle. Quand ses yeux s'attardèrent sur sa poitrine, elle sentit ses joues devenir brûlantes.

Soucieuse d'attirer son attention sur autre chose, elle désigna le nœud qu'elle avait fait à son tee-shirt.

— J'espère que ça ne te dérange pas ; j'ai fait ça pour éviter de nager dedans. Vu que je ne suis pas très grande et que tu es immense...

Il se contenta de la dévisager sans dire un mot, sans faire le moindre geste.

— Non, mais c'est vrai, regarde, insista-t-elle en attrapant le tissu qui dépassait. Il y en a tellement que je ne peux même pas tout prendre dans la main.

Irish toussa derrière son poing fermé et remua comme s'il était mal à l'aise sur son tabouret.

— Kitty-Kat, dit-il d'une voix plus rauque que d'ordinaire, je ne vais plus me sentir si tu continues à vanter mes dimensions comme ça.

Kat ferma les yeux et souhaita disparaître dans un trou.

— Oh, mon Dieu. Ce n'est pas du tout ce que je voulais dire.

Un léger gloussement caressa ses tympans et s'insinua dans son esprit.

— T'inquiète pas, j'avais compris. Je voulais seulement t'embêter un peu.

Il la taquinait ? Seigneur, à quand remontait la dernière fois qu'on l'avait asticotée sans arrière-pensée ? Personne depuis Nessie, autant dire que cela remontait à une vie antérieure. Une vague de tristesse la traversa. Irish avait mentionné qu'il avait des sœurs. Il avait dû passer son enfance à les titiller.

Elle se demanda si elle serait capable de baisser sa garde juste ce qu'il fallait pour lui renvoyer la pareille. Ça aurait pu être drôle. Normal, même. Est-ce que ça n'aurait pas tenu du miracle pour elle ?

Elle remarqua qu'il avait enfilé un jean délavé et un maillot blanc tout tachés de cambouis. Un V de transpiration ornait le devant de son maillot et ses cheveux retombaient sur son front par paquets.

Avant de se mettre à saliver devant tant de sensualité, elle promena son regard autour d'elle. Une planche de contreplaqué posée sur des tréteaux faisait office de table et supportait toutes sortes d'outils, d'ustensiles et de chiffons graisseux. Plusieurs seaux contenaient d'autres matériels et des articles de quincaillerie, mais aucun ordre ne semblait présider à leur disposition.

— Tu n'es pas ici depuis longtemps. Comment se fait-il que tu aies autant de choses ?

— J'avais déjà tout ça chez moi. C'est Xander qui m'a apporté mes bagages.

— Comment fais-tu pour t'y retrouver dans cette pagaille ?

Il regarda autour de lui comme s'il cherchait à comprendre ce qu'elle voulait dire.

— Je sais où sont mes affaires, répondit-il d'un ton défensif en balayant le garage du regard. Enfin, presque toujours, grommela-t-il finalement.

Kat tenta vainement de réprimer son rire. Irish la considéra à travers ses yeux plissés.

— Ça confirme ta théorie, c'est ça ? Je suis l'Oscar de la colocation ?

— C'est possible, répondit-elle avec un grand sourire. En fait, je ne sais même pas pourquoi j'ai parlé de cette série. Je n'y avais jamais repensé depuis que j'étais petite. Je la regardais tard le soir pour éviter de penser à...

— Pour éviter de penser à quoi ?

Kat se refusa à achever sa phrase. Encore plus dans sa tête qu'à voix haute. Les souvenirs liés aux moments qu'elle passait à visionner ces feuilletons avec Nessie étaient bons. Mais les raisons qui les amenaient à les voir n'en étaient pas et elle n'avait pas envie de les revisiter maintenant.

Ni jamais.

— Pourquoi ton bras gauche est-il couvert d'images de la vie marine ?

Irish reconnut cette question pour ce qu'elle était : une impérieuse envie de changer de sujet. Il s'abstint cependant de toute remarque.

— J'avais un oncle dans les Florida Keys qui s'occupait d'un club de plongée et il envoyait à ma mère des photos de toutes les merveilles qu'il voyait sous l'eau.

Il contempla ses tatouages comme s'il les voyait pour la première fois.

— Moi, à l'époque, je n'avais jamais rien vu d'autre que mon quartier et ça m'intriguait que des trucs comme ça puissent vraiment exister quelque part. Ce n'était pas seulement un autre endroit sur terre, c'était un univers totalement différent.

Kat comprenait ce qu'il voulait dire. Elle avait ressenti des choses similaires. Sauf qu'au lieu de songer à des dauphins et des tortues de mer, elle rêvait de parents aimants. Difficile de représenter cela sous forme de dessins.

— Ces tatouages te rappellent le souhait que tu avais quand tu étais jeune de voir ces choses par toi-même. La fascination qu'exerçait sur toi ce monde si éloigné du tien.

Un sourire passa sur ses lèvres, puis il reporta son attention sur sa moto.

— À t'entendre, on croirait que c'est un délire de fille ; mais bon, j'imagine que c'est ça, ouais.

Le sentimentalisme s'était abattu sur eux aussi lourdement qu'une chape de plomb et Kat ressentit à nouveau le besoin de détourner la conversation. De passer à quelque chose de plus léger.

— Tu sais, j'ai repensé à ce que tu as dit tout à l'heure. Tu as raison. Partir au Mexique n'est pas une bonne idée. J'ai déjà trop chaud ici, alors là-bas… Je crois que je pourrais me plaire en Écosse. Personne ne ferait attention à moi.

— Et ton petit ami ? demanda-t-il en lui coulant un regard en coin. Tu ne devrais pas l'attendre pour quitter le pays ?

Elle sut que sa question n'était pas innocente parce que ce n'était pas la première fois qu'elle y avait droit. Les gens qui ne la connaissaient pas bien avaient recours à ce moyen pour estimer la nature de sa relation avec Lenny.

Certains voulaient savoir s'ils avaient une chance de la sauter. D'autres s'ils pouvaient espérer lui soutirer des informations. D'autres encore se demandaient ce qu'elle représentait pour Lenny et éventuellement comment l'utiliser pour faire pression sur elle. Ceux qui posaient la question avaient toujours une idée derrière la tête, et son instinct de survie avait soufflé à Kat qu'il lui fallait la deviner pour formuler la réponse appropriée.

Malgré toute son expérience, elle fut cependant incapable de deviner celle qu'avait Irish. Une voix dans sa tête lui conseilla de lui dire la vérité, au moins à ce sujet. Ce qu'elle fit.

— Lenny n'est pas vraiment mon copain.

L'aveu retint son attention.

— Ah bon ?

— Non. Il l'était, il y a longtemps, mais ce n'est plus le cas depuis… huit ans, lâcha-t-elle après avoir fait le compte mentalement.

— Mais… pourquoi dis-tu le contraire à tout le monde alors ?

Kat haussa les épaules et contempla ses ongles d'un air absent.

— Parce que c'est plus facile. Comme ça on me fiche la paix.

— Je ne comprends pas. Pourquoi es-tu restée avec lui pendant tout ce temps ?

— Parce que j'avais trop peur de vivre seule et que je n'avais nulle part où aller.

Aïe. Ça avait l'air moins pathétique avant que je le dise à voix haute.

— Nulle part ? répéta-t-il d'un ton sceptique.

A priori, elle aurait pu se tourner vers Nessie – combien de fois sa sœur ne lui avait-elle pas demandé de venir vivre avec elle ? Mais Kat n'avait jamais voulu en entendre parler. Vanessa avait étudié pour devenir avocate, puis travaillé d'arrache-pied pour faire décoller sa carrière. Elle n'avait pas besoin de traîner comme un boulet sa petite sœur paumée et fauchée.

Et depuis qu'elle avait des ennuis avec un homme qui s'amusait à faire du mal à la famille de ceux qu'il traquait, il était inenvisageable qu'elle approche sa sœur. Ce qui ne laissait qu'une seule réponse à fournir à Irish.

— Non. Nulle part, dit-elle. Mais depuis que Lenny est en prison, j'ai réalisé que je pouvais très bien demeurer toute seule. Et c'est ce que j'ai l'intention de faire. Je vais exister pour moi à partir de maintenant.

Irish garda si longtemps le silence qu'elle en vint à se demander si elle n'avait pas dit quelque chose qui lui avait déplu. Il finit cependant par lui adresser un sourire chaleureux.

— Je crois que tu as tout à fait raison de vouloir vivre pour toi. Et si tu veux partir en Écosse une fois que cette histoire sera terminée, c'est très bien aussi. Mais on va d'abord s'assurer que ce Sicoli te laissera tranquille. Sans ça, ce ne sera pas possible. D'accord ?

— Et comment suggères-tu que nous fassions cela ?

— Je vais aller parler aux types qu'on a semés.

Elle fronça les sourcils et attendit la suite...

— Excuse-moi, mais je ne saisis pas où est la blague, dit-elle en constatant qu'il ne réagissait pas.

— Ce n'est pas un gag.

— Irish, après ce qu'on leur a fait hier, ce serait du suicide. Et puis comment veux-tu les retrouver ? On ne sait même pas où ils sont.

— Pas la peine de les chercher. J'irai chez toi et c'est eux qui viendront d'eux-mêmes.

— Et tu feras quoi, après ? Tu leur demanderas poliment de dire à leur boss de me foutre la paix ?

— Tu crois que ça ne marchera pas ?

Les yeux de Kat parurent jaillir de leurs orbites. Est-ce qu'il était réellement sérieux ?

Un lent sourire retroussa le coin de ses lèvres tandis qu'il continuait de bricoler sa moto. Il la taquinait encore. Il n'y avait pourtant pas matière à plaisanter, mais Kat se sentit gagnée par une sorte d'euphorie.

— Patate, va ! dit-elle en donnant un coup de poing sur son bras.

Du moins l'avait-elle cru... Son bras était aussi dur qu'une poutre – et il n'avait même pas bandé ses muscles pour se défendre ! Kat ne l'avait jamais vu se battre au bar – contrairement à Xander, qui en venait parfois aux mains – mais elle n'osait imaginer les dégâts que pourrait causer un seul de ses coups. Irish n'était pas aussi baraqué que l'Incroyable Hulk, mais ses muscles nettement dessinés recelaient une incroyable puissance sur laquelle il exerçait un parfait contrôle.

— Désolé, dit-il avant d'émettre un rire silencieux. Si seulement tu avais pu voir ta tête !

— Ravie de te divertir, répliqua-t-elle d'un ton pincé. Non mais sérieusement Irish, c'est quoi ton plan ?

— Je ne suis pas trop porté sur les prévisions. Je verrai bien ce qui se passera une fois que j'y serai.

— Une fois que *nous* y serons. Pas question de te laisser y aller seul. S'ils sont là, c'est à cause de moi.

— Et c'est bien pour ça que tu resteras ici. Y a-t-il quelque chose que je doive savoir avant de rencontrer ces gorilles ?

— Comment ça ?

— Est-ce que tu m'as raconté toute l'histoire, Kat ? Parce que si je dois me retrouver face à face avec eux, autant éviter les mauvaises surprises.

— Il n'y a rien de plus que ce que je t'ai dit. Lenny a joué de l'argent que Sicoli lui avait prêté et Sicoli veut le récupérer.

— Parfait, déclara-t-il en essuyant ses mains pleines de cambouis sur un chiffon sale. D'ici ce soir, on devrait savoir où on campe.

Kat sentit sa gorge se serrer et respira à fond pour tenter de calmer ses nerfs. Ce soir, si Irish était encore vivant, elle considérerait cela comme une victoire.

S'il ne tenait plus debout, ce serait de sa faute et elle ne se pardonnerait jamais d'avoir mis en danger le seul homme qui lui ait jamais manifesté un peu de compassion.

— Irish… commença-t-elle avant de réaliser qu'elle était incapable de parler.

— Hé, dit-il doucement en se penchant vers elle, les coudes calés sur ses hanches. Tout va bien se passer. Ne t'inquiète pas pour moi, d'accord ? Je gère.

Elle hocha la tête et pria qu'il puisse dire vrai.

7

Aiden s'arrêta devant l'échoppe du tatoueur située en dessous de l'appartement de Kat et coupa le moteur de la Suzuki. Il scruta les alentours, cherchant à repérer la présence des hommes qui les avaient suivis la veille, mais ne remarqua rien de suspect.

Il décida de laisser passer cinq minutes pour leur donner le temps de l'approcher en pleine rue. Il aurait préféré qu'ils le fassent. Il n'était que 23 heures et le tatoueur était encore ouvert. Avec cette grande vitrine et ce réverbère placé juste au-dessus de lui, les clients de la boutique ne pourraient pas manquer de remarquer qu'un type se faisait passer à tabac à coups de batte de baseball.

Il cala la fourche, descendit de moto et regretta amèrement d'être obligé de porter son blouson de cuir et ses gants. Ils lui tenaient affreusement chaud ; mais si ces types venaient de la côte Est et connaissaient un peu le monde du ring, ils reconnaîtraient forcément ses tatouages, ce qui les rendrait encore plus fous.

Et la dernière chose que souhaitait Aiden, c'était que son passé interfère avec le présent de Kat.

Heureusement, son tee-shirt dissimulait son torse – il n'était pas obligé de remonter la fermeture de sa veste.

Il retira son casque, l'accrocha au guidon, puis sortit une cigarette du paquet à moitié écrasé qui se trouvait dans l'une de ses poches. Il l'alluma et s'adossa à la Suzuki, chevilles et bras croisés. À voir son attitude nonchalante, personne n'aurait pu deviner qu'il s'apprêtait à entrer dans la tanière du lion, un collier de steaks autour du cou.

Kat avait insisté pour l'accompagner, mais il n'était pas question qu'il l'apporte sur un plateau à ces ordures. Tant qu'elle restait chez lui, ils ne pouvaient pas la trouver et elle était en sécurité. Elle s'était consolée en lui révélant l'endroit où elle cachait son arme et en lui faisant promettre de l'utiliser uniquement en cas de nécessité.

Aiden tira sur son petit rouleau de tabac haché en observant les environs et repensa à l'après-midi. Se maintenir à distance de Kat se révélait impossible. Au début, il y avait au moins eu la présence virtuelle de Lenny pour l'éloigner d'elle – ce qui ne l'avait pas empêché de vouloir l'embrasser dans la cuisine. Mais quand elle lui avait avoué qu'il n'y avait plus rien entre eux, Aiden avait dû faire un effort surhumain pour résister à l'envie de la soulever dans ses bras et de l'emmener dans sa chambre. Il fantasmait sur elle depuis des semaines ! Apprendre qu'elle était libre avait fait passer son feu moral du rouge au vert en moins d'une seconde.

Il secoua la tête, laissa tomber sa cigarette sur le trottoir et l'écrasa sous son talon. Il valait mieux pour eux deux qu'il la débarrasse définitivement de ces gorilles, qu'il l'emmène chez sa sœur et que leurs chemins se séparent à jamais.

— Plus tôt je m'occuperai de ces emmerdeurs, mieux ce sera, marmonna-t-il en s'écartant de sa moto.

Après avoir jeté un dernier coup d'œil autour de lui, Aiden s'engagea vers l'accès qui menait à l'appartement de Kat. Il n'avait pas d'autre plan que d'évaluer le degré de sérieux de ces types. Combien ils voulaient et combien de temps ils étaient prêts à patienter. Si Aiden parvenait à les tenir en respect pendant une semaine, cela laisserait le temps à Jax de lui faire un virement.

Il ouvrit la porte avec la clef que lui avait donnée Kat et monta l'escalier mal éclairé. Le palier ouvrait sur deux habitations, celle de Kat à gauche, l'autre étant située au-dessus d'une cordonnerie.

Ce qui voulait dire qu'un échange de coups de feu ne passerait pas inaperçu et que la police locale rappliquerait illico le cas échéant.

Aiden respira un grand coup, fit craquer les vertèbres de son cou et les jointures de ses doigts, puis pénétra dans le logement de Kat. Elle lui en avait fait le plan pour qu'il ait une idée globale de la disposition des lieux et qu'il puisse se repérer au cas il se retrouverait dans le noir, mais quand il referma la porte et qu'il actionna l'interrupteur, la lumière s'alluma sans difficulté.

Le problème venait plutôt des deux hommes qui se tenaient au centre de la pièce, tenant chacun un revolver muni d'un silencieux. *Aïe.*

— Ah, vous êtes déjà là, attaqua aussitôt Aiden. Je commençais à me demander si j'allais devoir vous envoyer des signaux de fumée. La Cadillac n'a pas trop souffert, j'espère ? D'après le bruit, il m'a semblé que vous aviez éraflé la peinture de la carrosserie.

Les hommes de main échangèrent un regard, comme s'ils communiquaient par un langage télépathique réservé à la mafia, puis reportèrent leur attention sur lui. Le gorille n° 1 plissa les yeux, ce qui le fit soudain ressembler étrangement à Christopher Walken.

— Parlons business, d'accord ?

Waouh. Le type parlait comme Christopher Walken. Aiden s'attendit presque à ce qu'il exige « plus de *cencerro* », comme dans le sketch de *Saturday Night Live*, et dut faire un violent effort pour ne pas éclater de rire.

— Moi, c'est Sully. Lui, c'est Vinnie. Et toi, tu es qui ?

— En quoi ça vous regarde ? répliqua Aiden en haussant un sourcil.

— Si tu es là pour régler les affaires de la fille, ça nous regarde. Autrement, tu as raison, répondit Sully en faisant tourner son poignet, le flingue qui se trouvait dans sa main décrivant de petits cercles dans l'air.

Vinnie actionna le chargeur de son arme et la pointa entre les yeux d'Aiden.

— Mon nom est Smith. John Smith.

Sully le gratifia du sourire qu'adresserait un chat à un canari en cage.

— Monsieur Smith, dit-il, au cas où tu ne le saurais pas, nous sommes ici pour le compte de monsieur Sicoli. Il nous a engagés pour récupérer l'argent qui lui appartient.

— Engagés ? Vous ne travaillez pas pour lui à plein temps ?

Si tel était le cas, leur loyauté allait plus envers eux-mêmes qu'envers Sicoli. Aiden avait encore quelques économies sur un compte épargne. Il pourrait peut-être leur proposer de les payer pour oublier Kat et dire à Sicoli qu'ils l'avaient tuée.

— Je sais ce que tu penses, monsieur Smith. Et la réponse est non. On est peut-être sous contrat temporaire, mais monsieur Sicoli récompense généreusement notre honnêteté. En outre, nous touchons la moitié des sommes qui lui sont dues – ce qui fait que nous sommes plus patients que la moyenne des collecteurs.

Aiden se félicita d'avoir eu la présence d'esprit de charger Xan de faire quitter la ville à Kat et de contacter Jax au cas où cet entretien tournerait mal. Pour l'instant, il estimait ses chances de survie à deux contre une. Un pourcentage pas vraiment rassurant.

Il écarta les jambes et garda les bras le long du corps. Sans l'aide du revolver de Kat, il ne pouvait compter que sur ses poings.

— Que se passe-t-il si vous ne récupérez pas l'argent ?

Une lueur sadique passa dans les yeux de Vinnie. Elle disait : « Je torture des êtres vivants depuis la maternelle et ça ne m'a jamais empêché de dormir. »

— Pourquoi ne poses-tu pas cette question à Lenny Marx ? Ah, non, c'est vrai. Tu ne peux pas.

— Nous avons ordre de revenir avec l'argent ou avec une preuve de mort, expliqua Sully. Nous avons rencontré monsieur Marx en prison et établi qu'il n'était pas solvable. Peu de temps après, il a été victime d'un regrettable accident.

S'ils ne bluffaient pas, ces types étaient de vrais barbares et Aiden pouvait dire adieu à ses espoirs de négociation. Il ne lui serait pas venu à l'esprit de souhaiter la mort de Lenny, mais une part de lui ressentit un certain soulagement à l'idée que l'ex de Kat ne chercherait plus à la revoir dans le futur.

En admettant que Kat dispose d'un avenir.

— Dans ce cas, l'affaire est close. La fille n'a rien à voir avec cette histoire. C'est Marx qui avait emprunté de l'argent à Sicoli, pas elle.

Vinnie laissa échapper un rire qui ressemblait à un aboiement.

— C'est ce qu'elle t'a raconté ?

— Marx n'a pas *emprunté*, ajouta Sully.

Il déboutonna la veste de son complet, s'assit sur le futon de Kat et cala son bras armé sur le dossier.

— Il avait passé un contrat avec le syndicat pour distribuer des cristaux de méthadone. Il a reçu le produit, mais n'a jamais ramené les gains. Et il a quitté la ville avec la fille.

— Signant ainsi son arrêt de mort, pépia Vinnie avec un sourire mauvais. Sicoli fonctionne au pacte. Si tu signes avec lui, soit tu accomplis le travail, soit tu le paies de ta vie. Marx connaissait le tarif.

— Et donc si vous ne faites pas le boulot, Sicoli vous tuera tous les deux, c'est ça ?

Sully haussa les épaules.

— C'est le même prix pour tout le monde. On ne se formalise pas.

— Tant mieux pour vous, modula Aiden. Mais je ne vois toujours pas ce que la fille vient faire là-dedans.

— Étant donné que son nom figure sur l'accord, elle a tout à y voir.

Le sang d'Aiden se figea.

— Je ne vous crois pas.

— On ne te doit aucune preuve, répondit Sully en faisant signe à son partenaire. Mais je t'invite à vérifier par toi-même.

Vinnie tira de sa poche une feuille pliée en deux et la tendit à Aiden.

Contrairement à la plupart des contrats rédigés dans un langage incompréhensible sur des pages et des pages, celui-là ne comportait qu'une seule page et les termes en étaient on ne peut plus brefs et clairs. En bas de la page, juste en dessous de celle de Lenny, figurait la signature de Kat.

Aiden sentit les doigts glacés de la trahison se refermer sur sa gorge et l'enserrer tel un nœud coulant. Celle qu'il avait prise pour une femme innocente et qu'il avait protégée pendant tout ce temps ne valait pas mieux qu'un vulgaire dealer de drogue. Pas mieux que Lenny. Pas mieux que la pourriture de petit copain de Janey. Pas mieux que tous ceux qui fourguent des saloperies à des gamins mal dans leur peau ou en pleine crise de rébellion. Qui les plongent volontairement dans la spirale infernale de l'addiction, dont la mort est généralement la seule issue.

Putain de bordel de merde !

Aiden prit une longue inspiration et remit de l'ordre dans ses pensées. Ce que Kat était ou n'était pas ne changeait rien à son rôle. Il avait promis à Jax de veiller sur elle et il tiendrait sa promesse.

De toute façon, quoi qu'elle ait pu faire dans le passé, elle ne méritait pas de mourir. Et Aiden ne pourrait pas vivre avec le sang d'une autre fille sur les mains.

— Ne sois pas déçu comme ça, mec, ricana Vinnie. Ce n'est pas parce qu'une traînée est plus mignonne que les autres putes du coin qu'elle n'écarte pas les jambes.

Il rit et tourna la tête vers la seule autre personne susceptible de trouver ça drôle.

Aiden serra les dents. La moindre seconde d'inattention constituait une faiblesse et c'était la seule brèche dont il avait besoin.

La rage et la trahison brouillèrent sa vision et firent tomber les chaînes qui entravaient depuis cinq ans la part la plus sombre de lui-même. Il bondit, encercla de ses jambes le bras tendu de Vinnie et le fit tomber par terre. Le flingue cracha une balle qui alla se loger dans le mur. Aiden tordit le bras du bonhomme calé entre ses cuisses et ne s'arrêta que lorsqu'il fut à un cheveu de le briser. Vinnie hurla et lâcha son arme. Une seconde plus tard, Aiden la pointait contre la tempe de Vinnie.

— À ta place, j'arrêterais là les frais, monsieur Smith.

Aiden se figea et réprima un juron. Il avait laissé sa colère réfléchir à sa place et oublié que Vinnie n'était pas le seul à tenir une arme.

Dès qu'il réalisa qu'ils avaient repris le contrôle, Vinnie récupéra son arme, se redressa et s'en servit pour frapper Aiden en pleine face. Sa tête bascula sur le côté et un éclair de douleur fulgurant s'éleva depuis sa bouche meurtrie jusqu'à son cerveau. Du bout de la langue, Aiden testa la gravité de la blessure de sa lèvre inférieure.

Le goût métallique de son propre sang ne fit qu'alimenter la férocité de la bête qui sommeillait en lui, mais une fois qu'il se fut relevé, il étouffa son instinct furieux et s'ordonna de ne rien faire d'autre que de rester debout et attendre.

— Tss... fit Sully, exprimant ainsi sa déception, comme si Aiden avait été un méchant petit garçon. Tu n'as pas assez réfléchi, monsieur Smith. Je préfère d'ores et déjà te prévenir que si nous ne récupérons pas l'argent, nous avons reçu l'ordre exceptionnel de ramener la fille à monsieur Sicoli.

Une fureur à peine contrôlée parcourut les muscles d'Aiden.

— Qu'est-ce qu'il lui veut ?

— Ma foi, bien que la plus grande part de ses intérêts soit concentrée dans la branche pharmaceutique... il lui arrive de s'intéresser au commerce de la chair, et certains de ses clients considèrent les femmes rousses comme des créatures exotiques pour lesquelles ils sont prêts à payer le double du tarif ordinaire. Nous ne percevons malheureusement aucun pourcentage sur cette transaction, ce qui explique que nous préférerions nettement rapporter l'argent.

Oh, mon Dieu... Sicoli trempait aussi dans la traite des femmes. À défaut de revoir son argent, il était prêt à vendre Kat au plus offrant. Elle risquait de devenir l'objet sexuel d'un maniaque qui la piquerait pour la rendre dépendante de lui et qui se servirait d'elle de la pire des façons.

Aiden se sentit soudain au bord de la nausée. Il serra ses abdominaux et recula de quelques pas pour prendre appui contre le comptoir de la cuisine. Des images de Kat nue, droguée jusqu'aux yeux, battue et violée, firent remonter un flot de bile dans sa gorge. Il se trouvait sur le point de vomir, mais refusa de leur donner cette satisfaction.

Sully jeta un coup d'œil à la grosse montre en or qu'il portait au poignet avant de lui lancer un regard noir.

— Je suis normalement quelqu'un de très patient, mais ce trou perdu commence à me fatiguer. J'irai donc droit au but, monsieur Smith. Est-ce qu'elle a l'argent ou est-ce que nous allons devoir revenir avec elle auprès de son précédent employeur ?

Aiden devait trouver une solution. Très vite. S'il avait encore participé à des combats de boxe, une seule performance aurait suffi à couvrir sa dette.

Mais voilà ! C'est ça, la solution. Un plan commença à se former dans sa tête.

— Et si je pouvais vous avoir l'argent ?

Sully haussa un sourcil.

— Le peux-tu ?

— Ça me prendra quelques semaines, mais oui, je peux.

Vinnie émit un rictus méprisant qui révéla ses canines.

— Ben voyons... Où est-ce qu'on a déjà entendu ça, Sully ? Pas question, mec !

— Vous venez de dire que vous préféreriez récupérer le pécule, pas vrai ? Si vous me laissez quelques semaines, je peux vous avoir le double de ce qu'elle doit.

— Tu peux trouver quarante mille ? demanda Sully d'un ton suspicieux.

— Quarante, acquiesça Aiden. Mais à une condition.

— Tu n'es pas en position de négocier, gloussa Sully.

— C'est vrai, mais vous n'êtes limités par aucune date butoir. Et si vous donnez les vingt mille à Sicoli, il vous en rendra la moitié, en plus des vingt mille que je vous donnerai en plus. Ça vous fera quinze mille chacun, en plus du salaire habituel. Pas mal, pour rester assis à attendre, non ?

Vinnie lui donna l'impression d'avoir des difficultés en calcul mental, mais le visage de Sully devint songeur. Aiden soutint son regard, refusant de laisser voir sa peur. Il avait affaire à des chiens enragés. L'odeur de l'angoisse les inciterait à passer à l'attaque.

— Pose ta condition et je déciderai si elle mérite que je perde du temps, dit Sully en calant l'une de ses chevilles sur le genou opposé.

— Je veux que vous laissiez croire à la fille que je vous ai convaincus d'attendre que Lenny sorte de prison. Ce qui veut dire que vous arrêterez de la suivre et qu'elle pourra revenir vivre ici.

— Pas de problème, railla Vinnie. Tu veux pas qu'on lui offre un massage, tant qu'on y est ?

Aiden fut sur le point de répliquer, mais Sully le devança.

— La ferme, Vinnie. C'est tout, monsieur Smith ? Tu veux qu'elle se pense tirée d'affaire ?

— Exactement. Elle ne doit plus vous voir ni vous sentir. Elle ne doit même plus savoir que vous existez.

— Je ne vois aucun problème à cela, répondit-il avec un haussement d'épaules. Mais je tiens à préciser une chose : même si c'est toi qui nous donnes l'argent, elle reste notre caution principale. Et tant que nous n'aurons pas l'argent, nous garderons un œil sur elle. Si elle met un pied en dehors des limites de l'État, nous le saurons immédiatement.

— Comment ?

— Il y a deux semaines, nous avons implanté un mouchard dans son bras pour la retrouver plus facilement si elle s'avisait de nous fausser compagnie.

Un frisson parcourut l'épine dorsale d'Aiden.

— Tu te fous de ma gueule, c'est ça ?

— Tu serais étonné de ce qu'on peut faire aux gens sans qu'ils s'en rendent compte dans un bar bondé. Sur le moment, ça gratte un peu, mais on se dit que c'est une piqûre de moustique, déclara Vinnie d'un ton si fier qu'Aiden fut certain que c'était lui qui s'était chargé de « pucer » Kat.

Son sang menaçait d'atteindre la température d'ébullition. En temps ordinaire, il détestait se retrouver à la merci de quelqu'un et cette situation n'avait rien d'habituel.

— Si vous pouviez surveiller ses déplacements, pourquoi vous êtes-vous donné le mal de la suivre ? Et pourquoi ne vous êtes-vous pas pointés chez moi hier soir ou aujourd'hui ?

— Pour l'intimider, d'abord. Mais quand on a réalisé qu'elle s'était trouvé un chevalier servant, on s'est dit qu'il y avait de fortes chances pour qu'il cherche à jouer les héros. Nous te remercions de t'être montré aussi prévisible, déclara Sully avec un grand sourire avant de faire signe à Vinnie d'écarter son arme. Très bien, mon grand, ajouta-t-il sur le mode récapitulatif. Tu as un mois pour nous payer. Si tu ne tiens pas le délai, les mots « graves traumatismes » figureront sur ton carnet de santé. Et on livrera la fille à Sicoli.

— C'est bon, j'ai compris : zéro pitié, beaucoup de souffrances, répliqua Aiden en allant leur ouvrir la porte. Maintenant barrez-vous. On n'a plus rien à se dire.

Sully lui lança un regard qui signifiait qu'il quittait les lieux uniquement parce qu'il avait envie de le faire.

— On reste en contact, monsieur Smith.

Quand Vinnie passa devant Aiden, il le dévisagea d'un regard si flamboyant qu'un filet de fumée aurait dû lui sortir des oreilles.

— Je n'arrive pas à me défaire de l'impression que je t'ai déjà vu quelque part.

— On me le dit souvent, répondit Aiden. Je dois avoir un visage passe-partout.

Dès que les gorilles eurent franchi le seuil, il claqua la porte derrière eux, éteignit la lumière et s'approcha des carreaux. Il les regarda traverser la rue et franchir la porte de l'immeuble qui se trouvait en face. Ils réapparurent après quelques secondes à la fenêtre éclairée de l'appartement situé juste en face de celui de Kat. Vinnie lui adressa un doigt d'honneur, puis ferma les rideaux.

Aiden n'appréciait pas de les savoir aussi près, mais se convainquit qu'il ne pouvait pas s'attendre à ce qu'ils s'éloignent beaucoup. Tant qu'ils respectaient leur part du marché et qu'ils fichaient la paix à Kat, peu importait où ils se trouvaient.

Il alla prendre l'arme de Kat dans le tiroir de la commode, vérifia la sécurité, la glissa à l'arrière de son pantalon, referma la porte derrière lui et regagna sa moto. Avant de démarrer, il passa un coup de fil à Xander.

— Content de te savoir en vie, mec.

— Moi aussi. Dis-moi, le tournoi clandestin dont tu m'as parlé se déroule bien en ce moment ?

— Le Four by Four ? Ouais, c'est bientôt la finale. D'ici trois semaines. J'ai assuré comme une bête au combat d'hier soir, d'ailleurs. Je te remercie de me le demander.

Aiden n'avait pas le temps de flatter l'ego de Xan.

— J'aurais besoin que tu m'y inscrives.

— Tu sais quoi, Monsieur Je-ne-combattrai-plus-jamais ? Je vais faire semblant de ne pas en rester baba, le temps de te rappeler que le tournoi a déjà commencé.

— J'avais compris, Xan. Il faut que je participe. Démerde-toi.

Il rangea son téléphone dans sa poche, enfila son casque et prit la direction de sa maison, pressé d'obtenir certaines réponses.

8

C'était dans des moments comme ceux-là que Kat regrettait de ne pas faire partie du monde ultra-connecté. Elle aurait tout donné pour avoir son portable avec elle. Elle aurait pu appeler Irish et savoir s'il allait bien.

Depuis qu'il était parti, elle n'avait pas arrêté de tourner en rond ou de se balancer sur sa chaise, morte d'inquiétude. Finalement, le lointain bruit de moteur qui lui avait fait dresser l'oreille s'amplifia. Elle aurait bien voulu courir l'accueillir, mais Ally s'était amusée à monter la garde sur la véranda toute la soirée. Après ce qui lui sembla une éternité, il grimpa les marches et franchit la porte. Kat l'inspecta du regard pour s'assurer qu'il était entier.

— Dieu merci, tu es en vie, dit-elle. Je n'ai pas arrêté d'imaginer le pire.

— Je vais très bien, déclara-t-il avant de retirer ses gants et son blouson qu'il lança sur le canapé.

Elle fit la grimace à la vue de sa lèvre fendue.

— Qu'est-ce qu'il s'est passé ? Qu'est-ce qu'ils t'ont dit ?

— Je vais retirer ces fringues et prendre une douche. On parlera après.

Il traversa la pièce sans ajouter un mot de plus. Son attitude distante la laissa pour le moins perplexe, mais elle se dit que cela n'avait sans doute rien d'inhabituel de sa part. Elle ne le connaissait pas si bien que cela, après tout.

— Tu veux que je prépare du café ?

Il émergea de sa chambre, une serviette nouée autour de la taille, tenant dans une main un slip et un short.

— Non, c'est bon. J'en ai pour une minute, répondit-il avant de refermer la porte de la salle de bains sur lui.

Elle l'entendit ouvrir le robinet de la douche et se remit à faire les cent pas. Elle avait beau tenter de lui trouver des excuses, elle l'avait quand même assez côtoyé pour savoir qu'il ne se serait jamais montré aussi froid avec elle sans raison. Depuis le jour de leur rencontre, il l'avait toujours traitée avec respect. Quelque chose ne tournait pas rond.

Elle s'arma de courage, traversa la pièce et ouvrit entièrement la porte de la salle de bains.

— Dis donc...

Le rideau de la douche s'écarta et révéla un Irish couvert de mousse et – oh, mon Dieu – remarquablement bien monté, prêt à en découdre.

— Putain, Kat, qu'est-ce que tu fous ? s'exclama-t-il en se redressant. J'ai failli te sauter dessus, moi !

Il retira rageusement la tenture, la ramenant brutalement à la réalité. L'espace d'un instant, Kat avait eu des visions du corps savonneux d'Irish lui

:t alors le fait que ton ex et toi *travailliez* Sicoli t'était sorti de la tête, c'est ça ? répondit- n ton grave. Il ne me serait jamais venu à t que tu aies pu vendre de la drogue.
/endre de la drogue ? Moi ? Qu'est-ce que tu tes ? Lenny a parié de l'argent qu'il avait unté à Sicoli et il a perdu. C'est pour ça qu'ils poursuivaient.
Ça, ce n'est qu'une partie de l'histoire. Ce que oublié de me dire c'est que les vingt mille rs qu'il a perdus, vous les aviez d'abord és en écoulant la came de Sicoli !
t le contempla, bouche bée, sidérée par son sation.
Mais c'est n'importe quoi ! se défendit-elle d il s'écarta du comptoir pour traverser la e. Ces types ont dû te dire ça pour te aincre de ne pas m'aider ou je ne sais pas...
ramassa son blouson, plongea la main dans poche et en sortit un papier plié.
Je n'ai jamais travaillé pour Sicoli, dit-elle en joignant près de la table. Et je n'ai jamais u de drogue de ma vie.
Arrête de mentir, Kat.
déplia la feuille, la plaqua sur la table et fit r sur elle un regard glacial. Kat baissa lente- t les yeux. Il s'agissait d'un contrat de travail r le compte du syndicat de Sicoli. En bas, juste lessous celle de Lenny, figurait sa griffe.
- Le salaud, cracha-t-elle entre ses dents ser- . Il a dû imiter ma signature. Si jamais je le is, je le tue.
- Pourquoi l'aurait-il imitée sur un contrat de genre ?

bondissant dessus... Mais elle devait se concentrer sur des problèmes bien plus importants.

— Tu me fous les jetons, Irish, lança-t-elle. Je vois bien que quelque chose ne va pas. Tu ne peux pas t'attendre à ce que je reste les bras croisés pendant que tu prends ta douche pour esquiver une discussion.

L'eau cessa de couler et le rideau glissa le long de la tringle, faisant dérailler une fois de plus le train de ses pensées. Il plaqua les mains sur sa tête et les fit glisser pour chasser l'eau de ses cheveux. Les filets d'eau qui ruisselaient sur son corps intensifiaient la couleur de ses tatouages et faisaient briller ses piercings avant de s'écouler le long de ses abdominaux.

Irish attrapa sa serviette et l'attacha autour de ses hanches tandis qu'il sortait de la douche.

— Pour quoi, Kat ?

— Hein ?

Qu'est-ce qu'il venait de dire ? *Atterris, Kat !*

— Oh, pour que tu me racontes ce qui s'est passé.

Ses yeux bleus la considérèrent un long moment. Kat regretta de ne pas posséder les pouvoirs télépathiques du professeur Xavier. Ils lui auraient permis d'apprendre ce qui s'était passé dans son appartement, mais aussi de découvrir les pensées qui rôdaient dans le subconscient d'Irish alors qu'elle lorgnait ses attributs.

— Si je bois du café à cette heure-ci, je ne pourrai pas fermer l'œil de la nuit, mais si tu veux bien me servir un jus de fruits, je te rejoins tout de suite.

— Oui, bien sûr, évidemment. Excuse-moi.

Elle lui adressa un sourire timide et quitta la salle de bains. Quelque chose ne tournait vraiment pas rond. Son comportement avait changé. En mal. *C'est forcément un signe défavorable*, se dit-elle en sortant une bouteille du frigo. Tout en se triturant les méninges pour parvenir à deviner la nature de la mauvaise nouvelle qu'il avait ramenée avec lui, Kat ôta le bouchon du récipient, le porta à ses lèvres, l'inclina, en prit une gorgée... et cracha dans l'évier.

— Beurk !

Elle regarda l'étiquette et frissonna dès qu'elle lut l'étiquette. *Cranberry.*

— C'est bon pour les reins, dit Irish en arrivant derrière elle pour lui prendre le jus de fruits des mains.

— Le jus de canneberge est absolument...

Elle se tourna vers lui et laissa la fin de sa phrase en suspens quand elle le vit en train de boire au goulot. Il avala tout le liquide, la tête renversée en arrière, sa pomme d'Adam remontant le long de sa gorge à chaque fois qu'il avalait.

— ... délicieux, souffla-t-elle sans s'en rendre compte.

Son short noir descendait si bas sur ses hanches qu'il ne servait pas à grand-chose. Peu importait qu'elle l'ait déjà vu nu à deux reprises au cours des cinq dernières minutes. D'une certaine façon, il était encore plus sexy comme ça. Le V de ses obliques qui disparaissait sous l'élastique de la ceinture la soumettait à une véritable torture mentale car elle ne put s'empêcher de se demander ce que rencontrerait le bout de ses doigts si elle s'avisait de les caresser...

Irish jeta la bouteille à la
au comptoir.

— Pourquoi l'as-tu recrach
cieux ?

— Mmm ?

Ouh là ! Dès qu'il est torse
plètement débile, ma pauvre fi
calme.

— Oh, non, je voulais dire
ça trop acide. Ça se présent
ajouta-t-elle après un soupir.

Il croisa les bras sur son to

— Tu parles toujours du ju

Elle secoua les cheveux
s'étaient échappées de sa que
rent sur ses joues et son cou.

— Non. Des nouvelles.

— Pas du tout, dit-il. Ils on
attendre que Marx sorte de pris
lui.

— Tu es sérieux ? Ça veut dir

— Tu n'as plus à te soucier

La peur perpétuelle dans l
depuis plusieurs mois s'envola e
dain incroyablement légère.

— Mais c'est génial, Irish !

Elle le dévisagea et son expres
court à sa joie.

— Irish ? demanda-t-elle. Qu
pas ?

— Avant de partir, je t'avais c
besoin de savoir autre chose et
que je savais tout.

— Oui. Et alors ?

— Je devine très bien pourquoi. C'est du Lenny tout craché. Une fois qu'on n'a plus été ensemble, il avait tout le temps peur que je le laisse tomber. Il disait qu'on était comme Bonnie and Clyde, lui et moi. On formait une équipe, on était solidaires, il savait qu'il pouvait compter sur moi. Alors il a imité ma signature en se disant que si jamais les choses tournaient mal, j'aurais autant intérêt que lui à trouver une solution. Sinon, j'aurais pu partir, et il aurait dû régler ça tout seul.

Irish ne bougea pas, ne cilla pas, n'eut aucune réaction. Kat ne savait pas quoi en penser, et de toute façon, ne s'en souciait plus vraiment.

Ben voyons...

— Pas grave.

Elle lui tourna le dos, ramassa ses vêtements sur le canapé et gagna la salle de bains. Pendant qu'elle enlevait les vêtements qu'il lui avait prêtés pour remettre son uniforme de chez Lou, elle se dit qu'elle avait été bien bête de penser qu'Irish était différent des autres. Les hommes ne la voyaient jamais pour ce qu'elle était. Ils ne distinguaient jamais que ce qu'ils avaient envie de voir.

Elle rouvrit la porte et marcha droit sur lui.

— Qu'est-ce que tu fais, Kat ?

— Je rentre chez moi. Et demain, je quitterai ce bled comme j'avais prévu. J'apprécie ce que tu as fait pour moi, mais il n'est pas question que je reste ici alors que tu me prends pour une menteuse. Les autres, je m'en fous, mais pas toi.

Elle le contourna, récupéra son sac et ses chaussures et se dirigea vers la sortie de la maison.

Elle préférait affronter un alligator mal luné plutôt que passer une minute de plus dans cette baraque.

*
* *

S'il avait pu le faire, Aiden se serait botté les fesses.

Il s'empressa de la rejoindre.

— Attends, Kat.

Elle n'avait pas encore franchi le seuil quand il l'encercla de ses bras par-derrière. Il referma la porte du bout des doigts.

— Ne pars pas.

Elle était aussi raide qu'un manche à balai. Aiden eut envie d'écarter de ses lèvres les petites mèches de cheveux dorés qui retombaient sur sa nuque. Son délicat parfum de lilas s'insinua en lui et ranima son désir.

— Pourquoi ?

Parce que je veux te mettre dans mon lit. En dessous de moi. Je veux que tu me serres dans tes bras, tellement fort que j'oublierai pourquoi tu ne peux pas être à moi. Il était complètement perdu. Rester avec lui était dangereux pour elle, mais tenter de quitter la ville avant qu'il ait payé les sbires de Sicoli l'était encore plus. Il n'avait pas envisagé qu'elle décide de partir.

— Parce que je ne veux pas, pour commencer. Et parce qu'il est tard, avança-t-il. Reste au moins cette nuit. Accorde-toi le temps de réfléchir.

— Traite-moi de folle si ça te chante, déclara-t-elle d'une voix tendue par l'émotion, mais je préfère éviter la compagnie de quelqu'un qui me méprise.

bondissant dessus... Mais elle devait se concentrer sur des problèmes bien plus importants.

— Tu me fous les jetons, Irish, lança-t-elle. Je vois bien que quelque chose ne va pas. Tu ne peux pas t'attendre à ce que je reste les bras croisés pendant que tu prends ta douche pour esquiver une discussion.

L'eau cessa de couler et le rideau glissa le long de la tringle, faisant dérailler une fois de plus le train de ses pensées. Il plaqua les mains sur sa tête et les fit glisser pour chasser l'eau de ses cheveux. Les filets d'eau qui ruisselaient sur son corps intensifiaient la couleur de ses tatouages et faisaient briller ses piercings avant de s'écouler le long de ses abdominaux.

Irish attrapa sa serviette et l'attacha autour de ses hanches tandis qu'il sortait de la douche.

— Pour quoi, Kat ?

— Hein ?

Qu'est-ce qu'il venait de dire ? *Atterris, Kat !*

— Oh, pour que tu me racontes ce qui s'est passé.

Ses yeux bleus la considérèrent un long moment. Kat regretta de ne pas posséder les pouvoirs télépathiques du professeur Xavier. Ils lui auraient permis d'apprendre ce qui s'était passé dans son appartement, mais aussi de découvrir les pensées qui rôdaient dans le subconscient d'Irish alors qu'elle lorgnait ses attributs.

— Si je bois du café à cette heure-ci, je ne pourrai pas fermer l'œil de la nuit, mais si tu veux bien me servir un jus de fruits, je te rejoins tout de suite.

— Oui, bien sûr, évidemment. Excuse-moi.

Elle lui adressa un sourire timide et quitta la salle de bains. Quelque chose ne tournait vraiment pas rond. Son comportement avait changé. En mal. *C'est forcément un signe défavorable,* se dit-elle en sortant une bouteille du frigo. Tout en se triturant les méninges pour parvenir à deviner la nature de la mauvaise nouvelle qu'il avait ramenée avec lui, Kat ôta le bouchon du récipient, le porta à ses lèvres, l'inclina, en prit une gorgée… et cracha dans l'évier.

— Beurk !

Elle regarda l'étiquette et frissonna dès qu'elle lut l'étiquette. *Cranberry.*

— C'est bon pour les reins, dit Irish en arrivant derrière elle pour lui prendre le jus de fruits des mains.

— Le jus de canneberge est absolument…

Elle se tourna vers lui et laissa la fin de sa phrase en suspens quand elle le vit en train de boire au goulot. Il avala tout le liquide, la tête renversée en arrière, sa pomme d'Adam remontant le long de sa gorge à chaque fois qu'il avalait.

— … délicieux, souffla-t-elle sans s'en rendre compte.

Son short noir descendait si bas sur ses hanches qu'il ne servait pas à grand-chose. Peu importait qu'elle l'ait déjà vu nu à deux reprises au cours des cinq dernières minutes. D'une certaine façon, il était encore plus sexy comme ça. Le V de ses obliques qui disparaissait sous l'élastique de la ceinture la soumettait à une véritable torture mentale car elle ne put s'empêcher de se demander ce que rencontrerait le bout de ses doigts si elle s'avisait de les caresser…

Irish jeta la bouteille à la poubelle et s'adossa au comptoir.

— Pourquoi l'as-tu recraché si tu trouves ça délicieux ?

— Mmm ?

Ouh là ! Dès qu'il est torse nu, tu deviens complètement débile, ma pauvre fille. Du calme, Kat, du calme.

— Oh, non, je voulais dire dégoûtant. Je trouve ça trop acide. Ça se présente mal, n'est-ce pas ? ajouta-t-elle après un soupir.

Il croisa les bras sur son torse.

— Tu parles toujours du jus de canneberge ?

Elle secoua les cheveux et les mèches qui s'étaient échappées de sa queue-de-cheval voletèrent sur ses joues et son cou.

— Non. Des nouvelles.

— Pas du tout, dit-il. Ils ont renoncé. Ils vont attendre que Marx sorte de prison et régler ça avec lui.

— Tu es sérieux ? Ça veut dire que je suis libre ?

— Tu n'as plus à te soucier d'eux.

La peur perpétuelle dans laquelle elle vivait depuis plusieurs mois s'envola et elle se sentit soudain incroyablement légère.

— Mais c'est génial, Irish !

Elle le dévisagea et son expression sévère coupa court à sa joie.

— Irish ? demanda-t-elle. Qu'est-ce qui ne va pas ?

— Avant de partir, je t'avais demandé si j'avais besoin de savoir autre chose et tu m'as répondu que je savais tout.

— Oui. Et alors ?

— Et alors le fait que ton ex et toi *travailliez* pour Sicoli t'était sorti de la tête, c'est ça ? répondit-il d'un ton grave. Il ne me serait jamais venu à l'esprit que tu aies pu vendre de la drogue.

— Vendre de la drogue ? Moi ? Qu'est-ce que tu racontes ? Lenny a parié de l'argent qu'il avait emprunté à Sicoli et il a perdu. C'est pour ça qu'ils nous poursuivaient.

— Ça, ce n'est qu'une partie de l'histoire. Ce que tu as oublié de me dire c'est que les vingt mille dollars qu'il a perdus, vous les aviez d'abord gagnés en écoulant la came de Sicoli !

Kat le contempla, bouche bée, sidérée par son accusation.

— Mais c'est n'importe quoi ! se défendit-elle quand il s'écarta du comptoir pour traverser la pièce. Ces types ont dû te dire ça pour te convaincre de ne pas m'aider ou je ne sais pas...

Il ramassa son blouson, plongea la main dans une poche et en sortit un papier plié.

— Je n'ai jamais travaillé pour Sicoli, dit-elle en le rejoignant près de la table. Et je n'ai jamais vendu de drogue de ma vie.

— Arrête de mentir, Kat.

Il déplia la feuille, la plaqua sur la table et fit peser sur elle un regard glacial. Kat baissa lentement les yeux. Il s'agissait d'un contrat de travail pour le compte du syndicat de Sicoli. En bas, juste en dessous celle de Lenny, figurait sa griffe.

— Le salaud, cracha-t-elle entre ses dents serrées. Il a dû imiter ma signature. Si jamais je le revois, je le tue.

— Pourquoi l'aurait-il imitée sur un contrat de ce genre ?

— Je devine très bien pourquoi. C'est du Lenny tout craché. Une fois qu'on n'a plus été ensemble, il avait tout le temps peur que je le laisse tomber. Il disait qu'on était comme Bonnie and Clyde, lui et moi. On formait une équipe, on était solidaires, il savait qu'il pouvait compter sur moi. Alors il a imité ma signature en se disant que si jamais les choses tournaient mal, j'aurais autant intérêt que lui à trouver une solution. Sinon, j'aurais pu partir, et il aurait dû régler ça tout seul.

Irish ne bougea pas, ne cilla pas, n'eut aucune réaction. Kat ne savait pas quoi en penser, et de toute façon, ne s'en souciait plus vraiment.

Ben voyons...

— Pas grave.

Elle lui tourna le dos, ramassa ses vêtements sur le canapé et gagna la salle de bains. Pendant qu'elle enlevait les vêtements qu'il lui avait prêtés pour remettre son uniforme de chez Lou, elle se dit qu'elle avait été bien bête de penser qu'Irish était différent des autres. Les hommes ne la voyaient jamais pour ce qu'elle était. Ils ne distinguaient jamais que ce qu'ils avaient envie de voir.

Elle rouvrit la porte et marcha droit sur lui.

— Qu'est-ce que tu fais, Kat ?

— Je rentre chez moi. Et demain, je quitterai ce bled comme j'avais prévu. J'apprécie ce que tu as fait pour moi, mais il n'est pas question que je reste ici alors que tu me prends pour une menteuse. Les autres, je m'en fous, mais pas toi.

Elle le contourna, récupéra son sac et ses chaussures et se dirigea vers la sortie de la maison.

Elle préférait affronter un alligator mal luné plutôt que passer une minute de plus dans cette baraque.

*
* *

S'il avait pu le faire, Aiden se serait botté les fesses. Il s'empressa de la rejoindre.

— Attends, Kat.

Elle n'avait pas encore franchi le seuil quand il l'encercla de ses bras par-derrière. Il referma la porte du bout des doigts.

— Ne pars pas.

Elle était aussi raide qu'un manche à balai. Aiden eut envie d'écarter de ses lèvres les petites mèches de cheveux dorés qui retombaient sur sa nuque. Son délicat parfum de lilas s'insinua en lui et ranima son désir.

— Pourquoi ?

Parce que je veux te mettre dans mon lit. En dessous de moi. Je veux que tu me serres dans tes bras, tellement fort que j'oublierai pourquoi tu ne peux pas être à moi. Il était complètement perdu. Rester avec lui était dangereux pour elle, mais tenter de quitter la ville avant qu'il ait payé les sbires de Sicoli l'était encore plus. Il n'avait pas envisagé qu'elle décide de partir.

— Parce que je ne veux pas, pour commencer. Et parce qu'il est tard, avança-t-il. Reste au moins cette nuit. Accorde-toi le temps de réfléchir.

— Traite-moi de folle si ça te chante, déclara-t-elle d'une voix tendue par l'émotion, mais je préfère éviter la compagnie de quelqu'un qui me méprise.

— C'est là que tu fais erreur, Kitty-Kat, dit-il en la faisant pivoter sur elle-même pour qu'elle soit face à lui.

Le rose pâle de ses lèvres avait viré au rouge rubis. Ses cils auburn formaient de petits paquets humides qui trahissaient les larmes qu'elle réprimait. Son visage reflétait crûment sa douleur, mais il était toujours aussi parfait.

— Écoute, je suis maladroit avec les mots, je n'aurais pas dû dire ça.

Elle resta pétrifiée et ne répondit pas.

Dis quelque chose, abruti. Répare ta connerie.

— Kat, je pense que tu es quelqu'un de bien et que tu mérites beaucoup mieux que ce que la vie t'a donné jusqu'à maintenant. Je suppose aussi que tu es très forte, je te trouve carrément impressionnante si tu veux savoir. Depuis la première fois que je t'ai vue.

— Et je suis censée te croire alors que tu viens tout juste de m'accuser de vendre de la drogue et de me traiter de menteuse ?

Aiden jura intérieurement. Qu'est-ce qui n'allait pas chez lui ? Ses expériences passées l'empêchaient de réfléchir ; il ne lui avait même pas laissé une chance de s'expliquer avant de la juger. Il prit son visage entre ses mains et plongea les yeux au fond de son regard meurtri.

— Excuse-moi. J'ai vu ce contrat et j'ai entendu parler de drogue et…

Il soupira.

— Je n'arrivais plus à cogiter correctement et je suis parti dans un délire. J'aurais dû te questionner au lieu de t'accuser. J'ai été nul.

— Très nul, oui.

Elle riva son attention sur son torse, comme si elle ne supportait plus de le voir en face. Il baissa la tête pour placer son petit minois devant le sien.

— Je ne douterai plus jamais de toi, murmura-t-il avec conviction, je te le promets. Tu veux bien me pardonner ?

Elle mordilla sa lèvre inférieure pendant de longues secondes, puis acquiesça. Il vit ses pupilles engloutir le bleu de ses iris quand elle posa les mains sur ses épaules. Elle déglutit et Aiden baissa le regard sur sa gorge. Son pouls s'accéléra quand il effleura son cou du bout du doigt. Il ne lui était pas aussi indifférent qu'il l'avait cru.

Le soulagement qui l'envahit boosta sa confiance. Elle ne le détestait pas. Pas encore, en tout cas. Une fois qu'elle découvrirait qui il était vraiment et les raisons de sa venue à Alabaster, ce ne serait plus la même chanson. Mais il ajouta cela à la liste des péchés dont il se soucierait plus tard.

Il posa les mains sur ses hanches et se rapprocha.

— Alors tu veux bien rester ici cette nuit ? demanda-t-il doucement.

— D'accord.

Une nuit. Il pouvait bien s'autoriser ça, pas vrai ? Ça lui permettrait de chasser de son corps le désir qu'elle lui inspirait et de se concentrer sur la victoire du tournoi qui la mettrait définitivement à l'abri de tout danger. Il aurait rempli sa mission, payé sa dette envers Jax, et il pourrait poursuivre la pénitence quotidienne de son existence insignifiante.

Mais là, maintenant, il avait envie de se sentir à nouveau vivant, le temps de quelques heures entre les bras de la femme qui occupait toutes ses pensées depuis des semaines. Dès qu'il avait découvert l'existence de Kat, il ne s'était alors plus intéressé à personne d'autre. Il avait besoin d'elle, juste une fois. Mais il ne ferait rien avant d'avoir passé un accord avec elle.

— Est-ce que je peux être honnête avec toi, Kat ?

— Ne l'as-tu pas été jusqu'à maintenant ?

Esquiver cette question valait mieux qu'un énorme mensonge. Aiden se sentit soudain sur la corde raide. Mais au moins, ce qu'il s'apprêtait à dire serait vraiment sincère. Le plus difficile serait d'énoncer cette vérité sans être trop abrupt ni irrespectueux. Un sacré challenge pour Aiden, qui n'avait rien d'un beau parleur.

Il soutint son regard, inspira à fond et se prépara à l'éventualité de prendre une gifle.

— J'aimerais passer la nuit avec toi.

— Tu veux dire... avec moi, *avec moi* ?

— Oui, répondit-il en souriant. Avec toi, *avec toi*. Ça fait longtemps que je n'ai pas eu envie d'une femme comme j'ai envie de toi.

— C'est vrai ? demanda-t-elle, le souffle court.

— On dirait que ça te surprend ?

Elle eut un léger haussement d'épaules et sembla soudain trouver beaucoup d'intérêt au plancher.

— J'ai l'impression que tu préfères les femmes plus excitantes, plus exotiques que moi. Le genre pin-up ultra-sexy à la peau délicate et tatouée.

Il faillit rire avant de comprendre qu'elle était sérieuse. Elle n'avait pas idée de l'effet qu'elle lui faisait. Il attrapa l'une des mains qu'elle avait posées près de son cou, la fit lentement glisser sur son torse, son ventre… et la posa finalement sur l'érection affirmée, tout juste contenue par le caleçon qu'il portait sous son short.

Un léger gémissement lui échappa quand il moula sa main sur sa queue. L'étreinte de cette main était de nature à redéfinir le concept d'éjaculation précoce. Elle retint son souffle par petites saccades et leva les yeux vers lui. La façon dont ses joues rosirent délicatement déclencha d'étranges réactions dans son for intérieur. Plus son innocence transparaissait, plus il la désirait.

Il n'aurait pas su expliquer pourquoi mais elle avait raison. Normalement, il était attiré par les femmes qui n'avaient pas froid aux yeux et qui mordaient la vie à pleines dents. Kat n'avait rien de commun avec cette définition-là. Malgré son évidente expérience de la vie, il sentait chez elle une candeur qui le troublait.

— Voilà l'effet que tu me fais, ma douce. Et tu peux me faire confiance, je serais incapable de feindre un intérêt de ce genre, lui assura-t-il.

— J'avais vu juste, finalement, dit-elle.

— À quel sujet ?

— Cet après-midi, dans le garage. Si mon souvenir est bon, j'ai dit : « Il y en a tellement que je ne peux même pas tout prendre dans la main. »

Il laissa échapper un rire étranglé. Il avait cru qu'elle n'avait aucun sens de l'humour, et elle choisissait cet instant précis pour lui prouver qu'il s'était trompé. D'un autre côté, elle n'avait peut-être pas cherché à plaisanter – le rire d'Aiden resta coincé dans sa gorge quand elle serra son membre entre ses doigts. Un grondement remonta dans sa poitrine. S'il ne la mettait pas bientôt dans son lit, il allait exploser.

— J'ai envie de toi, Kat. Tellement. Mais je n'ai rien d'autre à t'offrir que cette nuit. Je préfère être honnête avec toi. Alors si tu as envie de me dire non, je comprendrai, mais il vaut mieux que je le sache maintenant avant que mon cerveau ne soit plus en état de marche.

— Oui.

— Oui quoi ? demanda-t-il, perdu.

Son timide sourire révélait tant de choses.

— Oui, je veux bien passer la nuit avec toi.

Des images de tout ce qu'il avait l'intention de lui faire au cours des prochaines heures défilèrent dans son esprit. Une folle impatience contracta douloureusement ses parties intimes.

Il pencha la tête en avant, rapprocha ses lèvres des siennes – il allait enfin l'embrasser, découvrir la saveur de sa bouche – mais à la toute dernière seconde, elle renversa la tête en arrière avec un soupir et lui offrit sa gorge. Un grognement de frustration lui échappa et il s'apprêtait à corriger cette occasion manquée quand son parfum de lilas l'attira vers son cou comme le miel attire l'ours. D'accord, il l'embrasserait plus tard. Il n'était pas difficile à satisfaire.

— J'ai tellement envie de toi que je n'arrive plus à penser, protesta-t-il contre sa peau.

Il déposa un premier baiser à l'endroit le plus sensible, sous le lobe de l'oreille, avant de goûter chaque centimètre de sa peau, les mèches rebelles de sa chevelure chatouillant son visage. Les ongles de Kat s'enfoncèrent dans ses épaules quand elle s'agrippa à lui et cette légère douleur déclencha une pluie d'étincelles de plaisir le long de sa colonne vertébrale. Il l'embrassa plus bas, au creux de sa gorge, puis plus bas encore, le long de sa clavicule, avant que l'étoffe de son tee-shirt ne vienne briser son élan.

Il en saisit l'ourlet, le fit remonter et le lui enleva en un clin d'œil, puis fut à nouveau interrompu par la présence de son soutien-gorge. Une petite voix lui conseillait de prendre son temps, de la découvrir lentement. Mais plus son sang se concentrait au niveau de son entrejambe, moins il écoutait ce qu'elle lui soufflait. Il ne pensait plus qu'à la déshabiller et à la pénétrer si profondément qu'elle se souviendrait de lui pendant des jours.

Ses doigts attaquèrent l'agrafe frontale. Il s'y prit si brutalement qu'il la brisa, mais cela ne l'arrêta pas. Si l'attache était cassée, elle ne pourrait pas le remettre, ce qui lui convenait parfaitement. Il fit glisser les bretelles sur ses bras et le laissa tomber par terre, absorbé par la contemplation de sa poitrine.

Sa peau laiteuse rehaussée de taches de rousseur encerclait les mamelons rose pâle de ses seins. Des tétons qu'il allait pouvoir manipuler toute la nuit de ses doigts et de la pointe de sa langue. Mais pas tout de suite. Il avait avant tout besoin de les dévorer et de la dévorer tout entière. Ils auraient bien le temps de se torturer l'un l'autre plus tard.

Aiden l'attaqua tel un homme affamé à qui l'on présente son plat préféré. Ses lèvres sucèrent, sa langue lécha, ses dents mordillèrent. Quand il fit remonter sa bouche vers sa gorge, la caresse de ses mains sur ses flancs accompagnant le mouvement de sa bouche... il prit soudain conscience que quelque chose n'allait pas.

Il releva la tête et contempla son attitude. Kat avait la tête tournée sur le côté et les yeux fermés. Pas comme si ses paupières avaient voilé son regard dans le feu de la passion, mais plutôt comme si elle les fermait pour ne surtout pas voir quelque chose. Pire encore, au bout de ses bras plaqués le long du corps, elle serrait les poings.

Aiden prit son visage entre ses mains et le fit délicatement pivoter vers lui.

— Kat ?

Elle ouvrit les yeux, mais son regard était trouble. Comme si Aiden était transparent et qu'elle pouvait voir à travers lui. Son cœur se serra. Elle lui faisait peur tout à coup.

— Katherine ?

Cette fois, elle parut l'entendre. Ses cils frémirent et sa vue se concentra sur lui, mais son corps était toujours aussi raide qu'un cadavre.

— Coucou, murmura-t-il. Tu es avec moi, Kitty-Kat ?

Elle acquiesça, balaya la pièce des yeux, puis les reposa sur lui.

— Oui, bien sûr. Où voudrais-tu que je sois ?

— Je ne sais pas. J'espérais que tu me le dirais. J'ai eu l'impression que tu étais partie très loin pendant un moment.

Son regard se défila. Comme celui d'un animal qui cherche le moyen de s'échapper. S'il ne trouvait pas le moyen d'alléger l'atmosphère, elle ne mettrait pas trente secondes à bondir et à détaler.

— Excuse-moi, dit-il. Je suis tellement rouillé que j'ai dû oublier comment on s'y prend. J'aurais peut-être dû t'emmener dîner quelque part avant d'arracher ton soutien-gorge ?

Un faible sourire récompensa cette pitoyable tentative d'humour.

— Tu es trop bête.

— Aucun doute là-dessus, ma douce, répliqua-t-il.

Elle ne risquait plus de s'enfuir, aussi laissa-t-il tomber son numéro de pitre.

— Non mais sérieusement, Kat, qu'est-ce que j'ai fait de mal ? Et je te préviens, si tu me réponds « rien », je te corrigerai pour m'avoir menti.

— Tu n'oserais pas faire ça, répliqua-t-elle, choquée.

— Essaye, tu verras bien, déclara-t-il en relevant un sourcil d'un air de défi.

La lumière d'un phare traversa la pièce à travers la fenêtre, accompagnée du bruit de moteur d'une Nova 72. Aiden jura dans sa barbe.

— C'est Xan qui rentre du boulot.

Il se baissa pour ramasser son tee-shirt et son soutien-gorge et les mit dans les mains de Kat.

— Va dans ma chambre. J'ai un truc à lui dire, mais après je te rejoins.

— Il vaudrait peut-être mieux que tu me raccompagnes chez moi.

— Pas question. Je te ramènerai demain si tu veux, mais cette nuit, tu restes ici.

Il déposa un baiser au creux de son cou, et puis un autre, là où une petite veine trahissait les battements précipités de son cœur. Il lui fit redresser le menton et effleura de son pouce sa lèvre inférieure.

— Tu es avec moi, tu te rappelles ?

— Irish, je ne veux pas m'imposer.

— S'il te plaît, ma douce. Va et attends-moi.

Ses traits s'adoucirent et avec un soupir résigné, elle gagna sa chambre et referma la porte.

Kat MacGregor se révélait de plus en plus mystérieuse. On prétend que l'ignorance est une bénédiction, mais également que savoir, c'est pouvoir. Et Aiden ne pouvait pas ignorer le signal d'alarme qui s'était déclenché dans sa tête. Il fallait qu'il parle avec elle. Qu'il comprenne d'où venait sa réaction et qu'il s'assure que cela ne se reproduirait pas.

Mais avant cela, il devait parler avec Xan de sa participation au tournoi, sans quoi la démystification de Kat serait reléguée au dernier rang de ses soucis.

9

Plantée devant la fenêtre de la chambre d'Irish, Kat contemplait le paysage fantomatique. Les pâles rayons de la lune répandaient des tons grisâtres sur les bruns et verts ternes du bayou. Sans le moindre souffle de brise pour leur donner vie, les cyprès dégoulinants de mousse semblaient comme pétrifiés dans le temps.

Elle leva les yeux vers le ciel pour admirer le croissant de lune, poussa un soupir et se laissa aller contre l'encadrement de la vitre en s'imaginant que la douce lueur l'enveloppait de ses rayons protecteurs. À l'adolescence, Kat avait trouvé du réconfort auprès de cet astre, au cours des nuits les plus sombres de son existence. Il traversait sa pièce tous les soirs, tel un ange gardien à la forme changeante, qui l'aidait à se recentrer et qui l'apaisait.

Le fait de savoir qu'Irish veillait sur elle chez Lou avait eu un effet similaire ces dernières semaines. Depuis Nessie, il était la première personne à éveiller ce sentiment. Oserait-elle s'y fier ? C'était la question à mille dollars.

Il n'y avait aucune horloge dans la pièce, mais à vue de nez, Xander était rentré depuis une demi-heure. De quoi pouvaient-ils bien parler ? Irish allait-il lui raconter la galère dans laquelle elle l'avait entraîné ? Elle aimait bien Xander. Ce serait dommage qu'il en vienne à la détester. D'un autre côté, ça n'avait pas d'importance puisqu'elle avait l'intention de partir. Si elle avait pu, elle l'aurait déjà fait, mais elle ne pouvait plus aller nulle part tant qu'Irish ne l'aurait pas ramenée à sa voiture.

Elle se sentait affreusement gênée vis-à-vis de lui. Qu'est-ce qui lui avait pris de se recroqueviller à l'intérieur de sa carapace quand il s'était mis à la caresser comme elle avait rêvé qu'il le fasse ? Peut-être pas exactement comme elle avait rêvé, en fait. Son corps avait parfaitement réagi à ses caresses – la moiteur de sa petite culotte pouvait en témoigner – mais un déclic s'était produit dans sa tête et elle avait sauté en marche du train des plaisirs.

Elle enserra sa taille de ses bras et apprécia la douceur du tee-shirt qu'elle avait discrètement pris dans la commode d'Irish. Malheureusement ses propres bras ne lui apportaient pas le réconfort dont elle avait besoin. Elle cala son menton contre son épaule et inhala jusqu'au plus profond de ses poumons la senteur virile dont était imprégné son tee-shirt.

Qu'est-ce qui avait bien pu produire ce déclenchement ? Elle se souvint des baisers qu'il avait déposés dans son cou, de la griffure de son début de barbe sur sa peau, de la chaleur sensuelle de sa langue.

Et puis il lui avait enlevé son tee-shirt et s'était attaqué si brutalement à son soutien-gorge qu'il avait brisé l'agrafe. Elle avait entendu le craquement du plastique juste avant qu'il fasse glisser les bretelles sur ses bras... à partir de là, les éléments devenaient confus.

Elle se souvenait avoir tourné la tête pour regarder la lune, par habitude, mais ils n'étaient pas dans son ancienne chambre, sur son ancien lit, et quand elle n'avait pas vu le croissant lumineux, elle avait fermé les yeux. Elle se souvenait vaguement du contact de sa bouche sur sa poitrine, mais c'était à peu près tout. Elle n'aurait pas su dire quelles techniques il avait employées, ni ce qu'elle avait ressenti. Absolument rien.

C'était sans doute l'intensité qui l'avait troublée. Avec un passé comme le sien, faire confiance à un homme n'avait rien de naturel. Croire qu'il ne prendrait que ce qu'elle voulait bien lui donner n'avait rien d'évident.

Qu'elle ait autant eu envie que lui de partager ce moment n'avait rien changé. Dès que les choses s'étaient emballées et qu'elle avait eu le sentiment qu'elles échappaient à son contrôle, elle s'était réfugiée en elle-même. Comme elle l'avait fait tant de fois durant son adolescence.

C'était ce qui l'avait sauvée à l'époque.

Maintenant, ça faisait d'elle une névrosée.

Elle se raidit quand elle entendit la porte s'ouvrir derrière elle. Avait-il toujours le désir de passer la nuit avec elle ou bien s'était-il ravisé ? C'était peut-être pour cela qu'il avait mis si longtemps à revenir. Il espérait la trouver endormie pour ne pas avoir à faire machine arrière.

Elle l'écouta, sans se retourner, approcher d'elle, pieds nus sur le plancher. Des mains puissantes se posèrent sur ses épaules, cajolèrent ses bras, puis l'enveloppèrent d'une agréable étreinte lui apportant le réconfort qu'elle était incapable de se donner à elle-même. Kat sentit son corps fondre contre le sien, sa frêle silhouette s'adapter à la fermeté de ses muscles. Il effleura son cou du bout de son nez et son souffle tiède fit passer un frisson sur sa peau.

Son pouce caressa la face interne de son avant-bras, puis s'immobilisa. Il écarta le bras de Kat et le tourna de la fenêtre.

— Ça fait mal ? demanda-t-il d'une voix plus tendue que d'habitude.

— Quoi donc ? Ça ? répondit-elle en regardant le léger renflement en forme de Tic-Tac qui était apparu à cet endroit deux semaines plus tôt. Non, pas vraiment. Seulement si j'appuie dessus. Ça doit être un kyste. Ma mère en avait.

Il baissa la tête et pressa doucement les lèvres sur ce point. Y déposa un baiser destiné à l'apaiser. Et – par le plus pur des miracles – le charme opéra.

— Je suis désolé d'avoir mis autant de temps à te rejoindre, murmura-t-il à son oreille en ramenant son bras contre sa taille.

— Tu ne me dois aucune excuse, Irish.

— Si, dit-il en la faisant pivoter vers lui. J'avais dit que j'en avais pour cinq minutes, pas trois quarts d'heure. Ça a pris plus de temps que je ne croyais. Il est donc normal que je me justifie, d'accord ?

Son besoin d'expier un écart aussi minime l'émut et la fit sourire.

— D'accord.

— Bon, fit-il en hochant la tête. Pour ce qui s'est passé tout à l'heure…

— Non, je préfère qu'on n'en parle pas, l'interrompit-elle. J'étais stressée, ajouta-t-elle avec un sourire qui se voulait rassurant. Ça ne m'est pas arrivé depuis si longtemps que c'est un peu comme si j'étais vierge pour la deuxième fois. Et puis… tu es tellement… intense.

— Ne cherche pas à m'épargner. Je me suis montré brutal et je t'ai fait peur, j'en ai conscience, dit-il en prenant son visage entre ses mains pour lui adresser un sourire de regret. Si je te promets d'être gentil, tu veux bien me donner une seconde chance ?

Kat inspira… expira à fond…

— Oui.

Il posa les yeux sur ses lèvres, lui indiquant clairement ce qu'il avait l'intention de faire. L'impatience lutta contre l'appréhension dans sa poitrine quand sa tête se rapprocha de la sienne. *Je peux le faire,* se dit-elle. Oui, elle pouvait le faire… Son haleine effleura ses lèvres. *Non !* Kat le repoussa brutalement.

Irish sonda son regard, en quête de repères.

— Qu'est-ce qu'il y a ?

— Rien.

Menteuse !

— Pourquoi tu ne veux pas que je t'embrasse ?

— Je n'aime pas les baisers sur la bouche, répondit-elle en haussant les épaules. C'est important pour toi ?

Il l'étudia un long moment.

— Ça dépend.

— De quoi ?

— Du pourquoi.

Elle recula jusqu'à se placer hors d'atteinte et croisa les bras.

— Je ne comprends pas qu'on puisse avoir envie de dévorer mon visage.

— Dévorer ton visage… Tu as eu une expérience malheureuse avec un zombie ?

Un zombie, non. Mais un monstre ? Oui, absolument.

— Très drôle, répondit-elle, feignant le sarcasme.

Il singea son attitude en adoptant la même pose qu'elle et plissa légèrement les yeux pour l'étudier. Kat se représenta l'image qu'ils devaient former ainsi, les bras croisés dans une posture défensive, l'un en face de l'autre. Un rayon de lune projetait sa lumière entre eux sur le plancher, tel un canyon infranchissable.

— J'ai l'impression qu'aucun homme ne t'a jamais embrassée comme il se doit.

Des souvenirs de souffle tiède, chargé de relents de whisky bon marché et de tabac à chiquer, assaillant ses narines et ses poumons au point de lui donner la sensation d'étouffer, surgirent. Des réminiscences de lèvres brutales, de langue invasive, de gros baisers mouillés et de saveurs répugnantes qui avaient alimenté ses cauchemars des années durant.

Elle se détourna de lui et concentra son regard sur un coin de la pièce. Et se raidit lorsque Irish entoura sa taille.

— Ne me repousse pas, Kitty-Kat.

Irish frotta le bout de son nez au creux de son cou et affermit son étreinte.

— Parle-moi, ajouta-t-il.

Maudit soit-il. Elle n'avait pas envie de raconter tout ça. Ne voulait même pas s'en *rappeler*. S'il avait su ce qui lui était arrivé, elle l'aurait dégoûté. Il n'aurait plus jamais eu envie de la toucher.

Mais elle en avait besoin. Elle n'aurait pas su dire pourquoi. Elle savait qu'elle ne le méritait pas. Mais elle voulait qu'il la touche malgré tout.

Fais-le penser à autre chose. Excite-le et il arrêtera de discuter. Elle se plaqua contre lui et traça un chemin de baisers sur son torse tandis que ses doigts caressaient le relief de ses abdominaux. Ses lèvres se refermèrent sur l'un de ses piercings et sa langue glissa le long de la tige avant de l'aspirer dans la chaleur de sa bouche. Il laissa échapper un gémissement appréciateur et ses doigts se contractèrent sur sa taille. Une incroyable sensation de puissance la gagna – elle avait le pouvoir de faire ployer un homme qui faisait deux fois sa taille – et fit naître le désir de saisir les rênes d'une main plus ferme encore. De voir jusqu'où elle pouvait aller.

Irish jura, la saisit par les bras et l'écarta de lui. La frustration, doublée d'une tension sexuelle dont elle préférait ne pas chercher à évaluer le degré, tirait les traits de son visage. Elle s'était aventurée trop loin.

— C'est loin de me déplaire, mais tu fais fausse route en essayant de me distraire, Kat. Parce que je vais forcément me retrouver impliqué dans ce qui se passe et que je risque de te faire peur en faisant un truc que tu n'aimes pas. Alors soit tu m'expliques ce qui se passe, soit on arrête tout de suite.

— D'accord, dit-elle en reculant. On arrête.

Il avança vers elle, sans la quitter des yeux. Elle fit encore un pas en arrière, non par crainte qu'il ne lui fasse du mal, mais parce qu'elle redoutait ce qu'il pouvait lui faire avouer. Personne n'avait encore jamais franchi son rempart défensif – personne ne s'était jamais assez soucié d'elle pour tenter de le faire – et elle prit soudain conscience de la faiblesse de cette fortification. Si elle ne se dépêchait pas de la renforcer, cet homme allait l'abattre comme un vulgaire château de cartes.

Quand elle se retrouva acculée dans l'angle de la pièce, les bras d'Irish l'encagèrent contre le mur, lui interdisant d'ignorer sa présence. Kat redressa la tête et croisa son regard avec une bravoure qu'elle était loin de ressentir.

— Qu'est-ce que tu veux ? demanda-t-elle.

— Dis-moi.

— Que veux-tu que je te dise ?

Il effleura sa joue d'une caresse du dos de la main, la tendresse de son geste contrastant singulièrement avec la rugosité de ses phalanges.

— Dis-moi ce qu'il t'est arrivé pour que tes yeux soient aussi tristes.

— Ne me force pas à parler de ça, répondit-elle d'une voix suppliante.

— Je ne t'obligerai jamais à rien, Kitty-Kat, répondit-il en l'attirant contre lui.

Kat conserva ses bras repliés, mais laissa aller sa tête contre son torse et se détendit dans ses bras.

— Mais c'est pour ça que j'ai besoin de savoir. Je ne veux pas risquer de te faire du mal, tu comprends ?

Elle acquiesça.

— Allez, dit-il, on va te mettre au lit.

Kat sentit qu'il la soulevait dans ses bras, noua instinctivement les bras autour de son cou et s'agrippa à lui quand elle évalua la distance qui la séparait du sol alors qu'il traversait la pièce.

— Si tu me serrais un tout petit peu plus, je pourrais croire que tu essayes de me faire une clef de bras. Tu as peur que je te laisse tomber ou quoi ?

Kat se sentit rougir malgré la lueur de malice qui faisait briller les yeux d'Irish. Elle relâcha son étreinte et s'excusa.

— Peut-être, oui. Je sais que c'est bête, vu que tu pourrais porter Ally sans problème.

— Je n'ai jamais essayé, gloussa-t-il, mais je suis bien certain de pouvoir porter une petite chose comme toi.

Il s'arrêta près du lit et fit peser sur elle un regard de profond sérieux.

— Et quoi qu'il advienne, je ne te laisserai jamais tomber, Kitty-Kat. Jamais.

Jamais. La conviction qu'il avait insufflée dans ce mot s'insinua dans son esprit dans l'espoir d'y prendre racine. Mais les mauvais souvenirs y abondaient si profusément qu'ils étouffaient le plus infime embryon de confiance. Kat ne pourrait se réjouir de cette déclaration d'intention que jusqu'à ce que l'histoire se répète et lui apporte de nouveau la preuve qu'elle avait eu tort d'espérer que cette fois serait différente des autres.

Il la déposa délicatement sur le matelas, l'y rejoignit et s'allongea sur le flanc pour lui faire face, la tête calée par les oreillers. Elle garda le regard rivé sur son torse dans l'espoir de ne pas révéler le tumulte d'émotions qui se soulevaient en elle. Désir, honte, impatience, appréhension... Elle ne savait plus ce qu'elle était *censée* ressentir, ce qui ne faisait qu'ajouter de la confusion à ce mélange trouble.

Du bout des doigts, il l'incita à lever les yeux vers lui. Aussitôt, l'agitation qui menaçait de la consumer s'apaisa.

— Ça va ?

— Oui, ça va, acquiesça-t-elle.

Irish poussa un long soupir. Mais ses sourcils se rejoignaient presque et ses lèvres étaient pincées. Elle craignait de découvrir ce qu'il pensait d'elle.

— Comme je te l'ai dit tout à l'heure, je ne suis pas très habile avec les mots. Je ne sais pas trop ce qui se passe au juste entre nous, mais je sais que j'ai du mal à lutter contre.

— C'est ce que tu essayes de faire ?

— Oui, soupira-t-il en se redressant à demi pour prendre appui sur son coude. Ce que je veux dire, c'est que tu m'as toujours plu, mais que je respectais le fait que tu aies un copain. Même si c'était une pourriture qui ne te méritait pas.

Un frisson de satisfaction la saisit à l'idée qu'Irish puisse considérer qu'elle valait mieux que Lenny.

— Et une fois que tu as découvert que je n'étais pas vraiment avec lui… ?

— Pff… soupira-t-il en levant les yeux vers le plafond. Pardonne ma franchise, mais c'est comme si mes bijoux de famille avaient reçu le feu vert alors que ma tête continuait à m'interdire de poser mes sales pattes sur toi. Je ne t'apprendrai rien si je te dis que c'était une bataille perdue d'avance pour ma tête.

Irish ne mâchait pas ses mots. Il disait ce qu'il pensait sans chercher à faire de fioritures. Ses manières auraient pu en refroidir plus d'une, mais Kat trouvait cela normal et réconfortant. Avec lui, elle savait toujours à quoi s'en tenir et n'avait pas besoin de jouer un rôle. Moins qu'avec les autres, en tout cas.

— Tu sais, dit-elle, je me demande depuis un bon moment ce que ça me ferait si tu posais tes « sales pattes » sur moi. Ce qui est plutôt étrange, étant donné que…

Kat laissa sa phrase en suspens, redoutant d'en avouer trop. Irish prit alors sa main, l'embrassa, puis colla leurs mains jointes contre son torse. Il attendit qu'elle finisse sa phrase, le clair de lune qui baignait la chambre éclairant la sincérité de son visage. Un visage qui ne reflétait pas la moindre intention de manipulation. Rien d'autre qu'une tendresse sincère.

Le flot de chaleur impalpable, et pourtant bien réel, qui s'insinua dans sa poitrine affaiblit un peu plus les boucliers qu'elle avait érigés pour empêcher les gens de lui faire du mal. Kat n'aurait pas su dire pourquoi, mais elle eut l'impression que s'il existait un seul être sur terre à qui elle puisse dévoiler les horribles détails de son passé, c'était cet homme-là. Ce qui ne voulait pas dire que ce serait simple. Elle avait encore besoin de temps pour franchir cette étape et n'était pas certaine d'y arriver un jour. Mais l'envie lui vint de lui confier deux ou trois choses.

Elle inspira et finit sa phrase.

— Ce qui est étrange, étant donné que je n'ai jamais eu de souhait d'intimité avec qui que ce soit jusqu'à maintenant. Jusqu'à ce que je te rencontre.

— Jamais ?

Elle l'imagina en train de bomber le torse, fier comme un paon, et sourit. Elle n'avait pas pensé qu'un homme puisse en tirer de l'honneur, mais l'idée d'avoir touché l'ego d'Irish la satisfit. L'idée d'ailleurs de caresser *bien des choses* le concernant lui plaisait.

— Jamais.

Irish posa un bras sur sa taille et l'attira tout contre lui. Plus que le désir sexuel, son geste reflétait le besoin de la protéger. Une attitude qu'il avait eu tendance à adopter dès le départ avec elle. Elle se demanda si cela reflétait son sens inné de la galanterie ou si elle était la seule à en bénéficier. Et pencha aussitôt pour la première explication. Elle n'avait rien qui puisse inciter qui que ce soit à se comporter en héros. Irish était sans doute le genre d'homme qui trouvait tout naturel d'aider les vieilles dames à traverser la rue.

— Dis-moi la véritable raison pour laquelle tu n'aimes pas les baisers sur la bouche.

Son visage reflétait un étrange mélange d'exigence et de supplication. La réponse enfla dans la gorge de Kat au point de lui faire mal. Des larmes vinrent lui picoter le coin des yeux. Pourtant, malgré sa volonté de se taire, quelque chose l'invita à révéler l'une de ses blessures enfouies.

— J'ai eu ma toute première expérience avec un homme que je n'avais pas envie d'embrasser, avoua-t-elle d'une voix chargée d'émotion.

Kat ne pouvait plus les refouler. Pas plus qu'elle ne pouvait maintenir sa douleur en équilibre au bord de ses cils. Il suffit d'un battement pour que le premier sanglot d'une longue série trahisse sa honte secrète.

— Il était beaucoup plus âgé que moi. Cela faisait un bon bout de temps qu'il me regardait bizarrement et que chaque fois qu'il me frôlait « accidentellement », j'en avais la chair de poule. Un jour, il m'a attrapée dans un coin. Son haleine fétide m'a écœurée, mais j'étais piégée. Il a pressé sa bouche contre la mienne. J'ai serré les lèvres, mais il a pressé mes joues entre ses doigts pour… Et il a introduit sa langue, et c'était tellement, tellement…

Sa vie en eût-elle dépendu qu'elle n'aurait pu achever sa phrase. Le flot de cauchemars qui submergeait ses souvenirs déclenchait des alarmes dans sa tête qui l'empêchaient de s'exprimer de façon cohérente. Irish la serra contre lui et caressa son dos d'une main, écartant de l'autre les mèches de cheveux que les larmes avaient plaquées sur ses joues. Il murmura des paroles de réconfort, les lèvres pressées sur sa tempe, mais il avait seulement fallu qu'il l'enveloppe de ses bras puissants et qu'elle s'immerge dans son odeur pour que le calme revienne en elle. Kat prit une longue inspiration avant d'achever son récit.

— C'était dégoûtant. Non seulement il m'embrassait contre mon gré, mais sa bouche avait toutes les horribles odeurs de ses mauvaises habitudes et j'avais l'impression qu'il essayait de lécher mes amygdales. Ça m'a fait tousser, et il a dû prendre ça comme une insulte. Et s'il a arrêté, c'est uniquement parce qu'il m'a fendu la lèvre en me giflant après que j'ai failli vomir dans sa bouche.

— *Le fils de pute.*

Le corps d'Irish se tendit d'un seul coup et elle sentit le muscle de sa mâchoire palpiter juste au-dessus de son œil, à l'endroit où son visage était appuyé contre le sien.

— Dis-moi que quand il a essayé de recommencer, tu lui as flanqué un coup de genou dans les parties avant de lui casser les dents.

Kat eut la surprise de sentir un pouffement de rire se frayer un chemin dans sa gorge.

— J'en ai rêvé des milliers de fois, mais non. Je n'avais que quatorze ans à l'époque et il connaissait tous les trucs pour m'obliger à me montrer docile. Alors voilà, ajouta-t-elle après une quinte de toux visant à mettre un point final à ce sujet. C'est pour ça que je n'aime pas embrasser sur la bouche.

Intérieurement, Kat se donna quelques tapes dans le dos et se lança même une poignée de confettis. C'était la première fois qu'elle avouait cela. Elle n'en avait jamais rien dit, pas même à Nessie, alors qu'elle savait que sa sœur nourrissait de sérieux doutes. Elle n'avait pas vraiment voulu en parler à Irish, mais une toute petite part d'elle-même en ressentit du soulagement. Comme si le fait d'avoir partagé cela avec lui l'avait allégée d'une part de son fardeau.

Mais elle ne pouvait pas en faire plus. L'exploit émotionnel qu'elle venait d'accomplir l'avait vidée de toute son énergie et l'étreinte de l'homme qui lui faisait face était la seule chose qui lui permettait de ne pas s'effondrer.

— Mon Dieu, Kat, souffla-t-il en s'écartant légèrement d'elle pour la regarder.

Elle bénit la pénombre qui l'empêchait de distinguer son visage rougi et enflé. Il ouvrit la bouche, mais aucun son n'en sortit. La referma, visiblement frustré, tourna le regard vers le plafond et laissa échapper un long soupir par le nez.

— Irish ?

— Accorde-moi une minute.

Le silence assourdissant qui s'abattit sur la chambre comprima ses tympans. Peut-être qu'elle ne lui plaisait plus, maintenant qu'il savait qu'un être avait forcé ses baisers à un âge aussi tendre – même si elle n'avait révélé que la partie émergée du vilain iceberg de son passé. Et elle ne connaissait que trop bien la réaction d'un homme quand il comprenait qu'il n'aurait pas ce qu'il voulait.

L'idée qu'Irish puisse réagir de cette façon-là l'effraya soudain. Non à cause de ce qu'il risquait de lui infliger physiquement pour adoucir les blessures de son ego – elle avait appris à gérer et compartimenter la souffrance corporelle, aussi atroce soit-elle, dès le plus jeune âge – mais parce qu'elle s'était imaginé qu'il n'était pas comme les autres. Qu'il se souciait un tant soit peu d'elle. On s'était si rarement soucié d'elle comme d'une simple créature humaine.

L'instinct féminin de Kat étouffa cependant la crainte rampante qu'Irish puisse lui faire le moindre mal. Il devait probablement reconsidérer son envie de s'impliquer avec quelqu'un comme elle et réfléchir au moyen le moins douloureux de faire machine arrière après les aveux de désir sincères qu'il venait de lui faire.

C'est bon, se dit Kat. Elle ne pouvait pas lui en vouloir. Il avait eu envie de partager un moment de plaisir avec elle sans savoir à quoi il s'exposait. Autant lui éviter l'embarras de donner des excuses. C'était au moins ce qu'elle lui devait après tout ce qu'il avait fait pour elle.

Elle chercha à s'écarter, mais l'étreinte de ses bras se renforça aussitôt.

— Où tu vas ?

— Je crois que ce que j'ai traversé ces derniers jours m'a mise à plat. Je suis claquée et je préfère dormir seule. S'il te plaît, Irish, ajouta-t-elle quand il ouvrit la bouche. Ne discute pas.

Elle ponctua cette prière d'un sourire malicieux pour faire passer la pilule.

— Ma tête peut bien raconter ce qu'elle veut, je crois que mon corps n'arriverait pas à dormir près de toi.

Kat ne mentait pas en disant qu'elle était fatiguée, mais elle n'envisageait pas une seconde qu'elle aurait le moindre problème à dormir auprès de lui. Quelque chose lui disait même qu'elle passerait la meilleure nuit entre ses bras, bercée par le rythme puissant de son cœur.

— J'accepte à deux conditions, dit-il.

— Lesquelles ? demanda-t-elle en haussant un sourcil.

— La première, c'est que tu dormes dans mon lit et moi sur le canapé.

Une condition acceptable. Elle lui faisait suffisamment confiance à présent. D'autant que dormir entre des draps imprégnés de son odeur serait presque aussi agréable que dormir entre ses bras. Kat masqua son enthousiasme d'un soupir exaspéré.

— Accordée. Quelle est la seconde ?

Irish fit glisser son doigt le long de la cicatrice de sa poitrine avant de répondre. Kat sentit qu'il retenait des questions au sujet de son passé. Qu'il devait se demander d'où lui venait cette blessure qui avait laissé le fin relief de cette ligne pâle sur sa peau blanche. Mais il ne les formula pas et elle adressa une silencieuse prière de remerciements. Elle n'était pas prête à plonger au cœur de ses cauchemars. Ne le serait sans doute jamais.

Comme s'il se souvenait soudain qu'il devait stipuler sa seconde condition, Irish lui fit relever le menton et fouailla son regard d'une façon qui l'excita et l'irrita à la fois.

— Laisse-moi t'embrasser, ma douce.

Il avait dit cela d'une voix rauque. En se rapprochant de façon à effleurer le bout de son nez du sien, plaçant sa bouche à quelques centimètres de la sienne.

— Laisse-moi te montrer ce que c'est qu'un vrai baiser. Tu veux bien me laisser faire ça, Kat ? Me laisser t'embrasser pour te souhaiter bonne nuit ?

Lui opposer un refus aurait été futile. Chaque cellule de son corps se serait révoltée si elle avait tenté de dire non. Il valait mieux pour une fois que sa tête trouve un terrain d'entente avec son corps. Incapable de produire un son, elle se contenta d'incliner légèrement la tête.

Irish secoua la sienne.

— Ça ne suffit pas, Kitty-Kat. Je veux te l'entendre dire clairement. Si on doit aller plus loin, je ne veux plus être le jouet de l'instant. Autant que tu t'y fasses et que tu l'admettes.

Elle déglutit et lécha ses lèvres soudain sèches.

— Oui. Tu peux m'embrasser.

Son ventre se serra, mais la curiosité de son désir supplanta l'appréhension. Irish s'approcha et déposa un baiser sur chacune de ses paupières. Le bout de son nez. Le coin de sa bouche. Et finalement… ses lèvres.

Ce fut un baiser doux, sensuel. Un frôlement qui ne l'explora pas au-delà du simple contact, ses lèvres souples se contentant de s'adapter aux siennes.

Kat savoura la perfection de cet instant. Ce que la plupart des gens auraient reçu comme un simple baiser revêtait pour elle l'aspect d'un incroyable cadeau. Quelque chose qu'elle avait cru ne jamais expérimenter. Enfin, elle savait. Ce que c'était qu'être chérie, adorée et respectée.

— Tu es avec moi, Kitty-Kat ? demanda-t-il dans un murmure entre deux baisers.

— Plus que jamais.

Il avait suffi de quelques secondes pour que ses lèvres lui deviennent aussi indispensables que l'air qu'elle respirait. Et elle avait dû se faire violence pour s'écarter de lui ne serait-ce que deux secondes, le temps de lui répondre. Elle aurait volontiers passé le restant de sa vie ainsi, dans ce lit, la bouche à tout jamais scellée à celle de cet homme qu'elle connaissait à peine et en qui elle avait pourtant plus confiance qu'en quiconque.

Irish fit glisser la pointe de sa langue sur la commissure de ses lèvres. Le corps de Kat se cambra et sa tête bascula instinctivement en arrière, mais Irish réagit tout aussi promptement et plaça la main sur sa nuque.

— Chut… du calme, bébé. Excuse-moi, j'aurais dû te demander la permission.

Ses paroles lui assurèrent qu'il n'insisterait pas si elle cherchait à interrompre l'expérience de ce premier baiser. Mais déclenchèrent aussi un cocktail de honte et de colère. Elle avait vingt-huit ans, et alors qu'elle n'était plus vierge depuis la moitié de son existence, elle avait peur de se laisser vraiment embrasser par un homme parce qu'une pourriture finie lui en avait ôté le goût quatorze ans auparavant. Kat commençait à en avoir plus qu'assez que sa vie soit régentée par des losers. Si elle avait réussi à mettre un terme définitif à sa relation avec Lenny, il était temps qu'elle se débarrasse de ses autres démons, quelle que soit la peur qu'ils lui inspiraient.

— Non, ça va, dit-elle en se forçant à se détendre. N'arrête pas, s'il te plaît.

— Quoi donc, Kitty-Kat ?

Elle soutint son regard aussi audacieusement qu'elle put.

— N'arrête pas de m'embrasser.

— Pas de problème, assura-t-il avant de se remettre aussitôt à la tâche.

Il suffit que ses lèvres pressent fermement les siennes pour que Kat sente fondre toutes ses incertitudes dans la chaleur qui gagna son ventre.

— Ouvre-toi à moi, Kat, haleta-t-il. Je veux sentir le goût de ta bouche. On ira doucement, je te promets. Laisse-moi entrer.

Ce ne fut pas sa supplication qui l'incita à ouvrir les lèvres, mais son propre désir mêlé à l'intense curiosité de découvrir ce qu'elle ressentirait en acceptant de se perdre dans un baiser.

Un gémissement d'approbation échappa à Irish et il immobilisa le visage de la jeune femme entre ses mains tandis qu'il explorait sa bouche de légers coups de langue pour lui laisser le temps de s'accoutumer à son intrusion. Mais le temps n'était pas nécessaire. Kat n'en eut pas besoin pour se rendre compte qu'Irish aurait dû prévenir de son habileté en la matière. Son baiser agissait déjà sur elle comme une drogue puissante. Elle voulait qu'il continue sans cesse de l'embrasser. Elle allait mourir s'il s'arrêtait.

Ses doigts se plantèrent dans la chair de son dos et elle donna libre cours à ses instincts. Le cœur de Kat avait beau battre à tout rompre et la force de ses émotions atteindre des sommets, le baiser d'Irish demeurait lent et méthodique. Leurs langues se rencontraient et glissaient l'une contre l'autre, encore et encore, comme si elles se livraient à une danse érotique. Sa bouche avait un goût de paradis, relevé d'un soupçon de cranberry qui l'encouragea à réviser son jugement au sujet du côté acidulé de cette boisson. Si une marque de jus de fruits avait trouvé le moyen de le mettre en bouteille, Kat aurait fait provision de Cran-Irish.

Quand il s'écarta, elle dut se retenir pour ne pas le suivre et la souffrance que déclencha la soudaine absence de contact avec lui la fit tomber de son petit nuage. L'expérience de ce premier baiser l'avait bouleversée. Un frisson la traversa à l'idée de ce qu'il pourrait lui faire si elle acceptait de lui offrir son corps.

— Waouh, souffla-t-il avant de s'éclaircir la gorge. C'était...

— Vraiment bien.

Kat se serait volontiers donné une claque pour avoir émis un commentaire aussi pitoyable.

Irish sourit, le clair de lune faisant étinceler ses dents.

— Oui, dit-il. Vraiment bien.

Il roula sur le côté et sortit du lit. Kat se laissa aller contre l'oreiller quand il se pencha au-dessus d'elle, plaquant les mains de part et d'autre de son visage. Il l'embrassa alors à nouveau, comme s'il voulait vérifier qu'elle le laisserait faire. Elle ferma les yeux et s'immergea dans la brève fusion de leurs bouches, Kat s'emparant de sa lèvre inférieure tandis qu'Irish faisait l'inverse. Un rapprochement éphémère qui reflétait leur tendre désir et leur respect mutuel.

— Fais de beaux rêves, Kitty-Kat, murmura-t-il avant de déposer un chaste baiser sur son front.

La gorge et le ventre noués, Kat le regarda quitter la pièce et sentit grandir la place qu'elle lui avait attribuée dans un coin de son cœur.

10

Aiden remonta l'allée gravillonnée en direction de la maison. Il était à peine 10 heures du matin, mais la moiteur de l'air faisait renaître la sueur sur son torse au fur et à mesure qu'il l'épongeait de son tee-shirt roulé en boule.

— Salut, Ally, lança-t-il à l'alligator qui se prélassait au soleil. Ça doit être cool d'être un animal à sang froid. Il est même pas midi et c'est déjà la canicule.

L'animal émit un sifflement qu'il interpréta comme un « Si tu crois que ton verbiage m'intéresse, pauvre nouille ».

— C'est bon, je me casse. Pas besoin de m'arracher la tête pour si peu.

Si quelqu'un était à cran, c'était pourtant bien lui. Il n'avait pratiquement pas fermé l'œil de la nuit, s'était levé à 5 heures et était parti courir. Après quoi il s'était infligé deux heures d'activités dans son gymnase improvisé, ponctuées de lancers de marteau et de roues de tracteur. Les gosses de riches pouvaient s'amuser sur leurs super bécanes autant qu'ils voulaient, rien ne remplacerait jamais le muscle façonné à l'ancienne.

Ce qui ne l'empêchait pas d'avoir envie de mourir. Et d'avoir déjà vomi deux fois. Passer des exercices d'entretien au véritable entraînement au combat n'était jamais un moment de plaisir. Aiden avait l'intention de se reposer quelque temps, de remettre ça cet après-midi et peut-être même de rempiler ce soir. S'il voulait remporter ce tournoi, il n'avait pas le temps de faire le paresseux.

Il allait aussi devoir changer son mode d'alimentation, réalisa-t-il en grimpant les marches du perron alors qu'une odeur de pancakes faisait grogner son estomac. Il s'attendait à trouver Xander en train de préparer le petit-déjeuner – son collègue disposait de talents culinaires dignes de rivaliser avec ceux d'un chef étoilé – mais la scène sur laquelle il tomba en pénétrant dans la maison le laissa bouche bée.

Tranquillement occupé à battre des œufs en omelette, Xander racontait à Kat une histoire si drôle qu'elle en avait du mal à retourner les pancakes qu'elle était en train de faire cuire.

Aiden laissa tomber son tee-shirt imprégné de sueur sur le seuil et se dirigea vers le frigo. Il en sortit deux bouteilles d'eau et descendit la première avant d'atteindre la table.

— Pfiou ! s'exclama son colocataire. Tu veux bien éloigner tes linges puants de la pièce ! Combien de fois faudra-t-il que je te dise de ne pas laisser traîner tes fringues dégueulasses n'importe où ?

— Autant qu'il faudra que je te répète que tu n'es pas ma mère.

— Si tu ne changes pas d'attitude, tu pourras faire une croix sur mes délicieux pancakes !

Aiden tira une chaise et s'assit en s'attablant tout en étudiant Kat. Son rire s'était interrompu dès qu'il était apparu et elle s'appliquait à retourner les pancakes avec bien plus de concentration que ne l'exigeait la tâche. Ses épaules étaient raides et quand elle se tourna pour prendre une louchée de pâte, elle évita de croiser son regard.

Aiden fit comme s'il n'avait rien remarqué et continua de se chamailler avec Xander.

— Vu que je n'ai pas l'intention d'en manger, je laisserai mes affaires où elles sont.

— Quoi ? Bien sûr que tu veux en manger ; ne sois pas bête. Tu adores mes pancakes. Tu vas peut-être aussi essayer de me faire croire que tu ne souhaites pas de bacon non plus ?

Aiden s'éclaircit la gorge et fit peser sur Xander un regard lourd de sens.

— Oooh, modula-t-il. C'est vrai ! J'avais oublié ton nouveau régime. Bravo, mec, je suis fier de voir que tu appliques le programme.

Le regard de Kat passa de l'un à l'autre, perplexe.

— Qu'est-ce que vous racontez ? Aucun de vous n'a besoin de suivre un régime.

— Le fait est qu'Irish s'est un peu ramolli du bide, se fit un plaisir de lui expliquer Xander. Regarde, ça lui fait même un bourrelet.

Aiden et Kat jetèrent un coup d'œil au pli que formait sa peau au niveau de sa taille parce qu'il se tenait voûté au-dessus de la table. Il se redressa pour supprimer le bourrelet, mais Kat avait déjà reporté son attention sur Xander.

Qu'est-ce qui lui prenait ? Ils n'étaient plus au lycée et Aiden n'était pas en compétition avec

Xander pour gagner le cœur de la plus jolie pom-pom-girl.

— Il m'a dit qu'il voulait s'entraîner pour me ressembler, ajouta l'Anglais en remontant son tee-shirt pour exhiber ses abdominaux. Sans vouloir me flatter, je le comprends.

Aiden, qui s'exerçait régulièrement, n'avait pas perdu grand-chose de sa musculature, mais même au top de sa forme, il n'avait jamais pu rivaliser avec celle de Xander. Le torse de celui-ci semblait tout droit sorti de RoboCop. La peau de son ventre drapait des abdominaux en tablette de chocolat nettement définis. Et ses obliques étaient ahurissants ; le V qu'ils formaient se voyait même à travers ses tee-shirts.

— Ce n'est pas de la graisse, pauvre nul. Je fais un peu de rétention d'eau, c'est tout.

— Oh, c'est déjà la mauvaise semaine ? Je croyais que tu venais juste d'avoir tes règles.

— N'importe quoi, répliqua Aiden en le gratifiant d'un doigt d'honneur. Toi, c'est ta tête qui est remplie de gras.

— Si tu trouves qu'Irish a le ventre mou, dit Kat en le désignant avec sa spatule, je préfère ne pas savoir comment tu qualifierais le mien.

— Ah, mais une femme est censée avoir des formes, des courbes qui épousent le corps plus ferme de l'homme. Et pour t'avoir vue au travail dans ton uniforme moulant, je peux te garantir que tu es absolument parfaite, ajouta-t-il avec un clin d'œil.

Kat fronça les sourcils et se retourna vers la cuisinière, mais Aiden avait eu le temps de voir ses joues rosir. Xander, toujours occupé à battre des œufs à la fourchette, se tourna vers lui et lui fit un clin d'œil.

Que diable se passait-il ? Xander avait-il des vues sur Kat ? Aiden serra les dents et contracta ses poings. Son ami n'avait peut-être rien dit parce qu'il savait qu'Aiden veillait sur elle et il n'avait pas voulu compliquer les choses en l'invitant chez eux. Mais maintenant qu'elle était là...

— Génial, marmonna-t-il.

— Qu'est-ce que tu dis ?

— Rien, répondit Aiden en se levant pour gagner la porte. Je ressors. Je mangerai plus tard.

Il ne pouvait même pas en vouloir à Xander. Il n'avait jamais revendiqué de droits sur elle, et n'avait pas l'intention de le faire. Et si Kat décidait finalement de ne pas quitter la ville, elle ne rencontrerait pas de meilleur homme que Xander. Qu'il s'engage dans une relation durable ou une simple nuit d'amour, Xan traitait ses partenaires comme de véritables princesses.

En outre, Xan n'avait jamais meurtri un être cher par le passé. Voilà, tout était dit.

Une fois qu'il eut regagné la grange, Aiden enveloppa rapidement ses mains de bandages et se dirigea vers le sac de sable suspendu à la charpente. Ses muscles étaient encore chauds, mais il reprit son entraînement au sac et travailla ses enchaînements poings/pieds.

— Waouh ! Vous avez installé tout ça vous-mêmes ?

Aiden s'interrompit et jeta un coup d'œil derrière lui. Kat se tenait sur le seuil. Il était tellement pris par ses exercices qu'il ne l'avait pas entendue ouvrir et refermer la porte coulissante du fenil.

— Ouais, répondit-il en essuyant la sueur de son visage d'un revers de bras.

Il savait qu'il aurait dû ajouter quelque chose, mais il n'arrivait pas à penser. Kat s'avança et se retrouva dans le rai de lumière qui pénétrait dans la grange à travers une petite fenêtre située en hauteur. Le soleil l'éclaira à contre-jour tel un ange et les grains de poussière qui voletaient autour d'elle apparurent à Aiden comme autant de minuscules fées dansant autour de leur reine. « La Reine des Anges-Fées... » *Est-ce que je viens vraiment de dire ça ?*

— Qu'est-ce que tu as dit ?

Oui, il l'avait bien dit à voix haute. Elle devait le prendre pour le dernier des crétins.

— Je disais que Xan est le roi des tournois clandestins. Il participait à des combats non officiels d'AMM, vers Sullivan. Alors quand on a emménagé ici, on a installé ce qu'il fallait pour qu'il se maintienne en forme.

— Qu'est-ce que ça veut dire, AMM ? demanda-t-elle en s'asseyant sur une chaise pliante.

— Les Arts Martiaux Mixtes. C'est quand on mélange plusieurs types de lutte dans un combat. Tu as peut-être déjà vu des compétitions qui se déroulent dans une cage octogonale, à la télé ?

— Oui, ça me dit quelque chose. Mais ce sont des joutes très violentes, non ?

— Parfois. Mais bon, les types qui entrent là-dedans savent ce qu'ils font. S'ils n'étaient pas entraînés ou s'ils ne participaient pas de leur plein gré, ce serait une autre histoire. Ceux qui font ça aiment autant donner des coups qu'en recevoir. C'est leur passion.

— C'est pour ça que vous êtes venus vivre ici ? Pour les matchs clandestins ?

— Xander, oui.

— Et toi ?

Aiden refoula le flot amer qui était remonté dans sa gorge à l'idée de lui mentir. Il se retourna vers le sac et fit rouler ses épaules avant de le percuter aussi fort qu'il put d'un mouvement rapide, puis se décida à lui répondre par un demi-mensonge.

— Je ne gagnais pas lourd à Boston, alors j'ai décidé de venir tenter ma chance par ici.

Aiden continua d'enchaîner les séries de coups dans l'espoir d'échapper à ses questions. Il détestait la situation dans laquelle il s'était mis. Savoir Kat en danger. Les canulars qu'il était obligé de lui raconter. La désirer bien plus qu'il n'aurait dû. Et il détestait par-dessus tout que son meilleur ami ait lui aussi envie de coucher avec elle. Rien de tel qu'une pincée de sel pour raviver une plaie.

À chaque coup qu'il portait, il imaginait que le sac de sable était tout ce qui empêchait Kat d'être heureuse et en sécurité. Elle méritait une vie meilleure et il voulait faire tout ce qu'il pourrait pour la lui donner.

Pour cela, il allait remporter le Four by Four et la débarrasser des hommes de main de Sicoli. Et une fois qu'il les aurait payés, remettre à Kat les dix mille dollars de plus que lui aurait rapportés sa victoire pour lui permettre de tourner la page. Il était même prêt à la regarder former un couple avec son meilleur ami alors qu'il rêvait de la garder pour lui seul.

— Irish !

Il s'interrompit et se retourna vers elle, les poings calés sur les hanches, le souffle court.

— Quoi ?

— Je te demandais si tu avais déjà participé à des combats.

Il l'observa un long moment, ne sachant pas trop ce qu'il pouvait lui révéler. Il n'aimait pas parler de son passé, mais se sentait tenu à une certaine réciprocité du fait de l'honnêteté dont elle avait fait preuve avec lui la veille. D'un autre côté, il avait peur de la faire fuir s'il lui disait toute la vérité – un risque qu'il ne pouvait pas prendre tant que ses problèmes avec Sicoli ne seraient pas réglés.

Il sortit deux bouteilles d'eau du mini-frigo, en ouvrit une et lui offrit l'autre avant de s'asseoir à califourchon sur une chaise pliante.

— Oui, il y a longtemps.

Kat prit une longue gorgée d'eau. Aiden regarda remuer sa gorge et sentit sa bouche devenir sèche. Une fois désaltérée, elle posa sur lui ses beaux yeux bleus et lui posa la question à dix mille dollars…

— Pourquoi as-tu arrêté ?

… celle à laquelle il ne pouvait pas répondre.

Pas franchement, en tout cas. Il haussa les épaules.

— Une carrière sportive est toujours brève. Surtout dans les sports de combat. Plutôt que de risquer une blessure grave, j'ai préféré abandonner et je me suis rabattu sur la mécanique.

— C'est ce qui te rend heureux ?

Pas du tout.

— J'aime les motos, je sais me servir d'une clef en croix et ça paye les factures, alors que demander de plus ?

— Je ne sais pas, répondit-elle d'un ton lourd de sarcasme. Peut-être la flamme que j'ai vue briller dans tes yeux quand tu parles de ce sport pour lequel tu as visiblement une passion ?

— D'accord, grosse rusée. Alors dis-moi ce que tu serais, toi, si tu pouvais être ce que tu veux.

— Facile. Je serais une superhéroïne.

— Pardon ?

— J'aurais des superpouvoirs. Je pourrais voler ou lire dans les pensées ou...

— Je sais ce que c'est qu'un superhéros, Kat. Mais tu ne me fais pas l'effet d'être le genre de fille qui se déguise pour assister à des conventions de BD.

— Tu as raison, je ne l'ai jamais fait. Mais tu as dit « si je pouvais être ce que je veux », non ?

— C'est vrai, répondit-il en souriant. Alors explique-moi un peu, Kitty-Kat. Quel superpouvoir aimerais-tu posséder ?

— Le mieux, ce serait de les avoir tous, mais si je ne devais en choisir qu'un seul, je voudrais être invincible.

— Pas le plus original, mais pas un mauvais non plus. Pourquoi celui-là ?

Kat gratta le bord de l'étiquette de sa bouteille et tira dessus pour en arracher de fines bandelettes. Elle s'était soudain mise en retrait, comme une tortue qui rentrerait partiellement la tête à l'intérieur de sa carapace.

— Kat ?

— Pour que personne ne puisse me faire du mal, répondit-elle doucement. Si je n'avais pas envie que quelqu'un me touche, je pourrais l'en empêcher. Et le lui faire payer, ajouta-t-elle en relevant la tête.

La rage et la douleur qu'il lut dans ses yeux le firent intérieurement hurler à la mort. Le ton de résolution farouche sur lequel elle s'était exprimée lui avait laissé voir une petite fille qu'on avait maltraitée. Qui n'avait eu aucun moyen de se défendre ni de se protéger. C'était pour ça qu'elle aurait voulu être invincible. Malheureusement, même si les superhéros avaient existé, Kat n'en faisait visiblement pas partie. Et Aiden ne pourrait lui offrir qu'un lot de consolation.

— Viens par là, dit-il en l'incitant à se lever.

— Pourquoi ? Qu'est-ce qu'on va faire ?

— Te donner des superpouvoirs.

— Quand je pense que depuis tout ce temps, il m'aurait suffi de demander pour être exaucée, plaisanta-t-elle.

Aiden s'approcha d'une pile d'épais matelas bleus et les disposa un à un sur le sol pour former un tatami.

— Tu es prête ? demanda-t-il en allant se placer au centre.

— À quoi ?

— À prendre ta première leçon de self-défense.

— Tu peux vraiment m'enseigner ça ?

— Oui. Tu as dit que tu voulais être invincible. Être capable de te protéger contre un agresseur, quelle que soit sa taille, c'est ce qui s'en rapproche le plus. Alors, tu es prête ?

Elle se tordit un instant les mains, puis acquiesça.

— Alors, en piste !

Au cours des deux heures suivantes, Aiden travailla avec Kat plusieurs techniques de parade. Il avait prévu de ne lui en montrer qu'une ou deux, mais sa force intérieure et son assurance s'affirmaient avec une telle puissance à chaque nouvelle prise maîtrisée qu'il fut obligé de suivre le mouvement.

À la fin de la séance, elle connaissait tous les points faibles à viser en cas d'attaque et savait comment déséquilibrer l'assaillant, quelle que soit la façon dont il l'attrapait. À l'exception d'une seule qu'il avait préféré éviter, ne sachant pas trop comment elle réagirait si elle se retrouvait à nouveau dans cette position.

— C'est super, Irish, merci, dit-elle. Est-ce qu'il existe d'autres moyens ?

— Tu veux que je te montre ce qu'il faut faire si quelqu'un t'attaque par-derrière ? proposa-t-il après un instant d'hésitation.

Aiden eut l'impression de voir son cœur bondir, mais elle se ressaisit et cligna plusieurs fois les yeux, comme si elle essayait de chasser le souvenir de Mullineaux de son esprit.

— Oui, répondit-elle d'une voix qui se brisa. Oui, je veux bien, reprit-elle après s'être éclairci la gorge.

— Tu es sûre ? Il n'y a pas d'urgence. On peut remettre à plus tard si tu préfères.

— Non, j'aimerais essayer tout de suite.

— D'accord. Alors viens par là.

Aiden s'approcha du mur et attendit qu'elle le rejoigne, posa doucement les mains sur le haut de ses bras et la plaça devant lui, face au mur. Le corps de Kat se raidit et son souffle devint court.

— On va y aller doucement, Kitty-Kat. Tu ne retiendras rien de ce que je vais te montrer tant que tu ne me feras pas confiance et que tu ne sauras pas comment te débarrasser de ta réaction de panique. Pour commencer, je vais mettre les mains là, dit-il en plaçant ses mains contre le mur, devant le visage de Kat. Pour que tu puisses les voir, d'accord ?

Elle acquiesça. Bon. Ses frayeurs ne l'empêchaient pas de l'entendre.

— Voilà. Maintenant, c'est à toi de me dire quand tu te seras prête à me laisser aller plus loin.

*

* *

Kat concentra son regard sur ses mains puissantes, entourées de plusieurs mètres de tissu noir, et ses longs doigts noircis de cambouis et d'encre de tatouage. Irish lui indiqua comment respirer lentement et régulièrement, en inspirant par le nez et en expirant par la bouche. Au bout de quelques minutes, elle se calma et réussit à maîtriser le rythme de sa respiration. Ce ne fut pourtant pas le fait de respirer lentement qui la calma. Ce fut plutôt…

— Voilà, c'est bien. Continue comme ça, bien lentement.

… sa voix. Grave et rauque, tout près de son oreille. Il aurait pu la faire fondre rien qu'avec son timbre. Les vibrations traversaient sa peau et empruntaient sa circulation sanguine pour se déplacer dans tout son corps. Un picotement tiède prit naissance au creux de son ventre et s'épanouit. Elle n'avait encore jamais rien ressenti de pareil, mais ce fut si agréable qu'elle eut aussitôt envie que la sensation se prolonge. Qu'Irish éveille en elle toutes sortes de sensations.

— C'est bon, dit-elle avec un léger frisson. Tu peux aller plus loin.

Oh, oui, va plus loin.

— Il est important que tu réalises à quel point ta liberté de mouvement serait réduite si ça t'arrivait vraiment, et c'est pour ça que je vais me rapprocher. Mais je laisse mes mains là où elles sont pour l'instant.

Elle hocha la tête, craignant que sa voix ne la trahisse. Il s'avança et planta ses pieds juste derrière ceux de Kat. Petit à petit, leurs corps se touchèrent. D'abord son torse contre ses omoplates, puis le dur relief de ses abdominaux contre ses reins. Finalement, il bascula les hanches vers l'avant et ils se retrouvèrent unis d'une façon dont l'intimité aurait dû être insupportable pour Kat, mais qui ne fit que renforcer l'étrange sensation de chatouillement.

Piégée entre le mur et le corps d'Irish, elle sentit la peur qui l'avait d'abord saisie se transformer en une sensation d'excitation lancinante et affolée, qu'elle aurait été incapable de décrire et qui la laissa désarmée. Une expérience entièrement nouvelle. Elle avait beau ne plus être vierge depuis longtemps, elle n'avait encore jamais connu un tel bouleversement – excepté la veille.

Elle *voulait* qu'un homme la touche. Le picotement tiède, les palpitations dans le ventre, la moiteur entre ses cuisses – elle découvrait tout cela.

— Ça va ?

— Oui, murmura-t-elle. Ça va.

Écouter ce que lui dictait son organisme ne pouvait pas lui faire de mal, décida-t-elle en fermant résolument la porte à ses pensées et aux sombres souvenirs qu'elle aurait souhaité évacuer. Elle s'autorisa à seulement... ressentir.

Kat ferma les yeux, renversa la tête en arrière et la laisser reposer au creux de son épaule. Elle sentit la joue d'Irish effleurer sa tempe, puis glisser doucement vers le bas de son visage. Elle sentit son souffle tiède passer sur son cou, y déposer un voile d'humidité, et elle sentit ses mamelons durcir sous son soutien-gorge.

Un grondement vibra contre son dos.

— Et ça va comment ?

— Incroyablement bien, répondit-elle dans un soupir.

Son corps se cambra, adoptant une posture d'exigence dont elle n'aurait su désigner la source. Irish suivit le mouvement, glissa ses mains sur son buste et les plaqua sur ses seins, manifestant ainsi *qu'il* savait très bien ce qu'elle voulait. La délicieuse friction que créèrent ses paumes de mains en caressant et pétrissant la chair sensible de ses seins lui coupa le souffle. Chaque frôlement, chaque pincement se répercutait directement au creux de son ventre, déclenchant une onde de chaleur qui s'accrut jusqu'à l'animer tout entière. Un gémissement d'impatience s'éleva et Kat mit un moment à réaliser qu'il était venu d'elle.

Ses mains se tendirent en arrière et pressèrent l'arrière de ses cuisses pour l'inciter à se rapprocher davantage. La bouche d'Irish se tourna vers son oreille, en lécha le pourtour, mordilla le lobe, puis le suça tendrement.

— Et maintenant ? Ça va toujours ? murmura-t-il contre son cou, avant de répandre un chemin de baisers avides, bouche ouverte, tout au long.

Il redoutait qu'elle ne prenne peur ou de faire quelque chose qui déclencherait un réflexe de défense.

— Ça va, Irish. Tant qu'on va lentement, ça va.

— Crois-moi, je n'ai pas du tout l'intention de recommencer à précipiter les choses, ma douce.

La façon qu'il avait eue de susurrer ces derniers mots menaça de griller toutes ses fonctions cérébrales. Et les palpitations de son abdomen s'accentuèrent quand ses lèvres entreprirent de remonter le long de sa gorge, tandis que ses mains glissaient vers son ventre. Celles de Kat s'élevèrent et elle planta ses ongles dans sa nuque et ses épaules. *Transportée* n'aurait pas suffi à commencer à décrire l'état de Kat à cet instant…

Jusqu'à ce que les mains d'Irish agrippent ses hanches pour l'attirer contre lui.

Une douleur s'éleva, remonta le long de ses nerfs tel un feu ardent jusque dans sa poitrine, consuma toutes les délicieuses palpitations pour les remplacer par le défilement en accéléré de ses plus sombres souvenirs. Des pensées du temps où le plaisir n'existait pas. Où seule régnait la douleur.

Kat sursauta, aspira l'air à travers ses dents serrées et lâcha Irish pour se replier sur elle-même autant que possible. Comme d'habitude, elle se retrouvait bloquée.

Sauf que cette fois, alors même qu'elle se repliait sur elle-même, Irish avait fait un pas de côté pour lui permettre de s'échapper. Mais elle n'avait pas le désir de le quitter. Elle n'avait même pas envie de céder à la peur, elle aurait voulu revenir en arrière et trouver la force de résister à son accès de panique. Malheureusement, elle n'avait pas encore trouvé le moyen de remonter dans le temps pour empêcher les événements indésirables de se produire. Un autre superpouvoir qui la faisait rêver depuis toujours.

— Kat, je suis désolé, j'ai recommencé...

— Non, dit-elle en se tournant vers lui.

Il détourna les yeux comme s'il était dégoûté de lui-même. Kat posa la main sur son menton et le força à ramener son regard sur elle. Elle ne voulait surtout pas qu'il s'accuse des torts que d'autres que lui avaient causés.

— Non, Irish, tu n'as rien fait de mal, je te le promets. C'est juste que mes hanches sont encore endolories après l'agression de Mullineaux, l'autre soir.

En l'espace de quelques secondes, Irish parut grandir et grossir sous ses yeux. Ses muscles gonflèrent, il s'éleva de plusieurs centimètres et les ombres qui passèrent sur son visage durcirent ses traits. Kat sentit son ventre se serrer et ses cheveux se dresser sur sa nuque.

— Ce salaud t'a laissé des marques ? s'enquit-il d'une voix qui déchira le silence, aussi tranchante qu'un diamant griffant le verre.

— Non, ça va, assura-t-elle avec un sourire qui se voulait convaincant.

— Ne mens pas.

Il s'agenouilla devant elle et glissa ses doigts sous la ceinture de son pantalon de yoga. Instinctivement, elle saisit ses poignets, mais quand il braqua sur elle ses yeux de saphir étincelants d'inquiétude, elle fut incapable d'émettre la moindre protestation.

— Laisse-moi regarder, Kitty-Kat. S'il te plaît.

Ce fut le « s'il te plaît », cette simple formule prononcée par cette voix qui la faisait fondre, qui la fit céder. Si Irish devinait un jour le pouvoir qu'il était en mesure d'exercer avec un seul mot, Kat se retrouverait en mauvaise posture.

Elle le lâcha et se força à laisser pendre ses bras le long de son corps tandis qu'il baissait sa ceinture, juste assez pour exposer les traces de doigts sur le devant de ses hanches. Il laissa échapper un soupir entre ses dents serrées puis laissa aller sa tête contre son nombril. Kat n'en fut pas certaine, mais elle eut l'impression de l'entendre compter à mi-voix. Ne sachant trop que faire, elle enfouit ses doigts dans les cheveux d'Irish et pressa sa tête contre son ventre, comme si elle avait le droit de le vouloir pour elle toute seule.

Au bout de quelques minutes, il se releva sans dire un mot et traversa la grange en se dirigeant vers un placard. Il revint en tenant un petit bocal à la main et s'agenouilla devant elle.

— Pour faire partir les bleus. Je vais y aller doucement, mais ça fera peut-être un petit peu mal.

Elle signifia son accord d'un hochement de tête et resta immobile quand il étala la pommade sur les marques violacées. Une fois qu'il eut terminé, il remonta son pantalon au niveau de sa taille en évitant soigneusement de le faire frotter sur la zone endolorie.

— Tu devrais retourner à la maison, maintenant, dit-il en se relevant. Je te rejoins bientôt.

— D'accord. Tu veux que je te fasse réchauffer l'omelette que Xander t'avait préparée ?

— Je veux bien, répondit-il avec un sourire contrit. Je suis affamé.

Il avait beau parler de nourriture, son regard trahit des pensées bien plus sombres. Qui inquiétèrent Kat.

— Irish ?

Il déposa un tendre baiser sur son front.

— Retourne à la maison, ma douce.

Kat le maudit d'utiliser ce surnom affectueux.

— S'il te plaît, insista-t-il.

Et le haït une seconde fois d'utiliser cette formule. Qu'il cherche sciemment à la manipuler ou que ce tendre respect lui soit naturel, Kat ne pourrait pas s'opposer à lui tant qu'il se comporterait de cette façon. Mais elle resterait sur ses gardes car ça ne durerait pas. Il finirait par cesser de feindre la politesse et aboierait ses ordres au lieu de prendre la peine de demander, et ne s'embarrasserait plus jamais d'ajouter « s'il te plaît ».

Comme tous les autres hommes qu'elle avait connus. Une vague de tristesse la gagna à l'idée qu'Irish n'allait pas tarder à la décevoir.

— Hé, ne fais pas cette tête, souffla-t-il en lui faisant relever le menton. Il n'y a aucune raison d'être triste ni d'avoir peur.

Elle se força à sourire.
— Je sais.
Irish émit un soupir exagéré qui voulait dire : « Qu'est-ce que je vais bien pouvoir faire de toi ? » Nessie avait eu cette même plainte vis-à-vis d'elle des milliers de fois du temps de leur enfance.
— Et j'aimerais que tu arrêtes de mentir. Tu n'as aucune raison de ne pas me dire la vérité. Tant que tu seras honnête avec moi, je ne te jugerai, ne te condamnerai ni ne te mépriserai jamais. Marché conclu ?
— Tant que je serai sincère, tu le seras aussi ?
Il hésita une fraction de seconde avant de répondre.
— Donnant-donnant. Promis. Allez, file, maintenant. J'arrive.
Il avait prononcé ces derniers mots d'un ton léger que vint contredire la contraction de sa mâchoire. Kat fut sur le point de lui en demander la raison, mais son regard était redevenu sombre et les mots restèrent bloqués dans sa gorge. Elle ravala sa question et tourna les talons. Une fois qu'elle eut atteint la porte, elle jeta un dernier coup d'œil par-dessus son épaule. Il se tenait bien droit, les jambes écartées, le haut du corps couvert de tatouages et de sueur, les poings serrés le long du corps. Un vrai guerrier des temps modernes. Il lui coupa le souffle, mais elle parvint à lui adresser une ultime requête.
— Ne tarde pas trop, d'accord ?
Irish acquiesça et elle referma la porte coulissante derrière elle. Elle regagna la maison, mais s'immobilisa alors qu'elle grimpait les marches du perron. Les planches disjointes de la grange

laissaient filtrer des bruits de coups assourdis ponctués de grognements. Kat visualisa Irish en train de cogner son sac de sable et se dit qu'il ne resterait plus grand-chose du punching-ball une fois qu'il en aurait fini avec lui.

11

Tard dans la soirée, Kat et Aiden se garèrent sur le petit parking situé derrière son appartement. Il l'avait emmenée récupérer sa voiture sur le parking de chez Lou, puis l'avait suivie jusque chez elle. Il coupa le moteur, descendit de sa moto et attendit qu'elle sorte de sa Chevrolet. Elle avait tenté de le convaincre de renoncer à l'accompagner, mais il n'avait rien voulu entendre.

En voyant les traces que Mullineaux avait laissées sur elle, il avait failli craquer et s'était fait violence pour résister à l'envie d'enfourcher sa bécane et de pourchasser cette ordure. Sa maman l'avait élevé dans l'idée que le devoir d'un homme consiste à chérir et protéger les femmes de sa vie. Il ne parvenait pas à concevoir qu'on puisse faire du mal à une dame. Cela lui paraissait non seulement méprisable, mais surtout inexcusable.

Malheureusement, les actes d'Aiden, bien que ne relevant pas d'un choix conscient, avaient eu un résultat tout aussi dévastateur. S'il réagissait sans prendre la peine de réfléchir, ses proches pouvaient en souffrir.

Voire pire.

S'il arrivait quelque chose à Kat alors qu'il tentait de la protéger, il ne pourrait jamais se le pardonner. Il ne serait pas de taille à affronter une situation comme celle qu'il avait connue avec Janey. Pas une autre fois. *Plus jamais.*

La sobriété et le refus de se battre lui avaient permis d'éviter les problèmes ces dernières années, mais s'il avait réussi à résister, c'était surtout parce qu'il se tenait loin des autres. S'il ne se souciait pas des gens, il ne craquerait pas. C'était aussi simple que cela.

La veille, il s'était persuadé qu'il pouvait s'autoriser une nuit avec Kat. Faire comme si ses antécédents n'existaient plus. Mais il lui avait suffi d'entrevoir les squelettes de son passé *à elle* pour comprendre que c'était impossible. Et il n'avait plus songé qu'à la réconforter.

Quand ils s'étaient revus, le lendemain matin, il avait dû se rendre à l'évidence : la tension sexuelle entre eux ne s'était pas dissipée en l'espace de quelques heures. Mais il s'était abstenu d'en jouer. Et s'était lancé plusieurs rappels à l'ordre pendant leur leçon de self-défense – alors qu'il aurait été si facile de l'attirer dans ses bras pour l'embrasser à perdre haleine. Tant qu'il s'était concentré sur les exercices – et sur les raisons qui faisaient qu'elle avait besoin de ces entraînements – il avait eu la force de maintenir la situation à un niveau platonique.

Mais quand il s'était plaqué contre elle et que le corps de Kat s'était mis à émettre tous les signaux du désir, il avait flanché. Et il avait complètement dérapé quand elle avait renversé la tête en arrière, l'invitant à découvrir la douceur de sa gorge, à sentir battre son pouls sous ses lèvres. De minuscules secondes avaient suffi pour que la saveur de sa peau lui monte à la tête et qu'il oublie toute prudence.

Jusqu'à ce qu'il lui fasse involontairement mal.

La dernière chose que souhaitait Aiden, c'était que la moindre souffrance physique ou mentale lui soit infligée par qui que ce soit... et surtout pas par lui. Une petite part de lui-même avait toutefois été reconnaissante à ces hématomes de l'avoir brutalement rappelé à la réalité avant qu'il ne se soit avisé de la posséder comme un animal contre le mur de la grange. Il n'osait pas penser à ce qu'aurait alors été la réaction de Kat. Elle ne méritait pas d'être traitée de cette façon. Irish n'était pas du genre romantique, mais Kat éveillait en lui des envies de tendresse. *De lui faire l'amour.*

Faire l'amour. Il n'avait encore jamais utilisé cette expression et n'avait jamais rien fait qui s'y apparentât. Certaines femmes avaient compté dans sa vie, mais il avait soigneusement veillé à ne jamais parler d'amour en leur présence. Et cette fille qui n'était chez lui que depuis deux jours lui emplissait le cerveau de ce mot-là sans qu'il puisse en comprendre la raison.

— Ce n'est pas la peine que tu montes, Irish.

— Ça ne me dérange pas, répondit-il. Et si je ne te raccompagnais pas jusqu'à ta porte, ma mère me frotterait les oreilles.

— Ta maman n'est pas là, fit-elle remarquer en souriant.

— Tu ne la connais pas. Ma mère a un sixième sens qui la prévient chaque fois qu'un de ses enfants déroge aux principes qu'elle leur a inculqués. Elle ne manquerait pas de me téléphoner, crois-moi. Allez, en route.

Kat rit et le précéda dans l'allée qui menait à l'escalier de son immeuble. Tous les sens d'Aiden étaient en alerte, pour qu'il s'assure que rien ni personne animé de mauvaises intentions ne rôdait dans l'ombre. Elle déverrouilla la porte de l'immeuble, puis l'ouvrit à la volée, mais alors qu'ils pénétraient à l'intérieur, il perçut un bruit derrière lui, si ténu qu'il se demanda s'il ne provenait pas de son imagination.

— Attends une minute...

— Qu'est-ce qu'il...

Il avait placé l'index en travers de ses lèvres et lui faisait les gros yeux. Il tourna la tête vers l'endroit où il avait cru entendre quelque chose. Plusieurs secondes silencieuses s'écoulèrent. Il était sur le point d'abandonner lorsque le bruit se produisit à nouveau, plus distinctement cette fois – un minuscule miaulement qui venait d'un recoin sombre.

Aiden traversa l'allée et se baissa pour ramasser un pauvre petit chaton gris et tigré. Il ne l'avait soulevé que de quelques centimètres quand quelque chose bloqua son geste. L'animal cracha et le griffa jusqu'à ce qu'il le repose.

Il projeta sur lui la lumière de son téléphone portable afin de comprendre ce qui le retenait au sol. Les franges du tapis sur lequel reposait la petite bête s'étaient enroulées autour d'une de ses pattes arrière. Il devait avoir très mal, ou pour le moins, la circulation sanguine complètement coupée.

Aiden retourna à sa moto et sortit le canif qu'il cachait sous la selle. Libérer le chaton ne fut alors qu'un jeu d'enfant. L'animal se débattit et feula encore un peu, mais une fois qu'Aiden le blottit contre son torse, il se calma.

Derrière lui, Kat tendit le cou pour tenter de comprendre ce qu'il se passait.

— Oh... Est-ce qu'il est blessé ?

— Il ronronne, mais il y a encore des fils entortillés autour de sa patte.

— Mon pauvre petit minou, modula-t-elle en le caressant sous le menton et entre les oreilles. Tu crois que sa mère l'a abandonné parce qu'il était pris au piège ?

— Il y a des chances, oui.

— Viens, on s'en occupera mieux chez moi, dit-elle en franchissant la porte.

— Il y a sûrement une SPA dans le coin, je l'y emmènerai demain.

— Quoi ? s'exclama Kat en s'immobilisant. Pas question ! Je le garde.

Aiden réprima difficilement un sourire. Elle lui rappelait une fois de plus sa petite sœur, Mary Catherine – qui n'aurait pas manqué de taper du pied et de faire la moue en pareil cas. Quelque chose lui souffla cependant que s'il avait cherché à tenir tête à Kat, elle aurait très bien pu avoir cette réaction, elle aussi.

— D'accord, dit-il en se penchant pour plaquer un baiser sur son front. Ça fera un chaton pour Kitty-Kat.

Elle plissa le nez.

— C'est un peu nunuche, comme jeu de mots[1]. Même venant d'un gros nounours comme toi.

— C'est moi que tu traites de gros nounours ? s'indigna-t-il.

Le rire perlé de Kat se répercuta dans la petite cage d'escalier.

— J'ai l'impression que la réflexion de Xander t'a vraiment vexé, ce matin.

— Tu plaisantes ? Ce clown n'arriverait pas à me vexer même s'il essayait.

— Si tu le dis, répondit-elle en pénétrant dans l'appartement.

Aiden jeta discrètement un coup d'œil autour de lui pour s'assurer que tout était dans le même état que la veille. Il ne savait pas comment les gorilles s'y étaient pris pour entrer, mais apparemment, ils n'étaient pas revenus. Kat se pencha et cala une serviette contre le bas de la porte.

— Pourquoi fais-tu ça ?

— Il y a un jour haut comme ça en bas de la porte. Si je le laisse, la clim' finit par rafraîchir l'escalier, répondit-elle en traversant la pièce pour allumer le climatiseur qui démarra avec un bruit de moteur d'avion.

Aiden se crispa à l'idée que Kat soit restée si longtemps dans ce taudis. Il tâcha de se réconforter en se disant que d'ici deux semaines, il serait en mesure de lui donner assez d'argent pour démarrer une nouvelle vie digne de ce nom où elle voudrait. Mais l'imaginer loin de lui ne fut pas d'un grand secours.

1. Kitty signifie « chaton » en anglais. (*N.d.T.*)

Il se maudit intérieurement de s'être laissé entraîner par le courant de ses pensées et se concentra sur le chaton.

— Je vais tâcher de dégager complètement sa patte, déclara-t-il en s'asseyant sur le futon pendant que Kat fouillait dans les tiroirs de sa commode.

L'animal se posa sur les genoux d'Aiden, décidant apparemment que c'était l'endroit le plus sûr de ce nouvel environnement.

— Le pauvre, il doit avoir faim et je n'ai rien à lui... oh, mais si ! Je crois qu'il me reste une boîte de thon.

Aiden s'appliqua à couper délicatement le restant des fils pendant que Kat filait vers le coin cuisine. Le chaton émit de petits grondements pour prévenir son sauveteur que son projet ne l'enthousiasmait qu'à moitié. Mais dès qu'il fut libéré, il se remit à ronronner.

— Là, lui murmura-t-il, tu seras bientôt sur pattes et tu pourras te prélasser pour le restant de tes jours sur les genoux de cette charmante jeune femme. Petit veinard, va, ajouta-t-il en le grattant entre les oreilles, ce qui fit fermer les yeux au chaton.

— Voilà, annonça Kat en revenant vers lui. J'ai mis des miettes de thon sur une soucoupe et un petit bol d'eau dans l'angle de la pièce. Je lui ai aussi installé ma robe de chambre roulée en boule pour qu'il puisse dormir dessus. Tu crois que ça va lui plaire ?

— Tout ça m'a l'air très bien, répondit-il en se levant. Viens, on va bien voir s'il a faim.

— Tu ne risques rien, je te promets. Ces types ne t'approcheront plus jamais.

Ou je veillerai personnellement à les étriper.

— Je sais. Je te fais confiance.

Mon Dieu, enfonce encore un peu plus le couteau dans la plaie.

— Mais tu as dit que tu n'avais qu'une nuit à m'offrir…

Le souvenir de sa proposition le fit instantanément se durcir.

— Oui ?

— Et finalement, on n'a même pas eu ça. Alors je me disais que ce soir tu pourrais peut-être, je ne sais pas… rester ?

La main d'Aiden se crispa sur la poignée de la porte. Le métal qui mordit douloureusement sa chair lui évita de devenir fou alors qu'elle venait de lui demander quelque chose qui l'excitait et la terrifiait en même temps.

— Tu es sûre, Kitty-Kat ?

Elle déglutit et hocha la tête. Sans quitter son regard, Aiden poussa les verrous et la chaîne de sécurité, puis s'approcha lentement d'elle. Ses mains se posèrent sur sa taille. Kat fit glisser les siennes le long de ses bras et s'arrêta au niveau de ses coudes, comme si elle n'était pas certaine de vouloir qu'il la serre contre lui. L'espace qui les séparait faisait horreur à Aiden, mais il l'autoriserait à se rapprocher de lui à pas de fourmi si elle avait besoin de ça pour se sentir en sécurité.

Il déposa un tendre baiser sur sa bouche. Elle ne chercha pas à détourner la tête et lui répondit d'une douce pression des lèvres. Il la laissa prendre les commandes et imposer son rythme. Il attendrait d'être sûr qu'elle soit prête pour passer à l'étape suivante. Ils s'embrassèrent encore et encore, s'agaçant l'un l'autre d'une alternance de baisers intenses et d'autres plus légers.

La promesse qu'ils contenaient tous incitait le sexe d'Aiden à se tendre vers elle tandis que son esprit lui ordonnait d'attendre qu'elle fasse le premier pas. Mais Kat n'était peut-être pas aussi consentante qu'elle l'avait cru.

Il prit son visage entre ses mains.

— Je ne veux pas que tu te croies obligée de faire quoi que ce soit. Je serais très heureux de passer simplement la nuit à te sentir entre mes bras.

— Ce n'est pas pour ça que j'hésite. Je sais que tu t'arrêteras si je te le demande. Je doute parce que je n'ai encore jamais ressenti ça, avoua-t-elle dans un murmure en rougissant, les yeux baissés.

Un flot de rage silencieuse le submergea à l'idée des horreurs qu'elle avait dû endurer.

— Regarde-moi, dit-il. Aucun homme ne devrait avoir le droit d'exiger de toi ce que tu ne veux pas donner. Il y a de la bonté en toi, Kat. Et la générosité appelle la générosité. Fie-toi à ton instinct. Et garde tes distances avec ceux qui ne possèdent pas cette qualité. Tu comprends ?

Elle mit un certain temps à lui répondre, comme si ce concept devait franchir le rempart d'immondices qui s'était élevé dans sa tête au fil des ans. Finalement, elle acquiesça.

— Dis-moi ce que tu veux, ma douce, reprit-il comme si la nécessité de donner ce conseil ne lui avait pas brisé le cœur.

— Je veux cette nuit avec toi. Mais j'ai peur de me refermer à nouveau. Si ça se trouve, je ne peux pas être avec un homme sans que ça m'arrive. Peut-être que je ne suis pas normale.

— Tu es parfaitement comme il faut, Kat. Ce sont ceux qui t'ont maltraitée qui sont anormaux. Toi, tu as fait ce que tu avais à faire pour te protéger.

— Mais j'ai aussi réagi comme ça hier soir alors que je savais que tu n'allais pas me faire de mal. Et que je voulais vraiment être avec toi.

Elle avait raison. Quelque chose avait déclenché son mécanisme de défense, ils en étaient tous les deux conscients. Aiden aurait donné n'importe quoi pour être titulaire d'un doctorat de psychologie.

— On va y aller en douceur et si je vois que tu commences à te replier sur toi-même, on arrêtera. Il n'y a pas de pression, c'est toi qui tiens les rênes. Je ferai seulement ce que tu me demanderas.

— Non, je ne crois pas qu... Est-ce que tu veux bien diriger, tout en y allant en douceur ? demanda-t-elle en levant vers lui un regard implorant.

Aiden eut envie de la serrer dans ses bras éternellement pour que personne ne puisse plus jamais mettre cette tristesse dans ses yeux. Ceux qui l'avaient blessée méritaient de recevoir un châtiment équivalent à celui qu'ils lui avaient infligé, quel qu'il fût. Il se chargerait peut-être de leur cas un jour, mais dans l'immédiat, son seul souci était de lui donner ce qu'elle voulait – ce qu'ils voulaient tous les deux – et de lui montrer tout le bien qu'il pouvait lui faire.

— Je peux faire bien plus que ça, Kitty-Kat, dit-il en soulevant le bout de sa natte pour en faire glisser l'élastique et défaire sa tresse. Je suis capable de te faire ressentir des choses que tu n'aurais jamais crues possibles.

Il laissa retomber dans son dos les mèches ondulées de sa chevelure cuivrée et y enfouit les doigts, à la naissance de sa nuque.

— Je ne veux t'offrir que de bons souvenirs à partir de maintenant. Comme ça, le passé ne pourra plus jamais t'atteindre.

Sur cette promesse, il l'embrassa.

Aiden s'insinua dans sa bouche et l'initia à la danse érotique de leurs langues. Lente et délibérée. Il prit tout son temps, s'attardant longuement à chaque étape avant de passer à la suivante. Il tenait à lui faire apprécier chaque instant, chaque connexion établie par leurs corps.

Ils se séparèrent, aussi haletants l'un que l'autre. Chaque expiration libérait Kat d'une part de la tension de son corps, alors que son cœur battait follement sous la dextérité d'Aiden. Il était prisonnier de ses beaux yeux bleus, étincelants de désir. De ses lèvres rouges et pleines. Il aspira son haleine, puis renouvela son baiser.

*

* *

Ils s'embrassèrent avec autant de retenue que de sérieux. Leur respiration devint secondaire en regard du besoin qu'ils avaient l'un de l'autre. Leurs mains glissaient et pétrissaient, mais avec une tranquillité qui en défiait l'intensité.

Il ondula des hanches et pressa contre elle son sexe long et dur. Kat sentit une étincelle de plaisir brûlant jaillir dans son ventre. Elle en eut le

— Tu sais comment tu vas l'appeler ? demanda-t-il à voix basse pour ne pas troubler le sommeil du chaton.

Kat réfléchit un instant.

— C'est quoi, ton deuxième prénom ? chuchota-t-elle.

— Pas question que je te le dise. Aucun mec sain d'esprit ne révèle son patronyme entier à une femme.

— Pourquoi ?

— Parce qu'elles l'utilisent contre lui quand elles sont en colère, tiens !

Kat pouffa de rire derrière sa main. La lueur amusée de son regard incita Aiden à expliciter davantage ses propos.

— Suffit que tu regardes un match, tranquille peinard avec tes potes, pour qu'elle déboule en beuglant : « Anthony Michael Hall, tu ne vas pas t'en tirer comme ça ! »

— C'est le nom de celui qui joue le nunuche dans *Seize bougies pour Sam*, non ? demanda-t-elle, toujours en gloussant.

Aiden ne l'avait encore jamais vue rire ainsi et sa bonne humeur se révéla incroyablement communicative.

— Il a joué dans plein d'autres films, mais c'est bien lui, oui. C'est le premier nom qui m'est passé par la tête.

— Bon, si je te dis mon deuxième prénom, on sera à égalité, non ?

Il avait terriblement envie de le découvrir. Il avait même terriblement envie de tout savoir sur elle.

— D'accord, mais toi d'abord.

— C'est Terese, révéla-t-elle. L'une des tantes de ma mère s'appelait comme ça, je crois. À toi, avoue tout !

Il laissa échapper un soupir résigné.

— Murphy. Le nom d'un quelconque ancêtre du côté de mon père. Satisfaite ?

Son sourire radieux lui apprit qu'elle l'était – il aurait tant aimé qu'elle le demeure éternellement. Elle embrassa le bout de ses doigts avant d'en effleurer la tête du chaton.

— Fais de beaux rêves, Murphy.

Cette fois, Aiden en eut la certitude : cette fille finirait par le tuer. Il se leva, l'aida à se redresser, se rapprocha de la porte pour ne plus avoir à parler à voix basse et enfouit les mains dans ses poches pour résister à la tentation de la toucher.

— Je ferais mieux de te laisser dormir. Je vais rentrer.

Il ouvrit la porte et se tourna vers elle.

— Verrouille bien derrière moi.

— Irish ?

— Oui ?

Elle se tenait au milieu de la pièce, vêtue de ce maudit uniforme – si ça n'avait tenu qu'à lui, il l'aurait brûlé et ne l'aurait plus autorisée à porter que des robes d'été de couleur vive –, et se tordait les mains en mâchouillant sa lèvre. Elle avait peut-être peur de rester toute seule. Si Aiden ne le craignait pas, c'était parce qu'il savait que les hommes de Sicoli étaient juste en face et que ceux-ci savaient qu'elle était chez elle grâce au morceau de métal dans son bras. Tant qu'ils pourraient la localiser et qu'Aiden tiendrait la part de leur marché, ils ne l'embêteraient pas.

— Tu ne risques rien, je te promets. Ces types ne t'approcheront plus jamais.

Ou je veillerai personnellement à les étriper.

— Je sais. Je te fais confiance.

Mon Dieu, enfonce encore un peu plus le couteau dans la plaie.

— Mais tu as dit que tu n'avais qu'une nuit à m'offrir...

Le souvenir de sa proposition le fit instantanément se durcir.

— Oui ?

— Et finalement, on n'a même pas eu ça. Alors je me disais que ce soir tu pourrais peut-être, je ne sais pas... rester ?

La main d'Aiden se crispa sur la poignée de la porte. Le métal qui mordit douloureusement sa chair lui évita de devenir fou alors qu'elle venait de lui demander quelque chose qui l'excitait et la terrifiait en même temps.

— Tu es sûre, Kitty-Kat ?

Elle déglutit et hocha la tête. Sans quitter son regard, Aiden poussa les verrous et la chaîne de sécurité, puis s'approcha lentement d'elle. Ses mains se posèrent sur sa taille. Kat fit glisser les siennes le long de ses bras et s'arrêta au niveau de ses coudes, comme si elle n'était pas certaine de vouloir qu'il la serre contre lui. L'espace qui les séparait faisait horreur à Aiden, mais il l'autoriserait à se rapprocher de lui à pas de fourmi si elle avait besoin de ça pour se sentir en sécurité.

Il déposa un tendre baiser sur sa bouche. Elle ne chercha pas à détourner la tête et lui répondit d'une douce pression des lèvres. Il la laissa prendre les commandes et imposer son rythme. Il attendrait d'être sûr qu'elle soit prête pour passer à l'étape suivante. Ils s'embrassèrent encore et encore, s'agaçant l'un l'autre d'une alternance de baisers intenses et d'autres plus légers.

La promesse qu'ils contenaient tous incitait le sexe d'Aiden à se tendre vers elle tandis que son esprit lui ordonnait d'attendre qu'elle fasse le premier pas. Mais Kat n'était peut-être pas aussi consentante qu'elle l'avait cru.

Il prit son visage entre ses mains.

— Je ne veux pas que tu te croies obligée de faire quoi que ce soit. Je serais très heureux de passer simplement la nuit à te sentir entre mes bras.

— Ce n'est pas pour ça que j'hésite. Je sais que tu t'arrêteras si je te le demande. Je doute parce que je n'ai encore jamais ressenti ça, avoua-t-elle dans un murmure en rougissant, les yeux baissés.

Un flot de rage silencieuse le submergea à l'idée des horreurs qu'elle avait dû endurer.

— Regarde-moi, dit-il. Aucun homme ne devrait avoir le droit d'exiger de toi ce que tu ne veux pas donner. Il y a de la bonté en toi, Kat. Et la générosité appelle la générosité. Fie-toi à ton instinct. Et garde tes distances avec ceux qui ne possèdent pas cette qualité. Tu comprends ?

Elle mit un certain temps à lui répondre, comme si ce concept devait franchir le rempart d'immondices qui s'était élevé dans sa tête au fil des ans. Finalement, elle acquiesça.

— Dis-moi ce que tu veux, ma douce, reprit-il comme si la nécessité de donner ce conseil ne lui avait pas brisé le cœur.

— Je veux cette nuit avec toi. Mais j'ai peur de me refermer à nouveau. Si ça se trouve, je ne peux pas être avec un homme sans que ça m'arrive. Peut-être que je ne suis pas normale.

— Tu es parfaitement comme il faut, Kat. Ce sont ceux qui t'ont maltraitée qui sont anormaux. Toi, tu as fait ce que tu avais à faire pour te protéger.

— Mais j'ai aussi réagi comme ça hier soir alors que je savais que tu n'allais pas me faire de mal. Et que je voulais vraiment être avec toi.

Elle avait raison. Quelque chose avait déclenché son mécanisme de défense, ils en étaient tous les deux conscients. Aiden aurait donné n'importe quoi pour être titulaire d'un doctorat de psychologie.

— On va y aller en douceur et si je vois que tu commences à te replier sur toi-même, on arrêtera. Il n'y a pas de pression, c'est toi qui tiens les rênes. Je ferai seulement ce que tu me demanderas.

— Non, je ne crois pas qu... Est-ce que tu veux bien diriger, tout en y allant en douceur ? demanda-t-elle en levant vers lui un regard implorant.

Aiden eut envie de la serrer dans ses bras éternellement pour que personne ne puisse plus jamais mettre cette tristesse dans ses yeux. Ceux qui l'avaient blessée méritaient de recevoir un châtiment équivalent à celui qu'ils lui avaient infligé, quel qu'il fût. Il se chargerait peut-être de leur cas un jour, mais dans l'immédiat, son seul souci était de lui donner ce qu'elle voulait – ce qu'ils voulaient tous les deux – et de lui montrer tout le bien qu'il pouvait lui faire.

— Je peux faire bien plus que ça, Kitty-Kat, dit-il en soulevant le bout de sa natte pour en faire glisser l'élastique et défaire sa tresse. Je suis capable de te faire ressentir des choses que tu n'aurais jamais crues possibles.

Il laissa retomber dans son dos les mèches ondulées de sa chevelure cuivrée et y enfouit les doigts, à la naissance de sa nuque.

— Je ne veux t'offrir que de bons souvenirs à partir de maintenant. Comme ça, le passé ne pourra plus jamais t'atteindre.

Sur cette promesse, il l'embrassa.

Aiden s'insinua dans sa bouche et l'initia à la danse érotique de leurs langues. Lente et délibérée. Il prit tout son temps, s'attardant longuement à chaque étape avant de passer à la suivante. Il tenait à lui faire apprécier chaque instant, chaque connexion établie par leurs corps.

Ils se séparèrent, aussi haletants l'un que l'autre. Chaque expiration libérait Kat d'une part de la tension de son corps, alors que son cœur battait follement sous la dextérité d'Aiden. Il était prisonnier de ses beaux yeux bleus, étincelants de désir. De ses lèvres rouges et pleines. Il aspira son haleine, puis renouvela son baiser.

*

* *

Ils s'embrassèrent avec autant de retenue que de sérieux. Leur respiration devint secondaire en regard du besoin qu'ils avaient l'un de l'autre. Leurs mains glissaient et pétrissaient, mais avec une tranquillité qui en défiait l'intensité.

Il ondula des hanches et pressa contre elle son sexe long et dur. Kat sentit une étincelle de plaisir brûlant jaillir dans son ventre. Elle en eut le souffle coupé et ses genoux menacèrent de flancher. C'était vif, différent des sensations qu'elle avait connues jusqu'alors. Et elle en voulait plus. Beaucoup plus.

— Recommence.

— Quoi ? Ça ?

Il répéta son geste, un peu plus fort. Un juron échappa à Kat et elle renversa la tête en arrière, le corps parcouru d'un délicieux chatouillement.

Irish s'attaqua à son cou. Lécha. Suça. Mordit.

Oh, Seigneur, c'est tellement bon !

Ce n'était pas censé être aussi agréable. Les morsures étaient destinées à faire mal. Laisser des marques.

Alors pourquoi est-ce que tu veux qu'il recommence ?

Parce qu'elle n'était pas normale, voilà pourquoi. Une fille bien – une fille *normale* – n'aurait pas aimé ça. Mais elle n'avait jamais été une fille bien.

Une main d'Irish se referma sur sa fesse. Kat posa la main sur la braguette de son jean. Il aspira l'air entre ses dents et plaqua son sexe contre sa main.

— Ouh…

Elle gémit quand le bassin d'Irish se mit à remuer spontanément d'avant en arrière, son propre corps se contractant autour d'une sensation de vide qui lui donnait envie de pleurer.

— Là… je sais. Pas trop à la fois.

Irish pressa une de ses cuisses entre les siennes. Ses hanches se remirent à onduler, mais cette fois, elle chevaucha le muscle de sa jambe. La friction apaisa la sensation de douleur interne et en fit surgir une autre, entièrement nouvelle, et qui s'affirma progressivement au creux de son abdomen.

Il remonta l'étroit fourreau de sa jupe et baissa l'élastique de son string pour le caler sous le galbe de son fessier. Sa langue poursuivait si habilement ses caresses qu'elle lui fit oublier ses peurs quand il saisit son postérieur à deux mains, le bout de ses doigts s'immisçant entre elles. Kat fit glisser l'une des siennes le long de son sexe durci. Il gémit dans sa bouche et ses mains se crispèrent par réflexe, écartant ses fesses au point de tendre la chair sensible qui les séparait.

La légère douleur lui fit retenir son souffle et elle poussa un cri quand les contractions de son ventre s'aiguisèrent et qu'une impression de moiteur gagna le haut de ses jambes.

Il enfouit son visage au creux de son cou, marmonnant des propos indistincts.

— Qu'est-ce qui ne va pas ?

— Rien, répondit-il en relevant la tête pour la regarder. Tout va très bien au contraire.

Un pli d'incompréhension se forma sur son front, qu'il effaça d'une caresse de son pouce.

— Ne t'inquiète pas. Ton corps me dit ce qui lui plaît, c'est tout.

— C'est vrai ?

— Oui. Il vient même de conclure par « trop bien ».

Kat se demanda comment Irish pouvait savoir ce qu'elle voulait alors qu'elle l'ignorait elle-même.

— Tu ne veux pas me dire ce qu'il t'a dit avant ? s'enquit-elle impatiemment.

— Non.

— Pourquoi ?

— Parce qu'on a dit qu'on y allait en douceur, répondit-il. Et que *ça*, ajouta-t-il avant de mordiller sa lèvre inférieure, c'est loin d'être tendre.

Elle fronça les sourcils face à son sourire conquérant et il laissa échapper un léger gloussement.

— Ton corps dit qu'il a envie de moi, plastronna-t-il avant de déployer la magie de sa bouche sur sa gorge.

Kat sut qu'elle allait regretter son aveu de fierté, mais fut incapable d'en contenir l'élan.

— J'imagine que c'est possible. À moins... ajouta-t-elle, bien qu'elle dût réprimer un gémissement quand il s'attaqua à un point sensible, juste sous l'oreille. À moins que je ne sois très douée et que je ne simule.

Il écarta la tête et la contempla à travers ses yeux à demi clos. Kat eut la nette impression de l'entendre grogner.

— Oh que si il a envie de moi. Tu ne peux pas faire semblant au point que les pointes de tes seins durcissent chaque fois que je te touche.

Pour prouver ses dires, il effleura ses mamelons perceptibles à travers son tee-shirt. Son corps se cambra traîtreusement sous ses effleurements et la sensation d'un lien se resserrant au creux de son ventre s'intensifia.

Irish lécha le creux de son oreille, puis en mordilla le pourtour.

— Et tu ne simules pas non plus quand tu deviens toute chaude et humide de désir pour moi – *rien que pour moi, Kitty-Kat,* ajouta-t-il d'une voix rauque qui l'obligea à peser de tout son poids contre sa cuisse ferme. Juste là, ajouta-t-il en insinuant ses doigts sous l'entrejambe de sa culotte pour le faire glisser le long de sa fente mouillée.

Il titilla un point sensible et la contraction de son corps se fit de plus en plus vive. Kat perdit la tête quand il accentua cette troublante caresse et cria son nom.

Kat sentit qu'elle s'abandonnait de plus en plus à chaque seconde qui passait. Un voile de sueur enveloppait sa chair brûlante et sa petite culotte était trempée. Sa peau était hypersensible, comme si ses nerfs étaient exposés à vif. Chaque sensation était reliée à son sexe et déclenchait une étrange réaction, le plaisir le disputant à la douleur. C'était insupportable, à tel point qu'elle se mit à se tortiller. Peut-être qu'elle s'y prenait mal. Qu'elle était *vraiment* détraquée. Ce besoin irrépressible de quelque chose la rendait folle.

— Arrête, Irish, le supplia-t-elle. Oh, mon Dieu, je n'en peux plus, fais en sorte que ça s'arrête.

Il s'immobilisa.

— Pourquoi ? demanda-t-il. Est-ce que tu as mal ?

— Oui, non, bon sang, je n'en sais rien. Je voudrais que tu arrêtes et que tu n'arrêtes jamais. Comme si tout ce qui était agréable était désagréable en même temps, tu comprends.

Le pauvre ne pouvait évidemment pas saisir. Ce qu'elle disait n'avait ni queue ni tête. Elle ferma les yeux, couvrit son visage de ses mains et pria pour disparaître dans une brèche du temps qui la sauverait de cette situation humiliante.

— Oh là là, je savais que je n'étais pas normale.

— Hé ! Je t'ai déjà dit que tu étais comme il fallait, dit-il en délivrant sa figure.

Kat garda cependant les paupières obstinément closes.

— J'ai une question à te poser, Kat. J'aimerais que tu ouvres les yeux.

Le ton de sa voix n'était ni moqueur, ni fâché. Il semblait sincèrement inquiet. Elle inspira à fond, se plia à sa requête et plongea son regard dans le sien, si tendre.

— Kat, est-ce que tu as déjà eu un orgasme ?

12

— Je ne sais pas.

Elle leva la tête vers lui, les sourcils froncés, dans ce qui lui apparut comme un mélange de frustration sexuelle et d'inquiétude quant à sa « normalité ».

— Comment sait-on qu'on en a un ? ajouta-t-elle.

Merde. Aiden savait qu'elle n'avait jamais connu le plaisir avec un homme, mais il n'aurait jamais imaginé qu'elle n'ait jamais trouvé le moyen d'atteindre l'orgasme par ses propres moyens. Pas étonnant qu'elle soit perdue. Elle était déjà convaincue d'être anormale – atteindre les prémices de l'orgasme l'avait effrayée.

— J'en conclus que ça veut dire non, répondit-il. Mais d'après ce que tu viens de décrire, je dirais que tu étais sur le point d'en avoir un. C'est assez perturbant, les premières fois. Ça monte et ça monte en toi sans que tu ne puisses rien y faire, pas vrai ?

Elle hocha la tête et sembla légèrement rassurée d'entendre qu'il comprenait ce qu'elle avait vécu.

— Eh bien si on continue et que je m'y prends comme il faut, déclara-t-il avec un sourire en coin, tout ce que tu as ressenti débouchera sur quelque chose de tellement bon que tu voudras recommencer encore et encore.

— Oh, fit-elle d'un ton incertain. Et est-ce que je dois faire quelque chose ?

— Oui, affirma-t-il d'une voix rauque. Tu dois t'accrocher.

Maintenant qu'elle avait repris courage, il allait devoir reprendre depuis le début et regagner sa confiance. L'embrasser la remettrait en selle et déclencherait, dans son ventre, toutes ces sensations de papillonnement dont les filles parlent tout le temps. Aiden n'y voyait aucun inconvénient. Étreindre Kat ne le dérangeait pas le moins de monde.

Aussi s'exécuta-t-il.

Il n'avait encore jamais désiré une femme aussi férocement qu'elle. C'était la seule pensée cohérente que son esprit était en mesure de formuler. L'idée de faire jouir Kat pour la première fois, de la voir voler en éclats entre ses bras, faisait enfler son sexe. Car il n'allait pas se contenter de lui en donner un unique. Il allait lui donner le premier d'une longue série. S'il ne devait l'avoir pour lui seul qu'une nuit, il veillerait à ce que ce soit si intense que ces orgasmes serviraient de mètre étalon à tous ceux qu'elle connaîtrait par la suite. Et elle se souviendrait de lui *très* longtemps.

Aiden enlaça sa taille et glissa l'autre main dans sa culotte. S'arracha à leur baiser pour regarder son visage quand il écarta les replis de ses lèvres.

Elle retint son souffle et ses doigts se crispèrent sur son épaule.

— Voilà, l'encouragea-t-il en faisant rouler son doigt le long de sa fente. Je ne vais pas tarder à te donner ton premier orgasme. Je continuerai lentement ensuite.

Du bout de l'index, il frotta la perle de chair enflée de son clitoris. Elle écarquilla les yeux un instant, puis se ressaisit.

— Tu prendras ton temps, glapit-elle, ses poings agrippant son tee-shirt. Combien de temps ?

— Oh, ma douce...

Son doigt glissa plus bas et couvrit son étroite ouverture. Kat gémit au creux de son cou. Aiden sentit sa main devenir humide. Le parfum épicé de son excitation contractait ses bourses d'impatience.

— Si je voulais, lui murmura-t-il à l'oreille, je pourrais te maintenir dans cet état aussi longtemps que je veux.

— Ce serait de la torture. Pourquoi ferais-tu cela ?

Aiden inséra progressivement l'index en elle tout en caressant son clitoris de son pouce.

— Parce que c'est le plus délicieux des supplices. Quand je t'en délivrerai, tu jouiras tellement fort que tu ne sauras plus où tu commences et où tu finis, promit-il.

Elle renversa la tête en arrière, grisée par ses paroles. La pointe de ses cheveux cuivrés effleura son avant-bras. Son souffle s'approfondit et des gémissements ponctuèrent sa respiration. Il fit aller et venir son doigt en elle. Elle était incroyablement chaude et étroite. Dangereusement près de l'orgasme.

— Oh, Irish. C'est si... *si*...

— Je sais, ma douce. Tu y es presque.

Son sexe bondit sous sa braguette, le suppliant de lui accorder le soulagement, mais il refoula son désir. Il refuserait de prendre le moindre plaisir tant qu'il n'aurait pas la certitude qu'elle était prête à en donner. D'ici là, son bien-être consisterait à lui donner toutes les sensations agréables qu'une femme mérite de connaître. Des expériences qu'elle aurait dû faire depuis bien longtemps et qu'il ne pouvait s'empêcher d'être heureux de lui faire découvrir.

— Laisse-toi aller pour moi. Ne résiste pas.

Aiden inséra son majeur et sentit Kat voler en éclats entre ses bras avec un cri profond. L'extase détendit ses traits quand elle retrouva lentement ses esprits et une expression de contentement ébloui se répandit sur son visage.

Quand il retira ses doigts, il l'étudia attentivement. Ses pupilles étaient dilatées, mais ses yeux étaient limpides et concentrés.

— Tu es toujours avec moi, Kitty-Kat ?

— Toujours avec toi, confirma-t-elle d'un léger hochement de tête assorti d'un sourire timide.

— Bien, dit-il en l'embrassant brièvement. Attends-moi là.

Il retira le matelas du futon et l'étendit sur le sol, puis plaça l'oreiller dessus. Il éteignit alors la lumière. Pas question qu'ils se donnent en spectacle. Par terre, ils seraient hors de vue par rapport à la fenêtre, et Aiden pourrait toujours regarder Kat grâce à la lueur de l'enseigne du tatoueur.

Il prit ses mains et l'aida à s'allonger, puis la rejoignit, prenant appui sur un bras. Il renouvela ses baisers, mais cette fois, lui fit franchir les étapes plus rapidement. Elle ne tarda guère à se détendre, lui donnant l'assurance qu'il pouvait aller plus loin. Il fit glisser ses lèvres depuis son menton jusqu'en bas de sa gorge, puis remonta. Quand il atteignit son oreille, il l'informa de ses projets.

— Je vais te déshabiller, ma douce. Je veux t'embrasser et te caresser partout. Tu veux bien ?

Elle émit un faible gémissement et cambra le dos.

— J'ai besoin de t'entendre me le dire, Kat.

Elle tourna son visage vers lui et exhala un « oui » juste avant de sceller sa bouche à la sienne. La voir prendre une initiative, aussi infime fût-elle, accrut vivement son excitation. Il s'empressa de lui retirer ses vêtements, veillant toutefois à ne pas se comporter en primate survolté. Il ôta ensuite son propre tee-shirt pour pouvoir sentir sa peau contre la sienne, mais jugea préférable de garder son jean pour ne pas brusquer les choses.

Si Aiden s'attardait à la contempler tout son saoul, les frayeurs de Kat risquaient de resurgir. Elle était mince, ses seins étaient haut perchés et avec ses cheveux répandus sur ses épaules, elle lui fit penser à une petite fée gracieuse et adorable.

Il embrassa à nouveau sa gorge et murmura des paroles d'encouragement entre chaque baiser. Il lui dit à quel point il la trouvait belle, exceptionnelle et courageuse. Et pendant qu'il chuchotait ces mots, il caressait son ventre et faisait doucement remonter sa main vers sa poitrine. Quand ses doigts effleurèrent l'un de ses seins, il baissa la tête et prit le mamelon de l'autre dans sa bouche.

La veille, il avait dévoré cette partie de son anatomie. Cette fois, il se contenta de l'agacer. Kat arrondit les dos, signe qu'elle participait à l'instant, son corps l'encourageant à continuer. Sa langue encercla l'aréole, ses doigts pincèrent doucement son téton. Aiden savait que personne n'avait un goût de bonbon, mais il ne voyait pas d'autre terme pour définir sa saveur. Sa peau était aussi exquise qu'une sucrerie, aussi suave qu'un caramel. Et lui donnait furieusement envie de la manger tout entière.

— Arrête, s'écria-t-elle, ses mains pressant ses épaules.

Aiden sentit son ventre se serrer et son univers se figea sur son axe. Il releva aussitôt la tête. Kat avait les yeux fermés et ses dents mordaient sa lèvre inférieure.

— Là, souffla-t-il en l'attirant contre lui, laissant aller sa joue contre le sommet de sa tête. Parle-moi. Dis-moi ce qui t'arrive.

— Ça allait recommencer. Quand les choses atteignent un certain point, je me ferme. Comme si je n'arrivais plus à faire la différence entre avant et maintenant.

Aiden passa la main dans ses cheveux pour l'apaiser et se creusa les méninges pour trouver une solution ou même un simple indice de ce qui pourrait l'aider à franchir ce cap.

— La grosse différence entre avant et maintenant c'est moi, d'accord ?

— Oui, marmonna-t-elle contre son torse. Mais mon imbécile de corps ne capte pas le message.

— Dis donc, il se trouve que j'adore ton corps, alors j'apprécierais que tu ne dises pas de mal de lui.

Elle laissa fuser un léger rire et lui donna une petite tape sur l'épaule. *Ça vaut toujours mieux que des larmes.*

— Je ne crois pas que ta chair soit responsable. Je trouve même qu'elle répond plutôt bien. Non, je ne sais pas, ça vient peut-être plutôt de ta tête.

— C'est absurde. Je sais que je suis avec toi.

— Oui, mais tu ne me regardes pas.

Elle se redressa pour lui faire face.

— Je te vois très bien.

— Pas quand on fait des trucs. Tu fermes toujours les yeux. Tu pourrais peut-être...

Il ne baissa pas les paupières et caressa du pouce son mamelon durci. Elle retint son souffle et ses pupilles se dilatèrent.

— ... les garder ouverts ?

Kat déglutit, puis humecta ses lèvres.

— Je ne suis pas sûre.

— Essayons. Au pire, tu me diras encore d'arrêter. D'accord ?

— D'accord, murmura-t-elle.

Il l'incita à s'allonger sur le dos, sa tête reposant sur l'oreiller, et se plaça entre ses jambes. Sans détourner la vue, il amena son visage au niveau de sa poitrine.

— Garde bien les yeux ouverts et ne me quitte pas du regard, ordonna-t-il.

Du plat de la langue, il lécha son téton et apprécia la façon dont ses hanches ondulèrent contre son ventre ferme. Il l'encercla plusieurs fois de la pointe de sa langue, puis l'aspira dans sa bouche. Les traits tendus de Kat ne tardèrent pas à refléter le plaisir. Il s'enhardit à mordiller le galbe de son sein. Elle gémit.

Aiden n'avait rien d'un psy, mais sa théorie avait l'air de tenir la route. Et il avait tout lieu de s'en féliciter.

Sa bouche glissa plus bas et il déposa un chemin de baiser jusqu'à son mont de Vénus. Il leva les yeux pour s'assurer que tout allait bien du côté de Kat.

— Tu es toujours avec moi, Kitty-Kat ?

*
* *

« Tu es toujours avec moi, Kitty-Kat ? »

Sa voix grave et rauque déclencha un frisson qui remonta le long de sa colonne vertébrale. Cette petite phrase avait le don de la bouleverser chaque fois qu'il la prononçait.

Kat hocha la tête avant de se souvenir qu'il lui avait demandé de formuler ses réponses à haute voix et offrit un « oui » timide. Jamais encore elle n'avait été davantage avec quelqu'un qu'avec lui. Irish lui faisait prendre conscience de son propre corps d'une façon qu'elle n'aurait jamais crue possible. Avant de le connaître, elle le considérait comme un moyen de transport. Une coquille permettant de se déplacer et munie d'outils destinés à la simple survie.

Mais la première fois qu'il l'avait touchée, le courant électrique qui l'avait traversée avait ranimé ses cellules après des années d'hibernation.

Irish plaça ses mains sous ses cuisses et souleva son bassin, puis écarta délicatement ses lèvres. Il lui avait demandé de ne pas abandonner son regard, mais il n'était pas tenu d'en faire autant.

Rien ne l'empêchait de contempler toutes les parties de son anatomie, et ce qu'il avait très envie de voir se trouvait justement sous ses yeux.

Kat s'était toujours sentie vulnérable, mais la fragilité qu'Irish lui faisait découvrir était différente. Elle ne l'effrayait pas et ne lui donnait pas envie d'y échapper grâce à des superpouvoirs. Elle déclenchait en elle une sensation d'émerveillement doublé d'excitation. Tout était nouveau avec lui, palpitant aussi, avec une pointe d'appréhension face à l'inconnu.

Mais quand elle se retrouva nue devant lui dans la plus délicate de toutes les positions, ce petit pic d'anxiété se transforma en falaise à laquelle elle se retrouvait suspendue par le bout des doigts. Est-ce que ce serait agréable ? Est-ce qu'il allait aimer lui faire cela ? Que se passerait-il si elle régissait mal ou si cela ne lui plaisait pas ? Serait-il déçu ? Le poids de toutes ses incertitudes était à peine supportable.

Les yeux baissés, elle le regarda déposer des baisers sur la face interne de sa cuisse gauche, puis répéter l'opération le long de la droite. Elle ne voyait que ses cheveux ébouriffés et ses épaules couvertes de tatouages. Voir et sentir une telle puissance entre ses jambes l'intimidait.

Il s'immobilisa au-dessus de sa chair moite et la contempla comme s'il voulait en conserver chaque détail dans sa mémoire…

À moins qu'il n'ait pas envie d'aller plus loin… Le doute s'éleva en elle.

— Irish ?

— Tu es si belle, dit-il en lui jetant un regard. Garde-moi bien à l'œil, lui rappela-t-il.

Tout en ne la quittant pas des yeux, il commença à lécher ses lèvres l'une après l'autre. La sensation chaude et humide de sa langue associée au brûlant regard d'Irish formait une combinaison charnelle qui enflamma le bas-ventre de Kat.

Elle s'attendait à ce qu'il passe directement au centre, mais la pointe de sa langue s'attarda sur la perle de chair sensible qui les surmontait. Les hanches de Kat se soulevèrent lorsqu'un flot de chaleur se répandit entre ses cuisses. Du plat de ses mains, Irish l'incita à les écarter complètement. Une lueur gourmande passa dans ses yeux bleus, puis il baissa la tête et lapa chaque goutte de l'essence déversée par son corps avant d'aspirer son ouverture tel un homme mourant de faim.

Elle se tordit sur le matelas comme si elle était possédée, mais la langue d'Irish persista dans ses caresses. Des perceptions que son corps inexpérimenté peinait à analyser la submergèrent l'une après l'autre, telles des vagues de plus en plus puissantes. Elle dut lutter pour empêcher ses yeux de se révulser quand il inséra deux doigts en elle et qu'il suça son clitoris, le rythme de ses lèvres s'accordant à celui du va-et-vient du bout de ses mains.

Un picotement saisit ses extrémités – ses doigts, ses orteils et la racine de ses cheveux – avant d'affluer au centre de son corps avec une puissance accrue. Une seconde fois était-elle seulement possible ? C'était de la folie. C'était… c'était…

— Oh, mon Dieu, oh, mon Dieu, oooh !

Chacun de ses muscles se contracta et le sang se précipita dans ses veines. Une convulsion involontaire secoua les parois de son vagin, égrenant les secondes que mit son euphorie à s'atténuer petit à petit.

Irish embrassa son ventre, puis fit remonter ses baisers jusqu'à ce que ses hanches se retrouvent nichées entre ses cuisses ouvertes, le poids de son corps reposant sur ses avant-bras calés de part et d'autre du visage de Kat. Elle était encore haletante, mais n'en tendit pas moins les lèvres vers lui.

Respirer était désormais un luxe.

L'embrasser, une nécessité absolue.

Lentement, sensuellement, ils s'explorèrent l'un l'autre comme pour la première fois. Kat prit la tête d'Irish entre ses mains pour la mettre face à la sienne. Quand elle releva ses paupières, elle croisa le bleu insondable de ses yeux. La connexion qui s'établit entre eux bourdonna dans ses veines et pénétra ses os.

Elle fit glisser ses mains le long de son cou, puis caressa son torse. Quand elle effleura les piercings de ses tétons, il aspira l'air entre ses dents et les tendons de sa gorge saillirent. Cette réaction viscérale lui donna la mesure du pouvoir qu'elle avait sur lui et boosta sa confiance en elle. Oserait-elle utiliser ce contrôle sur lui ?

Elle attrapa maladroitement le bouton de son jean. Irish s'immobilisa et la dévisagea. Kat maudit le tremblement de ses mains. Il rendait ses gestes malhabiles et risquait d'inciter Irish à penser qu'elle n'avait pas vraiment envie de le déshabiller.

— Je suis vraiment trop nulle, soupira-t-elle en fermant les yeux.

— De quoi parles-tu ?

— Je ne sais pas comment me comporter de façon glamour. Je n'arrive même pas à défaire ton pantalon.

— Regarde-moi, Kat... Le fait que tu ne saches pas à quel point tu es sexy te rend encore plus séduisante. Et pour ce qui est de retirer mes vêtements, ne t'inquiète pas. Je fais ça depuis des années et je serai plus que ravi de t'aider.

Son sourire en coin était contagieux.

— Mon héros, dit-elle.

Irish se leva et déboutonna son pantalon. La lueur de l'enseigne baignait son corps d'ombres et de lumière. En contre-plongée, il était encore plus étonnant. Kat eut l'impression d'être dominée par un géant dont les yeux bleus lançaient des éclairs.

Il baissa la fermeture Éclair et le bruit annonciateur de sa récompense l'incita à retenir sa respiration. Irish laissa tomber son pantalon et son caleçon d'un même mouvement et d'un seul coup. Quand il se redressa, le souffle qu'elle retenait profita de l'effet de choc pour s'échapper.

Il sortit un préservatif de son portefeuille resté dans une poche de son jean et elle profita de ce qu'il l'enfilait pour étudier les proportions hallucinantes de son membre... et s'en inquiéter. Irish dut lire ses craintes sur son visage quand il reprit place entre ses jambes.

— Qu'est-ce qui t'arrive, Kitty-Kat ?

— Au risque de gonfler ton ego...

— Ce début me plaît, dit-il.

— Tu es vraiment très bien... *monté*.

Il gloussa et enfouit son visage au creux de son cou.

— Je m'adapterai parfaitement à toi.

— Mais…

Elle déglutit quand deux doigts s'insinuèrent en elle.

— Comment le sais-tu ?

— Parce que tu es déjà prête à me recevoir. Ton corps désire le mien. Il s'ouvrira à moi, je te le promets.

Kat laissa fuser un gémissement et ondula des hanches quand il accompagna d'une torsion adroite le va-et-vient de ses doigts. Pendant combien de temps encore avait-il l'intention de la titiller ainsi ? Elle en avait assez des préliminaires et voulait passer aux choses sérieuses.

— D'accord. Dans ce cas, prouve-le, le défia-t-elle sans ambages.

Il releva la tête et soutint son regard. De sa main libre, il lui fit replier le genou. Kat sentit l'extrémité de son sexe s'insérer en elle. Il se hissa alors au-dessus d'elle et la pénétra lentement, millimètre par millimètre.

L'onde de plaisir qui la traversa gagna en puissance au gré de sa progression. Plus il avançait, plus elle s'offrait à lui. Jamais elle n'aurait pu imaginer accueillir aussi complètement l'invasion de son corps.

Son front était couvert de sueur, il serrait les dents et ses narines palpitaient chaque fois qu'il respirait. L'effort qu'il fournissait pour se retenir était frappant. Cette maîtrise tranquillisait autant Kat qu'elle l'énervait.

Quand son sexe toucha le fond de son vagin, elle crut qu'il ne pourrait pas aller plus loin. Mais il ajusta l'angle de son bassin et son soudain coup de reins fit jaillir un cri de ses lèvres.

— Oh, putain, ce que c'est bon, gronda-t-il. Les yeux sur moi, ma douce, lui rappela-t-il.

Kat ne s'était pas rendu compte qu'elle avait levé les yeux vers le plafond. Elle s'empressa de les reporter sur son beau visage.

— Voilà. Maintenant reste avec moi. Tout va bien.

Il se retira lentement et elle fut sur le point de pleurer. À cause de la sensation d'abandon. De l'intensité du tourbillon de chaleur qui s'élevait dans son ventre. De la tendresse que reflétait chacun de ses gestes, chacun de ses regards. Elle s'adaptait parfaitement à lui, comme si son corps était prêt à faire l'impossible pour l'accueillir et le retenir.

Chaque nouvelle poussée était encore plus délicieuse que la précédente. Toute nouvelle caresse de son sexe révélait un plaisir nouveau.

Les secondes se muèrent en minutes. Les minutes s'étirèrent jusqu'à ce que la seule mesure du temps devienne l'éternité. Une éternité consacrée à connaître avec cet homme des sensations d'une intensité dont elle ignorait l'existence et qu'elle n'aurait jamais pensé atteindre si elle ne l'avait connue.

Irish modifia le rythme. Ses mouvements étaient toujours aussi mesurés, mais empreints d'une sorte d'urgence. À chacune de ses poussées, des grognements remontaient dans sa gorge. Les halètements de Kat se transformèrent en gémissements et elle planta ses ongles dans les muscles de son dos.

Sa vision devint trouble. Elle souffrait certainement de surcharge sensorielle. Aucun être humain ne pouvait recevoir une telle quantité de plaisir et survivre. Mais Irish ne manifestait aucune intention de ralentir ou de s'arrêter. Kat ne pouvait rien faire d'autre que se laisser porter par la vague de bien-être qui s'épanouissait en elle et prier pour qu'elle la dépose sur la rive à peu près entière.

Les deux orgasmes qu'elle venait de vivre lui permirent de reconnaître les prémices de celui qui s'annonçait. Mais cette fois, elle ne put rien faire d'autre que regarder par-dessus le bord du précipice. Quelque chose la retenait, l'empêchait d'accéder à l'explosion de parfait soulagement, suivi d'un lent atterrissage. Et plus elle restait au bord de ce gouffre, plus la frontière entre plaisir et douleur s'estompait.

— Je n'en peux plus, Kat, gronda-t-il. Je suis à *ça* de jouir. J'ai besoin de te sentir y parvenir aussi.

— Je ne peux pas, dit-elle. Ça ne va pas marcher.

— Mais si, ça va aller.

Il glissa une main entre eux, trouva son clitoris et le caressa.

— Irish !

Ses hanches s'étaient soulevées sous l'effet de la décharge de vibrations qui s'était emparée d'elle.

— Aiden.

— Quoi ?

— Je m'appelle Aiden, gronda-t-il au terme d'une nouvelle poussée. Dis-le, Kat.

Aiden Murphy O'Brien. Il lui avait révélé son nom entier. Et il voulait l'entendre franchir ses lèvres.

Une sensation étrange gagna la région de son cœur, mais elle s'aviserait de l'analyser plus tard. Toutes les parcelles de son esprit étaient retenues en otage par la myriade d'émotions qui parcouraient l'ensemble de ses nerfs et des cellules de son corps.

— Oh, mon Dieu, oui, s'écria-t-elle. *Aiden !*

Les muscles d'Irish se bandèrent quand il la pénétra tellement fort une dernière fois et qu'il céda au soulagement. Il pinça la perle enflée de son clitoris et elle le suivit dans l'extase.

Dans les minutes qui suivirent, Kat eut vaguement conscience de l'entendre dire qu'il revenait tout de suite. Elle ne pouvait rien faire d'autre que rester là, languide, sur le matelas. Si pour sauver sa vie elle avait dû s'enfuir à toutes jambes à cet instant précis, ou ne serait-ce que *se lever*, elle serait morte à coup sûr.

Irish s'agenouilla près d'elle – il avait remis son jean – et l'aida à enfiler son immense tee-shirt. Son odeur la réconforta presque autant que sa présence. Elle baissa les yeux, approcha le tissu de son nez et respira profondément.

— Vas-y doucement ! Tu vas te retrouver avec les narines pleines de peluches !

Il s'allongea auprès d'elle et l'attira dans ses bras puissants. Puis il déposa un baiser au sommet de sa tête et lui ébouriffa les cheveux.

— Tout va bien ?

Kat soupira et se blottit plus étroitement contre lui.

— Tout est parfait. Merci… Aiden, ajouta-t-elle en levant les yeux vers lui.

Elle le regarda déglutir, puis sourire à demi.

— Tout le plaisir était pour moi, Kitty-Kat. C'est l'heure de fermer les paupières, maintenant.

Alors qu'elle venait juste de caler sa tête au creux de son épaule, Murphy grimpa sur le torse d'Aiden, puis se roula en boule à la jonction de leurs corps.

— Tu as de la chance que je sois de bonne humeur, boule de poils, marmonna-t-il.

Kat rit, puis décida que cet instant était le plus heureux de toute sa vie.

13

La sueur et les taches de sang dont il était couvert n'appartenaient pas qu'à lui. Son œil droit commençait à enfler et l'entaille de sa lèvre s'était rouverte. D'autres blessures, encore invisibles, comme celle de son flanc gauche ou de la face interne de son mollet droit, vireraient au violet plus tard. Et pourtant, il ne les sentait pratiquement pas. Pas encore. Pas tant qu'un flux d'adrénaline parcourrait ses veines et banderait ses muscles. Pas tant qu'il ne serait pas arrivé au bout de sa tâche.

Les cris tonitruants de la foule résonnaient dans la vieille arène, mais le bruit ne formait qu'un vacarme assourdi dans l'esprit d'Aiden. Un lutteur ne peut pas se permettre la moindre distraction. Il est entraîné à concentrer tous ses sens sur son adversaire et à n'ouvrir les oreilles qu'aux instructions de son entraîneur. Tout le reste se perd dans le flou.

Lorsqu'un homme de combat est au sommet de sa forme, chaque partie de son corps et de son esprit œuvrent ensemble en vue d'un seul but : la victoire.

La corne de brume s'éleva au-dessus des rugissements du public pour signaler la fin du deuxième round. L'arbitre sépara Aiden de son adversaire – Bulldog – et leur fit signe de regagner chacun leur coin de la cage octogonale. Essoufflé, Aiden se laissa tomber sur le tabouret et accepta la bouteille que Xander lui tendit. Il ôta son protège-dents et projeta un filet d'eau dans sa gorge en pressant sur la bouteille. Il se rinça la bouche, tourna la tête sur le côté, recracha l'eau sur le tapis, puis avala goulûment la lampée suivante.

Xan avait combattu un peu plus tôt. Il avait une estafilade à l'œil gauche et sa joue était enflée, mais ce n'était rien en comparaison de l'état dans lequel il avait laissé son adversaire. Xan avait été sélectionné pour le match de la semaine suivante. Et Aiden devait en faire autant, sinon…

Vlan ! La tête d'Aiden fut projetée sur le côté. Il la recentra et fusilla son meilleur ami du regard.

— Tu m'écoutes, oui ? Parce qu'on dirait que tu as appris à te battre à Hollywood, là. Et c'est là-bas que tu finiras si tu ne mets pas ce corniaud au tapis d'ici cinq minutes !

Aiden devait gagner. Ce qui voulait dire qu'il était nécessaire qu'il se concentre. S'il pensait à autre chose qu'à la réussite – et plus particulièrement aux conséquences de sa défaite – cette lutte était perdue d'avance. Xander avait raison. Cette gifle était méritée.

— Tu retiens les coups, hurla Xander pour se faire entendre. Arrête de lui tourner autour et étale-le une bonne fois pour toutes !

— Lâche-moi, se rebiffa-t-il tandis que l'un des partenaires de Xan étalait de la vaseline sur ses joues, son nez et son front. Tu crois que j'essaye de faire quoi ?

Xander se planta en face de lui et le toisa d'un regard mortellement sérieux.

— Tu ne te lâches pas assez, tu ne te bats pas comme avant. Si tu ne libères pas le monstre qui est en toi, Aiden, tu vas perdre. Ce mec n'est pas un rigolo.

Non, Bulldog était légèrement plus petit qu'Aiden, mais il pesait 120 kilos, ce qui le plaçait dans la catégorie des super poids lourd. Alors qu'avec à peine 100 kilos, Aiden n'était que poids lourd – mais dans le milieu des combats clandestins, les catégories n'étaient pas strictement respectées.

Aiden jeta un coup d'œil à son adversaire. Il se relevait déjà, secouait ses muscles et faisait pivoter sa tête de droite à gauche pour faire craquer les vertèbres de sa nuque en attendant d'être appelé pour le dernier round. Une vraie bête. Mais il était lent et avait une préférence marquée pour le combat au sol. Le meilleur pari que pouvait faire Aiden, c'était de l'obliger à rester debout dans l'espoir de lui balancer un coup qui le mettrait K-O.

L'annonce de fin de pause retentit. Aiden se leva et remit son protège-dents. Avant de ramasser le tabouret et de quitter la cage, Xander se pencha près de son oreille.

— Si tu ne l'étales pas, Kat sera vendue au plus offrant.

Et voilà. Difficile de ne pas penser aux conséquences de sa défaite, à présent.

Les deux lutteurs se rejoignirent au centre du ring et, les poings levés devant le visage, entamèrent un lent déplacement circulaire, guettant l'instant pour passer à l'attaque.

Xander avait raison. Aiden ne s'était pas impliqué entièrement dans ce combat. Juste ce qu'il fallait pour ne pas risquer de perdre le contrôle. Après, une fois que cette histoire serait terminée et que la situation serait éclaircie, il reprendrait le contrôle de la part dangereuse de lui-même, comme il l'avait déjà fait auparavant. Mais il ne pouvait pas prendre le risque de ne pas être qualifié. Il devait se lâcher et tout donner.

Il prit une longue inspiration et déclencha le processus.

La part sombre d'Aiden investit ses veines, telle une injection de protoxyde d'azote dans le moteur d'une voiture de course. À l'intérieur de lui, le monstre qui hibernait s'étira et bâilla… puis s'ébroua et montra les dents. C'était fait. La bête était sortie. Il baissa les yeux sur son adversaire et le lui laissa percevoir dans son regard.

Il passa alors à l'attaque.

Ils s'affrontèrent d'homme à homme au milieu de la cage, tels des gladiateurs des temps modernes. Mais au lieu de bouclier et d'épée, leurs poings étaient tout ce dont ils se servaient tant pour agresser que pour se protéger. En apparence, Aiden n'avait pas changé, mais sa technique n'était plus du tout la même. Ses frappes étaient plus rapides, plus puissantes.

Bulldog projeta son poing dans les côtes d'Aiden. La douleur s'insinua dans son torse comme une pluie de verre. S'il n'avait pas eu son protège-dents, le rictus que déclencha cette sensation serait apparu comme purement carnassier. Le genre de sourire destiné à prévenir d'une contre-attaque extrêmement désagréable.

Aiden répondit par un coup droit doublé d'un crochet du gauche en pleine tête qui sonna son assaillant, mais pas plus de quelques secondes. Ils s'engagèrent l'un l'autre, encore et encore. Bulldog bougeait comme un boxeur et cognait comme un sourd, mais sa corpulence le ralentissait. À chacun de ses coups, Aiden ripostait par une combinaison de deux ou trois. Le rapport de force n'en demeurait pas moins globalement équilibré et Aiden n'était pas là pour s'amuser. Dès qu'il remarqua qu'il en avait la possibilité, il frappa son adversaire à la hanche et l'entraîna au sol. Avec un peu de chance, son adversaire ne maîtrisait pas le ju-jitsu aussi bien que lui.

Il roula sur le côté, emprisonna le bras droit de Bulldog entre ses cuisses et plaqua le reste de sa jambe en travers de son torse pour le maintenir au sol. Il tordit alors le poignet du molosse de telle façon qu'il lui aurait suffi d'exercer une infime pression pour lui casser le bras.

Il ne fallut alors à Bulldog que quelques secondes pour se décider à utiliser son autre main et taper sur le tapis à trois reprises, signifiant ainsi à l'arbitre qu'il déclarait forfait. Aiden le relâcha, ils se relevèrent tous les deux, et l'arbitre leva le bras d'Aiden pour le déclarer vainqueur.

— Et la victoire par abandon revient, après un combat d'une minute trente-sept secondes au troisième round, à... Ooooooo'BRIEN ! déclara l'annonceur dans son micro.

Le corps dégoulinant de sueur et le souffle encore court, Aiden parcourut du regard la foule qui le huait. Les combats clandestins étaient prisés des gros parieurs et, visiblement, Bulldog avait été donné favori. Ce n'était pas ce soir qu'Aiden se ferait de nouveaux amis. Peu lui importait. Il n'avait pas l'intention de copiner avec qui que ce soit. Tout ce qu'il voulait, c'était gagner ses matchs, encaisser l'argent, rembourser Sicoli et garder Kat en sécurité auprès de lui.

Il secoua la tête. Les coups qu'il venait de recevoir avaient dû l'atteindre plus qu'il ne pensait. Il ne pouvait pas garder Kat auprès de lui. Il garantirait sa sécurité en remboursant sa prétendue dette, après quoi il lui remettrait un paquet d'argent qui lui permettrait de démarrer une nouvelle vie ailleurs. C'était ça, le plan.

L'arbitre relâcha son bras et la foule ne se soucia plus que du combat suivant. Aiden sortit de la cage et retrouva Xander qui lui rendit ses affaires de sport.

— Beau finish, mec. Il ne te reste plus qu'à te réveiller un peu plus tôt la prochaine fois.

— À vos ordres, coach, répondit-il en passant la sangle de son sac sur son épaule.

Quand il releva les yeux, il aperçut les deux types qu'il avait le moins envie de voir : Sully et Vinnie. Ils le dévisageaient ouvertement tandis qu'ils traversaient le flux et le reflux de la foule pour l'approcher.

— Xan, il faut qu'on se tire en vitesse. Par-derrière, viens.

Xander suivit le regard d'Aiden et n'eut pas besoin d'autre explication pour le suivre dans la direction opposée. Ils se frayèrent un chemin jusqu'aux vestiaires à travers la marée humaine, traversèrent le couloir au pas de course, franchirent la sortie de secours et regagnèrent la voiture.

Une fois que Xander eut engagé la Nova sur la route, ses yeux se dirigèrent quelques secondes vers Aiden.

— C'était qui exactement les connards auxquels on vient d'échapper ?

Aiden passa une main dans ses cheveux et tourna la tête vers la fenêtre ouverte.

— Les encaisseurs de Sicoli. J'ai l'intention de les payer une fois que j'aurai gagné le tournoi.

— Tu veux dire *si* tu gagnes le tournoi.

Aiden fusilla son ami du regard.

— OK, d'accord, *quand* tu l'auras gagné. Cette fille a de la chance que je l'aime bien. Je ne renoncerais pas à mes chances de redémarrer ma carrière pour n'importe qui.

— Qu'est-ce que tu racontes ? demanda Aiden. En quoi ta participation à des tournois clandestins t'aiderait-elle à redémarrer ta carrière ?

— Tu as entendu parler de Victor McManus, je suppose ?

— Oui. C'est un des managers les plus sollicités du circuit AMM. Pourquoi ?

— Il cherche de nouveaux talents. Des types bruts de décoffrage. Et il se trouve qu'il écume justement le Four by Four dans cette intention. Il était là ce soir. Tu as dû lui en mettre plein la vue.

— Je ne cherche à impressionner personne, Xan. Je fais seulement ça pour mettre Kat hors de danger.

Xander lui coula un regard en coin.

— Et tu fais ça pour t'acquitter d'une dette personnelle vis-à-vis de Jax ou parce que tu en pinces pour cette fille ?

Aiden dissimula une grimace en se passant la main sur le visage. La question était trop directe pour qu'il se sente à l'aise et il n'avait pas envie d'y réfléchir sérieusement. Lui et Xan avaient eu une discussion sérieuse au sujet de Kat. Aiden lui avait demandé de garder ses distances avec elle après qu'il eut marqué son territoire. Et il avait été soulagé d'apprendre que Xan n'avait jamais eu de vues sur elle.

— Je dois bien ça à Jax. Et il n'y a rien d'urgent en ce moment dans ma vie. Je règle cette affaire. Je veille à ce que Kat soit en sécurité et qu'elle retrouve sa sœur. Et je rentre chez moi à Boston.

Il eut beau le dire à voix haute, il n'avait plus vraiment le sentiment de faire partie de cette ville. Son envie de regagner ce qu'il connaissait s'était émoussée au fil des semaines qu'il venait de passer avec Kat. Et après les récents événements, il ne se voyait plus du tout retourner d'où il venait.

Entendre Kat prononcer son nom – son vrai nom – en atteignant l'orgasme l'avait presque démoli. Au point qu'il avait failli lui dire qu'il l'aimait, juste après. Grâce à Dieu, il avait eu la présence d'esprit de se mordre la langue avant de se ridiculiser.

Mais le fait d'avoir frôlé l'humiliation n'avait pas suffi à étouffer sa libido. Il avait passé le reste de la nuit à bavarder avec elle de tout et de rien et à lui faire l'amour. Ils s'étaient confié des tas de choses personnelles – leur couleur préférée, leur aliment préféré, leur film préféré… Et puis ils s'étaient révélé d'autres choses encore, de façon plus charnelle – ce qui les faisait gémir, soupirer, et ce qui les rendait complètement fous.

Avec les premières lueurs de l'aube, alors qu'ils se reposaient l'un à côté de l'autre, repus et fourbus, Kat avait déposé un baiser dans son cou.

— Merci pour cette nuit, avait-elle murmuré. Je ne l'oublierai jamais.

Elle lui avait formulé ses adieux. Un nœud d'émotions s'était formé dans sa gorge, mais il s'était forcé à se concentrer sur le fait qu'il ne pouvait pas la laisser partir tant qu'il n'aurait pas réglé sa dette.

— On pourrait peut-être, avait-il commencé d'une voix enrouée, en passer plus d'une ensemble. Qu'est-ce que tu en penses ?

Elle avait tourné la tête sur son épaule de façon à le voir, mais il n'avait pas détaché les yeux du plafond.

— Aiden…

Seigneur, qu'il aimait l'entendre dire son nom !

— … regarde-moi, avait-elle dit en posant une main sur son visage. Avant toi, les hommes m'ont toujours traitée comme un moyen de se soulager. Alors, que ce que je ressente pour toi soit de la simple gratitude ou quelque chose d'autre, il me serait très facile de te dire oui.

Elle avait alors relevé le visage et rivé sur lui un regard si franc qu'il en avait été ébranlé jusqu'aux tréfonds de l'âme.

— Mais je ne veux plus qu'aucun homme ne m'utilise, même s'il a plus le profil d'un héros que d'un bon à rien. Alors si tu cherches simplement une fille qui accepte de coucher avec toi, ne compte pas sur moi.

Soit tu lui brises le cœur, soit ils la vendent au plus offrant et brisent sa vie à tout jamais.

— Je n'avais pas l'intention de m'impliquer émotionnellement avec toi, avait-il répondu. Mais maintenant que c'est fait, je ne peux pas plus que toi ignorer mes émotions. Je crois qu'on pourrait voir où elles nous mènent.

Vérité.

— J'ai peur de goûter à quelque chose qui me plaira et que je ne parviendrai plus jamais à avoir. Je préfère m'abstenir d'aller voir si l'herbe est plus verte ailleurs. Je n'ai pas l'intention de bouger.

Mensonge.

Il avait l'intention de la quitter dès qu'elle serait hors de danger, au risque de lui faire mal. Ça le rendait malade d'imaginer tout le mépris qu'elle aurait pour lui, mais ce serait mieux ainsi.

— D'accord, avait-elle murmuré. Je veux bien rester.

Un immense soulagement l'avait envahi, aussitôt suivi d'un visqueux effroi à l'idée de ce qui se passerait d'ici quelque temps. Il avait fait de son mieux pour chasser l'un et l'autre de son esprit quand il l'avait lentement et longuement embrassée, jusqu'à ce qu'ils aient épuisé les ultimes vestiges de leur énergie et sombré dans un profond sommeil.

Le reste de la semaine n'avait ensuite été qu'un enchaînement d'événements surréalistes. Ils avaient emmené Murphy chez le vétérinaire avant de dévaliser une animalerie – le chaton ne manquerait de rien au cours de ses neuf années à venir. Kat l'avait regardé s'entraîner le matin, et ils avaient passé leurs après-midi à jouer avec la petite boule de poils chez elle avant d'aller travailler. Comme elle n'aimait pas l'idée de laisser Murphy tout seul, elle préférait rentrer chez elle et Aiden n'avait eu aucun problème à être invité à y passer la nuit.

De fait, cette soirée était la première qu'ils passaient loin l'un de l'autre depuis le début de leur histoire. D'habitude, il travaillait avec elle le samedi soir, mais il avait demandé à quelqu'un de le remplacer, avant de dire à Kat qu'il cédait son service parce que le mec avait un besoin d'argent pressant.

Xander et Aiden s'engagèrent finalement dans l'allée qui menait chez eux. Le crissement des pneus de la Nova sur le gravier alerta Ally qui ouvrit une gueule gigantesque et cracha de protestation depuis le bas des marches du perron quand les phares la balayèrent.

— Non mais quel escrocodile, marmonna Xander.

— Ally est un alligator, pas un crocodile.

— C'est surtout une femelle irascible, rétorqua-t-il. À ce propos…

Aiden leva les yeux et aperçut la voiture de Kat garée devant la maison. Il ne lui serait jamais venu à l'esprit de la traiter de femelle irascible, mais une fois qu'elle l'aurait vu et qu'elle aurait compris ce qu'il avait fait de sa soirée sous prétexte de dépanner un collègue dans la mouise, les choses allaient peut-être changer.

14

Des claquements de portières suivis de grommellements de conversation tirèrent Kat du sommeil dans lequel elle avait fini par glisser. Elle avait eu envie de voir Irish après son service chez Lou, et décidé d'aller chez lui. Elle avait été déçue de découvrir la maison vide, mais elle n'était pas sa mère. Rien ne l'obligeait à l'informer de ce qu'il faisait ni à lui en demander la permission. Ne pas savoir où il était l'avait quand même un peu vexée et elle s'était apprêtée à aller retrouver Murphy… quand elle avait découvert qu'Ally s'était plantée au pied de l'escalier de la véranda. Elle avait alors décidé d'attendre le retour des garçons.

Elle bâilla, s'écarta du coin du canapé où elle s'était blottie et étira ses membres endoloris. Elle replia ses jambes contre elle et les encercla de ses bras avant de se demander si Irish n'allait pas être fâché de la trouver là. Il avait peut-être pris sa soirée parce qu'elle envahissait trop son espace. À moins qu'il ne se soit déjà lassé d'elle et qu'il ne souhaite passer à autre chose sans savoir comment le lui dire…

Elle aurait dû réfléchir un peu plus avant de passer à l'improviste. Maintenant, elle se sentait bête.

Elle entendit Xander ordonner à l'alligator « d'arrêter de faire sa chieuse », puis des pas lourds grimper les marches grinçantes vers la maison. Kat eut soudain l'impression de ne pas avoir le droit d'être là et bondit du sofa. Serrant les mains devant elle, elle se prépara à expliquer sa présence, à s'excuser et à battre en retraite. Mais il suffit qu'ils franchissent le seuil pour que ses projets s'envolent.

— Qu'est-ce qui vous est arrivé ? s'alarma-t-elle.

Une estafilade fendait l'œil de Xander et ses joues étaient si enflées qu'il semblait être sorti de chez le dentiste sans avoir pris le temps d'en retirer les rouleaux d'ouate. Xander jeta un coup d'œil faussement innocent à Irish. En réalité, son regard était à la fois interrogateur, car il se demandait s'il était censé inventer un bobard de toutes pièces ou s'éclipser au plus vite, et coupable, ce qui échappe à certaines femmes mais pas à quelqu'un d'aussi accoutumé aux mensonges que Kat. Elle devait ce talent à son travail de serveuse et à des années de méfiance perpétuelle vis-à-vis de son compagnon d'infortune.

Irish esquissa un léger hochement de tête et laissa tomber son sac de sport à ses pieds. Xander frappa ses mains l'une contre l'autre.

— Vous savez quoi ? Je viens juste de me souvenir que j'avais promis à Sandy de passer chez elle ce soir, alors je file dans la salle de bains et…

Un raclement de gorge l'interrompit.

— En fait, je ferais peut-être mieux de me laver chez elle, se reprit-il.

— Bonne idée, acquiesça Irish.

— Bon, ben je file, dit Xander en se tournant vers la porte. Content de t'avoir vue, Kat.

— Bonne nuit, Xander.

Kat et Irish restèrent face à face sans bouger ni échanger un mot jusqu'à ce que le rugissement du moteur de la Nova se fût éloigné.

— Il faut que je prenne une douche, dit-il finalement.

— Je vois ça. Des soins de premier secours ne te feraient pas de mal non plus. Tu as envie de me raconter ce qui t'est arrivé ?

— J'ai participé à ce tournoi clandestin auquel Xander participe. J'ai combattu ce soir. Et Xan aussi.

— Je croyais que tu ne voulais plus jamais combattre, releva-t-elle.

Il haussa une épaule et Kat se surprit à en vouloir à son tee-shirt de dissimuler le haut de son biceps.

— J'ai changé d'avis. J'ai appris que Victor McManus, l'un des plus gros managers d'AMM, cherchait de nouveaux talents, et je me suis dit que ça ne coûtait rien de tenter ma chance.

Kat fut incapable de réprimer un grand sourire.

— Quoi ? demanda Irish.

— Je trouve ça super. Je suis très contente pour toi.

Incapable de se retenir plus longtemps, elle traversa la pièce, encercla sa taille de ses bras et le serra contre elle. Il aspira l'air en sifflant et laissa échapper un juron quand il saisit ses bras pour la repousser.

— Qu'est-ce qui ne va pas ?

— Rien de grave. Quelques bleus, c'est tout.

— Oh, pardon, je suis désolée, dit-elle en scrutant son torse comme si elle pouvait déceler les dommages qu'il avait subis. Tu es sûr que ça va ?

— Ouais, ça va, mais il vaudrait peut-être mieux que tu t'abstiennes de m'étreindre avec des pattes d'ours pendant une ou deux semaines, répondit-il avec un sourire mi-figue mi-raisin. Ce qui ne t'empêche pas de le faire avec des pattes de chat.

— C'est quoi ça, une étreinte avec des pattes de chat ?

— Tu sais bien, répondit-il en prenant ses mains pour les placer sur sa nuque. Tu lèves les bras comme ça, je passe l'un des miens autour de ta taille et tu viens te blottir contre moi, toute douce et toute gentille... Comme ça, ajouta-t-il en l'attirant tendrement contre lui.

— Ah, oui, je me souviens maintenant, répliqua-t-elle en levant les yeux vers lui. Le genre de rapprochement qui débouche inévitablement sur des baisers, c'est ça ?

— Absolument.

Il pencha la tête vers elle et elle remarqua une blessure séchée sous son oreille. Aussitôt, elle éleva une main entre leurs visages pour interrompre son mouvement, puis effleura la plaie du bout des doigts et grimaça à l'idée de ce qui devait se trouver en dessous.

— Ça fait mal ?

Il tâta la croûte à son tour et la gratta.

— Ce n'est pas mon sang.

— Mais c'est dégoûtant ! s'exclama-t-elle en reculant d'un bond. Pas question que je t'embrasse quand tu es couvert de l'ADN de quelqu'un d'autre !

— J'avoue, concéda-t-il en gloussant. Je suis sûr qu'une douche bien chaude te ferait du bien après ton service. Qu'est-ce que tu dirais de la prendre avec moi ? Histoire d'économiser l'eau et tout ce qui s'ensuit.

Faire l'amour sous l'eau qui ruisselle ? La chose devait demander un talent et une expérience que Kat était bien certaine de ne pas posséder. Leur relation était si récente qu'elle redoutait toujours de se ridiculiser. Sans compter qu'avec sa chance, elle trouverait moyen de glisser et de les faire tomber. Irish souffrirait tellement qu'il serait obligé de se retirer de son tournoi, ruinant ainsi toutes ses chances de redémarrer sa carrière. Elle ne supporterait pas d'avoir cette faute sur la conscience.

Plus elle reculait, plus elle lui permettait d'avancer.

— Tu as raison, admit-elle. Une douche me ferait le plus grand bien.

Les omoplates de Kat heurtèrent soudain la porte de la salle de bains. Irish l'avait coincée entre la porte et... Elle baissa les yeux sur le renflement de son short. Et quelque chose de très, *très* dur.

— À en juger par ton regard, tu penses à autre chose qu'à un tour rapide sous l'eau.

— Si je te promets qu'on s'en tiendra à une simple douche, tu voudras bien ?

Kat le dévisagea, cherchant sur son visage des indices signifiant qu'il promettait quelque chose qu'il n'avait pas envie de tenir. Mais n'en décela aucun. Le désir ardent présent dans ses yeux céda la place à quelque chose de beaucoup plus tendre.

— Tu m'as manqué aujourd'hui, Kat. Je ne veux plus gâcher une seule seconde loin de toi.

Il plaqua l'une de ses mains au-dessus de sa tête et se rapprocha d'elle. Les doigts de sa main libre effleurèrent doucement sa joue.

— Laisse-moi prendre soin de toi.

Si Kat avait cru jusqu'alors qu'elle était de taille à résister à un tel homme, elle s'était leurrée. À dire vrai, elle n'avait jamais été assez forte pour lui tenir tête. Ni quand il avait insisté pour veiller sur elle au bar. Ni quand il avait exigé de l'emmener à l'hôpital pour faire panser sa main. Ni même quand il s'était follement imposé pour régler ses affaires avec les hommes de Sicoli.

Et elle ne s'était pas fait prier pour rester avec lui alors qu'elle avait l'intention de partir.

Une part d'elle-même lui soufflait qu'elle aurait dû s'inquiéter d'être aussi faible face à lui. Elle avait passé toute sa vie à se plier au bon vouloir des autres et sa décision de ne plus jamais se laisser faire ne datait que de quelques semaines. Mais une autre part savait qu'Irish était différent. Il ne tirait aucun bénéfice de ce qu'il exigeait d'elle. Il ne pensait jamais qu'au seul intérêt de Kat.

Elle sourit et leva à demi les yeux vers lui.

— D'accord.

Il la remercia d'un baiser, puis la prit par la main et la guida à l'intérieur de la salle de bains. Il tourna le robinet de la douche et laissa tiédir l'eau pendant qu'elle se déshabillait. Kat éprouva du soulagement à se défaire de son uniforme. Elle n'avait pas prévu de passer la nuit chez lui et devrait encore emprunter des vêtements à Irish le lendemain matin. À l'idée de sentir son odeur sur sa peau, les pointes de ses seins durcirent. Mais quand son regard tomba sur son corps nu – ferme, musclé, son membre en érection pointant vers l'avant – une onde de chaleur moite gagna son entrejambe.

Il écarta le rideau et lui offrit sa main. Les yeux de Kat se levèrent, redescendirent vers son sexe, puis se levèrent à nouveau. Irish eut un sourire amusé.

— Cette réaction est inévitable en ta présence, mais ça ne veut pas dire que j'y sois pour quoi que ce soit.

Elle répondit à son geste et il l'attira vers lui.

— Pas encore, en tout cas, murmura-t-il à son oreille.

Cette promesse coquine éveilla une palpitation au creux de son ventre. Elle lui appliqua une petite tape contre le torse pour dissimuler sa réaction et entra dans la douche. Il la suivit en riant et tira le rideau derrière eux. Kat se plaça sous le jet de la douche renversa la tête, ferma les yeux, soupira et repoussa ses cheveux en arrière.

— Seigneur.

Elle releva les paupières et découvrit Irish occupé à la dévorer du regard, une main en appui contre la paroi carrelée, l'autre accrochée à la tringle à rideau.

— Est-ce que tu sais que tu es belle à en mourir ?

Kat l'ignorait. Elle se savait potable, voire jolie quand elle prenait la peine de se coiffer et de se maquiller, mais elle n'avait rien d'un canon. Le problème, c'était que lorsque Irish lui faisait un compliment, cela ne sonnait ni faux ni intéressé, mais sincère. Il suffisait qu'il pose ses yeux sur elle pour qu'elle ait vraiment l'impression d'être la plus magnifique femme du monde. Et elle ne savait jamais trop comment réagir.

Elle se sentit rougir, plongea la tête vers le bas. Et se maudit aussitôt. C'était une erreur. Voir son sexe en érection n'avait servi qu'à la faire s'empourprer davantage. Comment avait-elle pu croire qu'ils pourraient se laver sans se sauter dessus ? Il devait exister un vieux proverbe disant que deux amants ne peuvent pas se doucher ensemble sans faire l'amour. Comme celui qui prétend qu'il ne peut pas y avoir d'amitié entre un homme et une femme.

Elle s'écarta et lui fit signe de se placer sous le jet. Il chassa la sueur de la soirée en prenant soin de ne pas faire couler l'eau sur la coupure de son œil. Kat attrapa le shampooing senteur fruits rouges – Xan veillait à ce qu'il y ait toujours des « trucs de fille » dans la salle de bains pour ses nombreuses invitées d'un soir – et en versa un peu au creux de sa main.

— Alors, dit-elle. Tu as gagné ?

— Oui.

Il fit passer le flacon de la main de Kat à la sienne et en versa encore un peu avant de le reposer. Il lui demanda en silence de se retourner en décrivant un cercle avec son index levé en l'air. Irish rassembla ses cheveux au sommet de sa tête tout en faisant mousser le liquide.

Un nuage de vapeur chargé d'un parfum de baies mûres s'élevait autour d'eux et caressait leur peau là où l'eau ne le faisait pas. Du bout des doigts, il massa son cuir chevelu de lents mouvements circulaires qui soulagèrent petit à petit la tension de son corps.

Continue à parler. Si tu parles de tout et de rien, ça t'évitera d'avoir envie de lui sauter dessus toutes les cinq secondes. Enfin, peut-être...

— Et alors, se força-t-elle à dire. Tu n'as pas envie de me raconter tous les détails de ton combat ?

— Je n'avais pas prévu de le faire, répondit-il d'une voix qui trahit son sourire. Pourquoi voudrais-tu les connaître ?

Elle réfléchit à cela tandis qu'il l'invitait à faire un demi-tour pour lui rincer les cheveux. Elle avait envie de l'entendre s'exprimer sur quelque chose qui le définissait largement – qu'il le veuille ou non. Mais à dire vrai, elle ne pouvait pas imaginer Irish en train de se vanter, comme elle avait vu tant d'autres types le faire pour impressionner les filles ou leurs copains. Il se contenterait probablement d'un résumé sommaire, du genre : « Je l'ai frappé, il m'a frappé, alors je l'ai frappé plus fort et j'ai gagné. »

Elle faillit rire de ses propres pensées, mais se retint à temps. Elle avait perdu le fil de leur conversation quand il s'était mis à étaler un baume démêlant sur ses boucles.

— Tu pourrais au moins me dire comment tu as gagné, dit-elle finalement. Par K-O ou par abandon ?

Elle fut heureuse d'avoir écouté Xander avec attention quand il lui avait raconté ses combats au cours du petit-déjeuner qu'ils avaient pris ensemble. Xan était le stéréotype même du mec qui adore expliquer ses combats en détail, mais il parvenait à rendre son arrogance attachante. Il en avait d'ailleurs beaucoup de mérite car Kat avait toujours détesté ce genre de comportement.

— On peut aussi remporter la victoire par décision des juges si aucun des combattants ne prend le pas sur l'autre. Ça aurait pu se terminer comme ça, mais j'ai remporté la lutte par abandon grâce à un levier du bras.

— Félicitations.

Il la remercia en marmonnant, puis la fit à nouveau se retourner pour rincer ses cheveux une dernière fois.

— J'aimerais bien assister à ton prochain match.

Ses mains s'immobilisèrent et il baissa les yeux vers elle avant de reprendre sa tâche.

— Je ne suis pas encore au top de mes performances, tu sais. Un jour, peut-être.

Kat comprit. Il voulait retrouver toute son assurance avant de l'autoriser à le regarder combattre. Si elle avait été douée pour quelque chose, elle aurait certainement eu la même attitude. Les choses étant ce qu'elles étaient, elle n'avait jamais eu le temps d'explorer ses centres d'intérêt. Un point à ajouter à sa liste des choses à faire. *Découvrir quels sont mes hobbies et mes éventuels talents.*

— J'adore tes cheveux, dit-il en faisant glisser ses doigts à travers le rideau humide et soyeux de son cuir chevelu.

— Il faudrait que tu voies ceux de ma s…

Kat s'interrompit brusquement. Elle se sentait tellement bien avec lui qu'elle avait oublié avoir prétendu qu'elle n'avait pas de famille. Avec un peu de chance, il n'aurait pas bien entendu ce qu'elle venait de laisser échapper.

— Tu ne m'as jamais dit que tu avais une sœur.

Kat soupira. Comment avait-elle pu croire qu'il ne prêtait pas attention à ce qu'elle disait ? Irish écoutait vraiment quand une femme lui parlait. Les hommes comme lui étaient extrêmement rares, selon l'expérience de Kat. Un peu comme les licornes : on parle d'elles comme si elles existaient, mais en réalité, ce ne sont que des créatures de conte de fées.

Mais cela n'avait plus tellement d'importance – Irish ne constituait pas une menace pour Nessie. Kat ne parlait jamais de sa sœur pour que personne ne puisse jamais lui nuire à cause d'elle. Dans le milieu qu'elle avait fréquenté, les gens n'hésitaient pas à traquer vos proches pour obtenir ce qu'ils voulaient de vous.

Des années plus tôt, elle était même allée jusqu'à raconter à Lenny qu'elle avait appris que sa sœur était morte dans un accident de voiture. Depuis ses quatorze ans, Kat avait jalousement veillé à ce que sa vie ne rejaillisse jamais sur celle de Vanessa. Et une fois devenue adulte, s'efforcer de protéger sa grande sœur était bien le moins qu'elle puisse faire.

— J'ai une sœur aînée, Vanessa. Mais on s'est perdues de vue.

Il tendit la main derrière elle pour attraper le gel douche et versa un peu de savon bleu électrique au creux de sa main.

— Pourquoi ? demanda-t-il en commençant à se savonner. Vous ne vous entendez pas très bien ?

— Non, ce n'est pas ça. On a toujours été très proches, Nessie et moi, répondit-elle en s'écartant pour lui permettre de se rincer. Surtout quand on était petites. Elle me protégeait ; elle a toujours pris soin de moi.

Un parfum artificiel de brise océane se déployait autour d'elle. Elle ferma les yeux quelques secondes et en remplit ses poumons. Ses draps étaient imprégnés de cette odeur et elle était certaine qu'elle avait sur elle un pouvoir apaisant nettement supérieur à celui de n'importe quel coûteux produit d'aromathérapie. Elle rouvrit les yeux quand Irish l'attira pour la placer dos à lui.

— Comment se fait-il que vous n'ayez plus de contact alors ?

Irish fit passer la lourde masse de ses cheveux par-dessus son épaule gauche. Kat la rassembla entre ses mains et la tressa grossièrement tandis qu'il lui frottait la colonne vertébrale.

— Après son bac, elle est partie étudier dans une université du Nevada. Elle me téléphonait, mais je ne répondais pas souvent à ses appels.

Ses mains glissaient le long de ses omoplates et massaient si habilement ses muscles endoloris qu'elle avait l'impression d'être sur le point de s'endormir. Elle pencha le visage en avant et ferma les paupières.

— Pourquoi cela ? demanda-t-il de sa belle voix grave, tout près de son oreille.

— Avant son départ, notre bon à rien de beau-père avait pris trois ans de prison ferme et Vanessa s'était dit que je ne risquais rien. Mais ma mère s'est trouvé un nouveau copain auprès duquel le précédent faisait figure de Père Noël.

Kat sentit ses mains se crisper brièvement tandis qu'il les faisait descendre le long de ses bras, mais elle oublia sa réaction quand il se mit à savonner son ventre de lentes caresses circulaires. Elle laissa aller sa tête contre son torse et reprit.

— Alors je lui parlais rarement parce que je voulais qu'elle se concentre sur l'occasion qui lui était offerte d'avoir une vie digne de ce nom. Je ne voulais pas qu'elle s'inquiète de ce qui se passait à la maison.

— Tu étais sacrément désintéressée pour ton âge. Sacrément forte, aussi.

Un petit rire sans joie lui échappa.

— Je n'étais ni l'un ni l'autre. Permettre à Nessie de profiter de sa chance était bien le moins que je lui devais. Notre mère a toujours fait passer ses addictions avant nous et ma sœur m'a tenu lieu de maman toute mon enfance.

Des bribes de souvenirs enfouis émergèrent de l'obscurité pour affleurer à sa conscience. D'anciennes frayeurs et des fantômes oubliés se logèrent dans sa gorge. Elle prit de longues inspirations par le nez et se força à se concentrer sur les mains d'Irish qui nettoyaient à présent sa poitrine et son cou.

Il déposa un baiser sur sa tempe et fit glisser son doigt sur la cicatrice qui s'étendait au milieu de sa poitrine.

— Tu me raconteras comment tu t'es fait ça ?

Kat ouvrit les yeux et regarda le plafond, puis secoua la tête contre son torse.

— Tu dois bien te douter que ma vie n'a jamais été toute rose, Irish. Mais crois-moi, tu n'as pas envie d'en connaître les détails les plus sombres.

Il encercla sa taille et l'entraîna avec lui sous le jet de la douche. Quand elle le sentit s'adosser au mur, elle se laissa aller contre lui. Entre l'eau qui coulait sur le devant de son corps et celui d'Irish derrière elle, elle était comme enveloppée dans un cocon de tiédeur, et pourtant ses entrailles se contractèrent comme si elle était nue sous une tempête de neige.

— Je veux tout savoir de toi, Katherine Terese MacGregor. Même les choses obscures.

Quand elle fit mine d'agiter à nouveau la tête, il l'en empêcha en la bloquant avec la sienne.

— Je combattrai tout ce qui tente de te faire du mal, passé, présent ou futur. Mais je ne pourrai lutter contre tes démons que si tu me les montres.

— Ça ne sert à rien. On ne peut pas revenir sur les choses anciennes.

— Bien sûr que si. On a bien réussi à vaincre ton problème de repli sur toi-même quand on fait l'amour. On a trouvé le moyen de le contourner et on l'a surmonté. Il y a peut-être d'autres choses qu'on peut faire pour t'aider à réparer les parties de toi que tu penses brisées, tu ne crois pas ?

Il n'avait pas complètement tort. Il avait vu juste en lui conseillant de garder les yeux ouverts. Il suffisait qu'elle le voie pour que son esprit ne passe pas en mode survie sans son accord. Elle en était même arrivée au point où elle pouvait fermer les yeux quelques secondes sans que ça se produise. Cela tenait sans doute au fait qu'Irish méritait le prix des plus douces paroles jamais dites de tous les temps. Kat le suspectait de la bercer de jolis mots quand ils faisaient l'amour pour garder le contact avec elle. Quelles que soient ses raisons, elle adorait ça et elle aurait aimé qu'il ne s'arrête jamais.

Mais même s'il avait réussi à régler un souci résultant de ce qu'elle avait vécu, elle ne voyait pas en quoi le fait de lui raconter les détails sordides de ce qui lui était arrivé au cours des deux années séparant le départ de Nessie et sa fuite avec Lenny pourrait la secourir. Son passé était ce qu'il était. Kat avait appris à l'enterrer et à faire en sorte qu'il ne refasse jamais surface.

— S'il te plaît, Kitty-Kat, chuchota-t-il. Fais-moi confiance.

Elle soupira et plaça ses bras sur les siens. Il avait déjà tant fait sans rien solliciter en retour, et puis il comptait déjà tellement pour elle sans qu'elle puisse en expliquer la raison. Elle ferait tout pour lui. Il lui suffirait de demander. Même si cela l'obligeait à rouvrir de vieilles blessures.

— D'aussi loin que je me souvienne, ma mère était alcoolique et droguée. Nessie m'a dit qu'à une époque, quand on était toutes jeunes, elle était extraordinaire. Mais je n'ai aucune réminiscence de cette femme-là. C'est Vanessa qui a veillé à ce que j'aille à l'école et que j'aie de quoi manger et des vêtements propres. Et quand ma mère ramenait des hommes à la maison, ma sœur s'arrangeait pour m'emmener ailleurs ou me distraire du mieux qu'elle pouvait.

— En regardant *Un couple étrange* avec toi ?

— Voilà, répondit-elle, l'ombre d'un sourire passant sur ses lèvres.

— Et ton beau-père ? Comment était-il ?

Toute trace de gaieté disparut.

— Ultra-autoritaire et parfois violent. Il s'en prenait surtout à maman, mais quand il cherchait à s'en prendre à nous, Nessie lui tenait tête et c'était elle qui prenait le plus gros des coups. Grâce à elle, il n'a pratiquement jamais levé la main sur moi.

— Ta sœur me donne l'impression d'être une fille exceptionnelle, dit-il en pressant légèrement son bras.

— C'est ce qu'elle est, répondit-elle d'une voix aimante. C'est pour ça que je n'ai pas voulu qu'elle sache à quel point les choses avaient empiré après son départ. Je n'aurais pas supporté qu'elle gâche ses chances d'avoir une nouvelle vie en venant à ma rescousse.

Un nœud se forma dans sa gorge et des larmes brûlantes vinrent picoter ses yeux.

— Ça n'aurait servi à rien, de toute façon ; après la première fois, il n'y avait plus rien à sauver.

*
*   *

— Dis-moi.

Aiden déposa un baiser d'encouragement sur sa joue, puis plaça son front contre sa tempe. Leur peau serait aussi fripée que des raisins secs quand ils sortiraient de la douche, mais comme elle ne semblait pas pressée de quitter le sanctuaire embué de vapeur, il ne l'était pas non plus.

— Quand le nouveau compagnon de ma mère est venu s'installer à la maison, ça ne faisait même pas une semaine qu'ils se connaissaient. Il m'a tout de suite déplu. Il m'examinait comme si j'étais un morceau de viande dont il se délectait par avance. Au bout d'un moment, ses regards se sont accompagnés d'attouchements. Il me rentrait dedans ou me frôlait « sans faire exprès ». Il jouait les innocents et j'étais trop trouillarde pour lui dire d'arrêter.

Et merde. Aiden se doutait déjà de l'issue de son histoire. Si Vanessa MacGregor était de la même trempe que lui – et c'était l'image qu'il s'en était faite – elle aurait certainement quitté l'université pour régler son compte à cette ordure.

Les muscles de sa mâchoire se contractèrent tandis qu'il s'efforçait de contenir sa colère.

— Tu n'étais pas une froussarde, ma douce. Tu étais une gamine face à un adulte et il n'y avait personne pour te protéger.

— Peut-être, dit-elle d'une voix enrouée. Mais si j'avais fait un scandale ou si je l'avais menacé de lui couper les parties, les choses n'auraient peut-être pas empiré.

Aiden prit une profonde inspiration et posa la question dont il avait besoin d'entendre la réponse, bien qu'il eût préféré ne jamais la connaître.

— C'est allé jusqu'où ?

Les larmes coulaient sur les joues de Kat, mais elle entama d'une voix monocorde le compte rendu froid et mécanique d'événements affreux. Aiden en eut le frisson.

— Il avait bu et je suis à peu près sûre qu'il était défoncé aussi. Ma mère était déjà cuite et j'étais allée me préparer un sandwich dans la cuisine. Je l'ai entendu entrer dans la pièce, mais je l'ai ignoré dans l'espoir qu'il se contenterait de prendre une bière ou autre chose et qu'il partirait.

Elle secoua lentement la tête et ses sanglots se perdirent dans l'eau qui coulait sur elle.

— Mais il n'est pas parti.

Kat se mit à trembler dans les bras d'Aiden. Il coupa l'eau et attrapa une grande serviette de bain sur l'étagère. Il en drapa les épaules de Kat, puis noua une autre serviette autour de sa taille et sortit de la douche. Il la souleva avec aisance et l'installa sur ses genoux en s'asseyant par terre, dos au mur. Elle remonta les siens contre sa poitrine et serra l'enveloppe en coton qui la protégeait autour d'elle de façon à ne laisser dépasser que sa tête et ses orteils.

Aiden la serra dans ses bras, les entrailles rongées par un flot d'acide et la gorge nouée par la soif de vengeance, tandis que les détails de cette nuit d'horreur se déversaient des lèvres chancelantes de Kat.

Elle lui raconta comment l'ami de sa mère s'était immiscé entre elle et le comptoir sur lequel elle tranchait une tomate. Qu'il l'avait poussée brutalement sans perdre de temps à la tripoter à travers son tee-shirt et son pantalon de pyjama. Qu'elle avait vraiment tenté de lui résister cette première fois, qu'elle s'était débattue en cherchant à lui faire autant de mal qu'elle pouvait. Mais que lorsqu'il avait attrapé le couteau de cuisine sur le plan de travail, elle avait abandonné la lutte.

Aiden perçut dans sa voix le mépris qu'elle avait pour elle-même quand elle exposa qu'après cela, elle avait obéi à tous ses ordres. Comment elle s'était allongée sur le sol crasseux de la cuisine et l'avait laissé déchirer ses vêtements. Comment elle était restée tout le temps aussi immobile qu'un mannequin, même quand il avait violenté son corps vierge et que la douleur avait été presque insupportable.

— Il maintenait le couteau contre ma gorge. Il ne s'est même pas interrompu quand il m'a entaillée sans le vouloir. Le sang a coulé sur mon cou et mes épaules, des gouttes sont tombées dans mes cheveux. Je me souviens avoir pensé que ça avait la même odeur que des pièces de monnaie mouillées.

Aiden, à l'agonie, vit de nouvelles larmes ruisseler des beaux yeux bleu-vert de Kat et tomber en silence de son menton sur le drap de bain.

— Le poids de son corps m'écrasait, bloquait ma respiration. Le peu d'air que j'arrivais à aspirer était imprégné de sa sueur, de relents de tabac froid, de whisky dégueulasse et de sang. J'ai bien cru suffoquer. Il m'arrive de penser que ça aurait mieux valu.

— Ne dis pas ça, Kitty-Kat. Regarde-moi, dit-il en lui faisant relever le visage – le désespoir fulgurant que reflétaient ses pupilles à travers ses pleurs le bouleversa. Je t'interdis de souhaiter une chose pareille, tu m'entends ? *Plus jamais.*

Son menton trembla quand les émotions commencèrent enfin à refaire surface.

— T-tu n'as p-pas idée de ce que c'était, balbutia-t-elle d'une voix brisée. Après ça, il m'a toujours coincée sur mon lit, la nuit. Je ne savais jamais s'il viendrait ou pas. Ça pouvait être plusieurs fois par semaine. Ou alors il me fichait la paix pendant des semaines. Mais chaque fois, je tournais la tête et je me concentrais sur la lune à travers la fenêtre. Ça me calmait de la regarder.

J'ai appris tout ce que je pouvais au sujet de la lune et quand je ne parvenais pas à la voir, je fermais les yeux et je pensais à l'endroit où elle se trouvait et aux raisons de son absence. Ça me permettait d'échapper à l'horreur du réel. Depuis, cet astre a gardé pour moi un sens très spirituel. Je le vois comme une sorte d'ange gardien qui m'aide à trouver la lumière dans l'obscurité.

— Est-ce que tu en as parlé à quelqu'un ? À Vanessa ?

— Ma première pensée a été de tout dire à Nessie. Je savais qu'elle lui aurait fait payer ce qu'il m'avait fait. Il devait s'en douter parce qu'il m'a tout de suite dit que si Vanessa l'apprenait, elle abandonnerait ses études et finirait comme notre mère.

— Le salaud, cracha Aiden. Il cherchait à te faire peur pour que tu ne dises rien.

— Maintenant, je m'en rends compte. Mais à quatorze ans, la dernière chose que je voulais, c'était bousiller la vie de ma sœur.

— Combien de temps ça a duré ?

— Oh, il a fini par se lasser de moi au bout d'un an.

— Un an ?

— Ouais, répondit-elle platement. Je crois qu'il est devenu impuissant, je ne sais pas trop. Tout ce que je sais, c'est qu'il a décidé que si *lui* n'avait plus les capacités pour profiter de moi, d'autres pouvaient le faire. Alors il se faisait rétribuer et des copains à lui me rendaient visite.

Bordel de merde. Un flot d'horreur pure le submergea et son ventre se tordit à l'idée que la jeune femme qu'il tenait dans ses bras ait pu être aussi cruellement maltraitée. Et qu'elle puisse supporter qu'un homme la touche aujourd'hui relevait du miracle. Aiden la serra plus fort contre lui, sans trop savoir si c'était elle ou lui qu'il envisageait de réconforter.

— Oh, ma douce. Je suis tellement désolé, parvint-il à articuler malgré le nœud de la taille d'une balle de golf qui s'était formé dans sa gorge.

— Il n'y a aucune raison pour que tu sois désolé ; ce n'est pas toi qui as fait ça.

Il l'avait sentie se détacher de lui depuis qu'ils étaient sortis de la douche. Comme si elle se repliait sur elle-même pour laisser le soin à une carapace robotique de poursuivre la conversation. Aiden n'aimait pas cela. Il avait horreur de la voir pleurer, mais il aurait préféré cela plutôt que ce troublant... *néant*.

— Et puis c'est fini, de toute façon, ajouta-t-elle.

— Kat, rien de tout cela n'est représentatif de ce que tu es.

— Si, ça l'est.

Elle se redressa d'un bond, ajusta la serviette sous ses bras et le fusilla du regard comme s'il venait de l'insulter.

— Je ne leur ai pas résisté. Je me suis laissé faire. Comme une *pute* !

Aiden agrippa d'une main le porte-serviettes au-dessus de sa tête et se redressa. L'hystérie de Kat était allée crescendo au fur et à mesure de la révélation du mépris qu'elle entretenait sans doute vis-à-vis d'elle-même depuis des années. Penser qu'elle ait pu être aussi violemment maltraitée inspirait à Aiden des envies de meurtre. Il fit le geste d'avancer vers elle pour lui offrir du réconfort, mais Kat repoussa ses mains d'une tape sèche.

— Tu ne comprends pas ? cria-t-elle. Vanessa n'aurait jamais permis qu'une chose pareille se produise. Elle aurait caché un couteau ou une arme sous son oreiller, elle aurait fait quelque chose ! Si j'avais été comme elle, rien de tout ça ne serait arrivé. Mais j'étais trop faible et apeurée. Je le méritais.

— Arrête ça, gronda-t-il en l'attrapant par les épaules pour la secouer.

Elle allait trop loin. Aiden aurait préféré se manger le bras plutôt que l'écouter déraisonner.

— Tu n'aurais jamais dû subir tout ça. Pas une seule seconde. Tu n'étais qu'une gamine, bordel ! Je me fous complètement de savoir si tu te baladais à poil dans cette maison en roulant du cul ! Ce type n'avait pas le droit de te toucher. Aucun d'eux n'en avait le droit. Tu comprends ?

Il sentit ses muscles se détendre et elle esquissa un léger hochement de tête. Elle renifla bruyamment et refoula un sanglot, sans grand succès. Replia les bras devant sa taille et leva vers lui un regard presque hébété. Quand elle reprit la parole, ce fut d'une voix atone, lourde de résignation.

— Il m'a tout pris, Irish. Mon innocence, le respect de moi-même. Toutes mes premières fois. Je ne pourrai jamais retrouver tout ça. C'est parti à jamais.

Aiden prit son visage entre ses mains et la supplia du regard de le croire.

— Je sais que c'est dur de ne pas se laisser bouffer par le passé. Je me bagarre avec ça tous les jours. Mais tu es libre maintenant. Délivrée de tous ceux qui t'ont fait du mal ou tirée vers le bas. Et tu es beaucoup plus forte que tu ne le penses. Je ne connais personne qui aurait pu parcourir le chemin que tu as fait et réussir à s'en sortir comme toi.

Une lueur d'espoir passa dans ses yeux.

— Tu le penses vraiment ? murmura-t-elle.

Du bout du doigt, il traça un X sur sa joue.

— Croix de bois, croix de fer, si je mens je vais en enfer.

Le fantôme d'un sourire passa sur ses lèvres, mais Aiden était disposé à accepter tout ce qu'elle voudrait bien lui offrir. Du revers de sa main, elle chassa l'humidité de ses yeux, étalant ce qui lui restait de mascara sur ses joues roses.

— Allez, viens, Kitty-Kat, dit-il en la soulevant dans ses bras. Il est temps de se coucher.

Elle se pelotonna contre lui comme un enfant, déjà à moitié endormie après l'effort qu'avait exigé d'elle l'exhumation de ses cauchemars. Il la porta jusqu'à sa chambre et la déposa au milieu du lit. Après l'avoir débarrassée de la serviette et avoir rabattu le drap sur elle, il s'assit à côté de la jeune femme et écarta délicatement de son visage les mèches de cheveux échappées de sa tresse. Ses cils humides de larmes formaient une haie de petits paquets et ses lèvres étaient rouges et enflées.

S'il avait eu le moindre talent artistique, il aurait peint sa beauté tragique dans l'espoir d'exorciser cette image. Mais Aiden étant ce qu'il était, il sut qu'il ne pourrait jamais oublier à quoi elle avait ressemblé le jour où elle avait craqué et mis son âme à nu devant lui dans la salle de bains de ce chalet de location du fin fond de la Louisiane.

Quand il fut certain qu'elle était endormie, il s'allongea auprès d'elle et continua à caresser doucement ses cheveux tandis qu'une lune décroissante se déplaçait dans le ciel. Il regrettait jusque dans la moelle de ses os de ne pas être capable de la débarrasser de sa souffrance. Ou de ne pas pouvoir voyager dans le temps pour empêcher ce salopard de lui faire du mal. Aiden était plus doué pour démolir les gens que pour les reconstruire.

Une seule chose était sûre dans son esprit… si quelqu'un s'avisait de lui faire du mal à partir de maintenant, il n'hésiterait pas à le tuer.

15

Kat s'assit sur le coffre de sa voiture et regarda Irish remonter la route sur sa Suzuki. Elle aimait la façon dont il chevauchait ce bolide, dont son corps ployait en parfaite harmonie avec lui, comme quand il tourna pour s'engager sur le parking du *Lou's Riverview*. Il se gara près d'elle et projeta sa jambe par-dessus la selle avec une grâce surprenante pour un homme de sa corpulence. Il l'approcha en remontant ses lunettes de soleil sur son front, ce demi-sourire sexy qu'elle aimait tant retroussant ses lèvres.

Il suffisait qu'il pose les yeux sur elle pour qu'un envol de papillons s'élève au creux de son ventre. De jour comme de nuit, il s'écoulait rarement un instant sans qu'elle pense à lui. Kat était loin d'être experte dans le domaine de la romance et de l'amour, mais d'après le peu qu'elle en savait, elle avait la très nette impression qu'elle était en train de tomber gravement amoureuse de ce lutteur de South Boston.

— Salut, ma belle, dit-il en se plantant entre ses jambes. Content de te voir.

Kat sourit et noua ses bras autour de son cou.

— Je comprends ça. On ne s'est pas vus depuis tellement longtemps…

— Pff, soupira-t-il, entrant dans son jeu. Ça fait au moins… quelque chose comme… une heure. Autant dire une éternité.

Elle rit et s'empressa d'accepter son baiser. Il ne plaisantait pas. Cela ne faisait même pas une heure qu'ils s'étaient quittés. Et toute la semaine s'était écoulée de cette façon-là. Ils ne se séparaient que lorsque l'un ou l'autre avait impérativement besoin de repasser chez lui pour se changer. Et Murphy les accompagnait, passant la nuit chez Kat ou chez Irish au gré de leurs envies.

Être avec Irish était devenu pour Kat aussi naturel que le fait de respirer. Ce n'était pas le garçon le plus romantique du monde, ni même le plus attentionné, mais il la comprenait mieux qu'elle-même. Il était en phase avec elle, comme s'il saisissait d'instinct ce qu'elle voulait et quand.

Il demeurait néanmoins un mystère à ses yeux. Elle ne savait que très peu de chose de son passé et quand elle le questionnait à ce sujet, il changeait de conversation ou bien la régalait d'une telle succession d'orgasmes qu'elle ne se souvenait même plus de la question qu'elle lui avait posée. Et même si elle avait envie de mieux le connaître, ses tactiques de manipulation étaient si agréables qu'elle ne songeait pas à s'en plaindre.

— Prête à aller travailler ? demanda-t-il en détachant ses lèvres des siennes.

— Je ne sais pas. Tout dépend du nombre de pourboires que tu vas me coûter ce soir.

— Tout dépend du nombre d'abrutis qui chercheront à te peloter les fesses.

Elle cala les poings sur ses hanches et poussa un soupir.

— Tu sais quoi ? dit-il en l'attirant contre lui jusqu'à ce que leurs poitrines se touchent. Tu tiens les comptes du nombre de clients qui lésinent sur les pourboires par ma faute…

Il inclina la tête, aspira le lobe de son oreille entre ses lèvres, puis le libéra délicatement.

— … et je te ferai jouir autant de fois ce soir.

L'idée de perdre des pourboires ne lui apparut soudain plus comme quelque chose d'horrible. Elle accepta le compromis d'une voix qui eut tendance à s'envoler dans les aigus, puis scella le marché d'un baiser digne de rivaliser avec la chaleur du bayou à la mi-journée.

Une fois qu'il eut repris son souffle, Irish l'aida à descendre du coffre de sa voiture, puis attrapa le sac en nylon accroché au réservoir de sa moto – il s'en servait pour y ranger son portefeuille et ses lunettes de soleil ainsi qu'un tee-shirt de rechange, au cas où un ivrogne renverserait son verre sur celui qu'il portait.

Alors qu'ils se dirigeaient vers l'entrée de service du bar, deux types franchirent l'angle du bâtiment.

— Tien, le voilà. O'Brien, lança le plus grand des deux. Comment ça va, mec ?

Irish se plaça aussitôt devant Kat et s'immobilisa. Elle s'étonna de sa réaction face à des gens qu'il connaissait forcément puisqu'ils l'avaient appelé par son nom.

— Messieurs, les salua-t-il froidement. Que faites-vous ici ?

— Ne sois pas grossier, dit celui qui l'avait hélé. Tu ne nous présentes pas ta copine ?

— Elle s'appelle Sydney, répondit-il d'un ton tendu. Syd, je te présente Sully et Vinnie. Ce sont des...

— ... des agents indépendants en quête de nouveaux talents, au Four by Four, acheva Sully à sa place.

Kat comprit alors qui ils étaient.

— Oh, Vinnie ! dit-elle en se tournant vers Irish. C'est celui dont tu me parlais, n'est-ce pas ? Celui qui peut faire redémarrer ta carrière ?

Irish hocha la tête, mais ne desserra pas les lèvres. Alors que Vinnie était visiblement du genre peu loquace, Sully était le genre d'homme qui appréciait de mener la conversation.

— Vous voulez sans doute parler de Victor, si je ne m'abuse ? Tous les lutteurs rêvent de l'avoir pour manager, ces temps-ci.

Victor ! Victor... Macknis ? Manis ? Quelque chose dans ce goût-là. Kat n'arrivait jamais à se souvenir des noms. Elle se souvenait seulement que ça commençait par un V.

— Oui, c'est à lui que je pensais, excusez-moi.

Sully agita la main.

— Ne vous excusez pas. Il se trouve que nous travaillons pour Victor. Il ne vous a pas appelé pour vous prévenir de notre visite ?

— Non, dit Irish. Il a dû oublier.

— Ce n'est pas bien grave. L'essentiel, c'est que nous soyons là. Nous aimerions parler affaires avec vous.

Irish plissa presque imperceptiblement les yeux, mais inclina néanmoins la tête.

— Syd, tu veux bien mettre mon sac dans mon casier en entrant, s'il te plaît ?

Kat l'attira vers elle et murmura à son oreille de façon à être entendue de lui seul.

— J'aimerais bien écouter ce qu'ils ont à dire.

— Je ne veux pas t'attirer d'ennuis avec Lou et j'aimerais que tu demandes à Johnny de me couvrir le temps que j'arrive.

Elle ouvrit la bouche pour protester, mais il ne lui permit pas d'en ajouter davantage.

— S'il te plaît, ma douce, vas-y. Je te raconterai tout, promis.

— Bon, d'accord, acquiesça Kat avec un soupir résigné.

Non seulement elle était curieuse de savoir ce que les agents avaient à dire, mais elle craignait qu'Irish ne se vende au rabais. Elle n'était pas persuadée qu'il ait complètement validé l'idée de reprendre les combats professionnels et le suspectait d'être capable de saboter inconsciemment les propositions qui lui seraient soumises.

— Vous savez, dit-elle en se tournant vers les hommes, il s'est entraîné très dur depuis le dernier tournoi et il sera meilleur que jamais au prochain. Victor ne regrettera pas son investissement. Il suffit de le regarder se battre pour voir que c'est un champion.

Sully glissa ses poings dans ses poches et bascula en arrière sur ses talons.

— Je sais, oui. Je l'ai vu samedi dernier. Il s'est battu comme si sa vie en dépendait.

Vinnie le silencieux se fendit d'un sourire et jeta un coup d'œil à Irish.

— La sienne ou celle de quelqu'un d'autre.

Irish la prit par la main, la guida jusqu'à la porte de service et l'ouvrit pour elle.

— Merci pour ton appui.

— Excuse-moi, c'était plus fort que moi.

Il baissa les yeux vers elle et ébaucha un sourire.

— Je sais.

Kat posa sa paume sur son torse et se hissa sur la pointe des pieds pour presser ses lèvres contre les siennes, dans l'espoir de lui insuffler un peu de la confiance qu'elle avait en lui.

— Bonne chance, murmura-t-elle en s'écartant de lui.

Le nuage de fumée de cigarettes qui planait dans le couloir ondula mollement au-dessus de sa tête quand elle le traversa. La voix de Lou s'adressant aux barmen lui parvint depuis la salle et elle se faufila dans son bureau qui faisait office de vestiaire. Une fois qu'elle eut accroché son sac à main, elle ouvrit celui d'Irish pour en sortir l'appareil qui lui servait à communiquer avec les autres videurs. Elle était en train de suspendre ses affaires quand la sonnerie du portable d'Irish retentit.

Le gardait-il sur lui d'habitude pendant son service ? Kat se mordilla le coin des lèvres, hésitant à sortir le mobile de la sacoche. L'appel bascula sur la boîte vocale et elle décida de le lui apporter pour qu'il puisse consulter le message. En l'extirpant, elle jeta un coup d'œil à l'écran éclairé. Appel manqué de V. Maris.

Maris ? Pourquoi ce nom lui semblait-il familier ? Elle se creusa les méninges, espérant un déclic. V. Maris... Victor Maris ? *Oh, mon Dieu, c'est LE manager !* Irish allait définitivement avoir besoin de son téléphone. Victor voulait certainement savoir ce qu'il pensait des propositions dont ses émissaires lui avaient fait part.

Elle garda l'appareil avec elle, referma le casier et s'apprêtait à quitter le bureau-vestiaire quand il se remit à sonner et que le même nom d'appelant s'afficha. S'il rappelait aussi vite, c'était sûrement important, se dit-elle. Elle allait décrocher et expliquer qu'Irish était dehors en train de parler avec Sully et qu'elle veillerait à ce qu'il rappelle dès qu'il aurait fini.

— Allô, vous êtes sur le portable d'Irish O'Brien.

Silence.

— Allô ? répéta-t-elle. Monsieur Maris ?

— Kitty-Kat ? C'est toi ?

Kat oublia de respirer et prit appui d'une main contre le mur pour garder l'équilibre. Elle ne comprenait pas. Elle n'arrivait pas à assembler logiquement les pièces du puzzle. Comment sa sœur pouvait-elle se trouver à l'autre bout de la ligne ? Pourquoi sa sœur appellerait-elle le portable d'Irish ?

— Kat, si c'est toi, parle-moi, je t'en supplie.

La voix féminine qui s'échappait du téléphone était indéniablement celle de Nessie. Kat l'avait entendue sur des centaines de messages et avait quelquefois dialogué avec au fil des ans.

Incapable de faire quoi que ce soit d'autre, elle coupa la communication et contempla le téléphone. Elle n'aurait pas su dire combien de temps elle était restée ainsi – une minute, une heure ? – mais une fois le choc passé, Kat traversa le couloir au pas de course pour regagner l'issue de secours.

Une impression de trahison s'insinua dans son esprit au point de lui donner la chair de poule quand elle réalisa qu'elle avait été manipulée par le seul homme à qui elle ait jamais fait confiance. Elle ouvrit la porte à la volée et pénétra dans la chaleur moite de la nuit. Irish apparut au coin du bâtiment et se dirigea vers elle.

— Kat, qu'est-ce qui se p...

— Pourquoi ma sœur appelle-t-elle sur ton téléphone ? rugit-elle en brandissant son portable sous son nez. Comment est-ce possible ?

Le visage d'Irish se décomposa.

— Laisse-moi t'expliquer.

— Bonne idée, répliqua-t-elle d'un ton tranchant. Commence par m'expliquer comment tu la connais et pourquoi elle figure dans ton répertoire sous le nom de V. Maris.

— Je ne la connais pas.

Un mensonge aussi éhonté incita Kat à faire mine de lui envoyer le téléphone à la figure, mais il leva les mains en l'air.

— Pas vraiment, en tout cas ! Je suis un copain de son fiancé, Jackson Maris.

Elle abaissa le bras dont elle l'avait menacé et absorba l'information. Voilà pourquoi ce nom lui avait semblé familier. Ce serait bientôt celui de sa sœur.

— Tu connais Jackson ?

— Oui. Il y a des années, il est venu faire un stage d'entraînement avec moi à Boston et on est devenus amis. Il m'a rendu service à un moment donné, et quand il m'en a demandé un à son tour, je n'ai pas pu lui dire non.

Kat se sentit gagnée par la nausée et un flot de bile tenta de remonter dans sa gorge.

— Et en quoi cette aide me concerne-t-elle, exactement ?

Il se passa la main dans les cheveux et fit basculer le poids de son corps d'un pied sur l'autre tout en jetant autour de lui un regard perdu. Finalement, il reporta son attention sur elle.

— Écoute, on ferait peut-être mieux de sécher le boulot pour parler de ça tranquillement.

— Non. Je veux en parler maintenant. Je veux comprendre ce qu'il se passe.

— Ta sœur était folle d'inquiétude quand tu as quitté le Tennessee.

Kat retint son souffle. Si Irish connaissait ce qu'il s'était passé au Tennessee, cela voulait dire qu'il était certainement au courant de son problème avec Sicoli avant qu'elle ne lui en parle.

— Elle a engagé un détective privé pour te retrouver, mais elle ne voulait pas seulement savoir où tu étais, Kat, mais aussi si tu allais bien, si tu étais en sécurité.

— J'avais des raisons de ne pas vouloir la mêler à mes problèmes !

Une peur panique la gagna à l'idée de ce qui pourrait arriver à sa sœur si Sicoli l'utilisait pour faire pression sur elle.

— Je sais et je comprends, crois-moi. Mais si je pensais une seule seconde que Colleen ou Mary Catherine avait des ennuis, je ne reculerais devant rien pour lui venir en aide, qu'elles le veuillent ou non. Ta sœur fonctionne comme moi.

— Ça ne lui donne pas le droit de charger un parfait inconnu de m'espionner. Et devoir un service à un ami ne t'autorise pas à t'immiscer dans ma vie en te faisant passer pour quelqu'un d'autre.

Des larmes brûlantes vinrent brouiller sa vision, mais elle redressa le dos et leur interdit de couler. Elle ne voulait pas lui laisser voir l'ampleur de son abattement.

— Je savais que tu avais des secrets, mais j'espérais que tu t'ouvrirais à moi avec le temps, comme je l'ai fait avec toi. Jamais je n'aurais imaginé que les choses que tu me cachais *me* concernaient.

Elle secoua la tête, encore incapable d'encaisser la vérité. À moins que ce ne soit parce qu'elle ne le *voulait* pas.

— J'ai cru que je pouvais enfin faire confiance à quelqu'un. J'ai cru que je pouvais *te* faire confiance, Aiden. Si seulement tu t'appelles vraiment comme ça, ajouta-t-elle d'un ton rageur. Qui me dit que tu n'as pas menti sur toute la ligne ?

— Kat, écoute-moi s'il te plaît…

— Non, l'interrompit-elle en reculant. C'est sans importance. Plus rien n'a d'importance, maintenant.

Elle tourna les talons et regagna le bar dans l'intention de récupérer son sac et de prévenir Lou qu'elle était malade et qu'elle rentrait chez elle.

L'idée de boucler ses valises et de quitter la Louisiane ressurgit dans son esprit. Elle y réfléchirait demain. Tout ce qu'elle voulait dans l'immédiat, c'était rejoindre son appartement, pleurer un bon coup et trouver un peu de réconfort auprès du seul mâle qui ne la trahirait jamais : Murphy le chat.

*
* *

Une émeute générale aurait pu éclater au bar cette soirée-là qu'Aiden n'aurait rien remarqué.

C'était un vendredi soir ordinaire. Le bar était plein comme un œuf, le juke-box beuglait des chansons assourdissantes sans discontinuer et l'alcool coulait à flots. Mais Aiden n'était pas capable de voir ou d'entendre quoi que ce soit d'autre que le regard meurtri par la trahison de Kat et le ton accusateur de sa voix. Leur passage en boucle dans sa tête le soumettait à une véritable torture chinoise, agrémentée par moments du préambule dont Sully l'avait régalé. *À partir de maintenant, on va jouer selon mes règles, O'Brien.*

Aiden faisait moins que jamais confiance à Sully et Vinnie. Leur arrivée surprise avait bien failli lui donner un infarctus. Mais la présence de Kat l'avait obligé à se ressaisir – il ne voulait surtout pas qu'elle devine qui ils étaient vraiment.

Quand elle était finalement entrée dans le bar, il les avait affrontés et leur avait demandé ce qu'ils venaient faire là. Il s'était attendu à les revoir depuis qu'il leur avait échappé le samedi précédent, mais il avait cru qu'ils le coinceraient à l'issue de son prochain combat, pas sur le parking de chez Lou. Où qu'elle se produise, leur visite ne présageait rien de bon.

Comme Aiden l'avait craint la première fois qu'il les avait vus chez Kat, Vinnie avait cru le reconnaître parce qu'il était fan d'Arts Martiaux Mixtes. Et quand il avait vu ses tatouages, il l'avait resitué.

Sully avait alors eu une idée géniale pour leur faire gagner un tas d'argent… en pariant sur le prochain adversaire d'Aiden et en obligeant celui-ci à se coucher.

Ils avaient consacré les derniers jours à faire courir le bruit de la véritable identité et du pedigree de lutteur d'Irish. Si les choses se passaient selon leur plan, une majorité de parieurs miserait sur la victoire d'Aiden, ce qui ferait monter sa cote. Et les quelques rares à le donner perdant ramasseraient le pactole…

Bien qu'il n'ait jamais eu l'intention de faire redémarrer sa carrière, la perspective d'une défaite, *a fortiori* truquée, ne plaisait pas à Aiden. Mais il n'avait pas hésité une seconde. Il avait accepté de se coucher au troisième round comme ils le lui demandaient. Il était prêt à tout pour permettre à Kat d'échapper à un enfer qu'elle avait déjà connu. Et même si elle le détestait depuis qu'elle avait découvert ses mensonges, il n'avait pas changé d'avis sur ce point. Rien ne le ferait plier.

Son instinct lui avait soufflé de la rattraper quand elle s'était enfuie. Ne serait-ce que pour s'assurer qu'elle rentrait chez elle sans encombre. Il aurait aimé arranger les choses entre eux et lui dire ce qu'il ressentait vraiment pour elle.

Mais il ne le pouvait pas. Cela n'aurait servi qu'à lui donner de nouveaux espoirs alors qu'il savait qu'il finirait par être obligé de la décevoir.

« Je savais que tu avais des secrets… J'ai cru que je pouvais te faire confiance, Aiden. Si seulement tu t'appelles vraiment comme ça. »

Putain ! Aiden donna un coup de poing sur le comptoir et la vibration du coup traversa son bras comme une pluie d'épingles. Il était impossible pour lui de rester sans réagir. L'idée qu'elle puisse penser qu'il n'y avait eu entre eux que des mensonges le rongeait. Il ne pouvait pas s'engager avec elle, mais ce qu'ils avaient partagé était bel et bien réel. Il devait lui parler.

— Johnny, souffla-t-il au barman dans son micro, j'ai une urgence. Je ne peux pas rester.

— Les frères Barrow viennent d'entrer, visiblement bourrés et hargneux. Qu'est-ce que tu me conseilles de faire ?

— Veille à la sécurité des employés, mais s'ils ont envie de foutre le feu, laisse-les faire, Johnny. Lou est assuré.

Il écarta l'écouteur de son oreille, alla enfourcher sa moto et fit rugir le moteur. Au prix de plusieurs infractions au code de la route, il atteignit l'appartement de Kat en un temps record. Il se gara et se dirigea vers l'entrée de son immeuble. Quand il passa devant la boutique voisine de celle du tatoueur, le mannequin qui se trouvait dans la vitrine lui fit un clin d'œil et il s'arrêta. Il ressemblait tellement à Kat qu'on aurait cru son double. Il remarqua alors le collier qui ornait son cou. Le bijou lui rappela tellement Kat qu'il lui parut conçu pour elle.

Quand il s'approcha pour l'étudier de plus près, un néon annonçant OUVERT clignota et le cliquetis d'un verrou précéda le tintement du carillon de la porte. Une femme vêtue comme une gitane passa la tête dans l'entrebâillement.

— Ne reste pas là. Tu es pressé, non ?

Sans attendre de réponse à sa question énigmatique, elle rentra à l'intérieur du magasin. Et sans trop savoir pourquoi, Aiden la suivit.

Cinq minutes plus tard, il s'engageait dans la cage d'escalier mal éclairée de Kat, une petite bourse de velours calée au fond de sa poche. Désireux de la revoir au plus vite, il frappa à sa porte sans se soucier de ses phalanges endolories. Il laissa passer quelques secondes, puis tapa à nouveau de son poing fermé. Il savait qu'elle était là. Il avait vu sa voiture derrière l'immeuble.

— Ouvre, Kat. Il faut que je te parle.

Silence. Il aurait préféré qu'elle lui crie de partir ou qu'elle l'insulte. Il savait comment gérer la colère de Kat. La combattre, s'en défendre. Là, il se retrouvait confronté à l'incertitude. Le détestait-elle ? Regrettait-elle ce qu'ils avaient partagé ? Cette idée tordit ses entrailles au point de broyer son estomac. *Dis quelque chose, abruti. Répare ta connerie.*

— Kat, je suis affreusement désolé, lâcha-t-il en laissant cogner son front contre la porte, priant pour qu'elle l'entende. J'aurais dû te dire la vérité la semaine dernière. Ou même avant. Mais j'avais peur que tu ne me laisses plus t'approcher ; c'est pour ça que je ne l'ai pas fait. Je me suis raconté que c'était parce que j'avais accepté de veiller sur toi pour le compte de mon ami, mais au fond de moi, je savais que ce n'était pas vrai.

Aiden soupira et leva les yeux au plafond.

— Je ne t'ai parlé de rien parce que je ne peux pas me passer de toi. Le temps n'existe plus pour moi que par rapport au nombre d'heures que je passe avec toi ou qui me séparent de la prochaine fois que je te verrai.

Aiden plaqua sa main sur la porte et imagina qu'elle en faisait autant de l'autre côté, imagina qu'il pouvait sentir la chaleur de sa paume à travers le battant.

— La première fois que je t'ai embrassée... j'ai eu l'impression de renaître. Je ne m'attendais pas à ressentir un truc aussi fort. À l'intérieur de moi, je me croyais mort depuis des années, mais un seul de tes baisers a suffi à me redonner le goût de vivre.

Un silence écrasant s'abattit sur lui. Même si elle ne répondait rien, il savait qu'elle était de l'autre côté. Il sentait sa présence aussi sûrement qu'il sentait le bois sous sa main. Il serra le poing et réprima à grand-peine l'envie de démolir la frontière qui les séparait. Il pivota sur le côté et laissa aller sa tête contre le mur. Le poids de ses mensonges et de son incapacité à atteindre cette femme s'effondra sur ses épaules. Aiden se laissa glisser, s'assit par terre et cala les bras contre ses genoux repliés.

— Tout ce que je voulais, c'était t'aider à avoir une vie meilleure, avoua-t-il au vide qui l'entourait. Je n'avais pas l'intention de tomber amoureux de toi. Mais c'est ce qui m'est arrivé.

Un faible bruissement lui fit tourner la tête et il aperçut une petite patte grise qui se faufilait sous la porte. Un courant d'air frais et un rai de lumière filtraient de l'endroit où le félin curieux avait écarté la serviette. Irish caressa la patte du bout de l'index jusqu'à ce qu'elle s'y agrippe du mieux qu'elle pouvait.

— Salut, Murphy. Je crois que j'ai merdé grave, là.

Une succession de miaulements assortie de rétractations de griffes lui répondit. Comme si l'animal confirmait ses craintes. Aiden sentit son ventre se serrer.

— Ouais, soupira-t-il, la gorge nouée. J'aurais dû laisser Xander gérer les choses et rester à l'écart et ne pas m'en mêler, mais chaque fois qu'elle me regardait, j'oubliais pourquoi il ne fallait pas que je le fasse.

Le chaton fit glisser ses coussinets sur le dos de sa main.

— Tu me comprends, toi. J'imagine qu'elle te fait le même effet quand elle pose les yeux sur toi.

Songer au regard de Kat lui rappela le collier qu'il avait acheté dans l'étrange boutique du rez-de-chaussée. Aiden sortit la pochette de velours de sa poche et la glissa sous la patte du chat.

— Donne-lui ça de ma part, tu veux bien, Murphy ? Je ne sais pas s'il lui plaira, mais je n'ai pas pu m'empêcher de penser à elle quand je l'ai vu.

Comme Aiden s'y attendait, le chat attira le cadeau sous la porte.

— Et ne va pas le cacher, maintenant, boule de poils. Ce n'est pas pour toi. Je suis désolé, mais la dame n'avait pas d'articles pour les petites bêtes dans ton genre.

Aiden s'écarta du mur et s'apprêtait à se relever, mais resta accroupi lorsqu'il vit la patte de Murphy resurgir sous la porte. Il aimait bien le chaton, mais il aurait préféré un signe de Kat. *Non. Il vaut mieux qu'elle te déteste et qu'elle passe à autre chose. Rester avec toi la mettrait en danger.*

Incapable de résister, il laissa le chat attraper son doigt une dernière fois.

— Tu ne me facilites pas la tâche, mini-boule, dit-il d'une voix si rocailleuse qu'il eut lui-même du mal à la reconnaître. Je te jure que j'aimerais bien être l'homme qu'il lui faut. Mais je ne le suis pas. Je ne suis qu'un lutteur lessivé qui finit toujours par faire du mal à ceux qui l'approchent, et elle mérite mieux que ça.

Il finit par lâcher la minuscule patte toute douce et se redressa. Ses yeux brûlants s'embuèrent de larmes et il dut cligner les yeux plusieurs fois pour que les marches de l'escalier cessent d'être floues.

— Adieu, Murphy. Après le combat de demain, je taillerai la route. Prends bien soin d'elle pour moi.

Des miaulements irrités accompagnèrent les coups de patte de Murphy contre la porte. Aiden tourna les talons et dégringola les marches avant de céder à la tentation de supplier Kat de le laisser entrer. Alors qu'il s'engageait dans la ruelle, le faible écho d'un sanglot féminin transperça l'ultime lambeau de son cœur.

*
* *

Des larmes ruisselèrent sur le visage de Kat, toujours assise par terre, l'esprit trop engourdi pour ordonner à ses muscles de bouger. Écouter Irish à travers la porte l'avait bouleversée, mais elle n'avait pu se résoudre à lui ouvrir. Elle avait eu envie de lui pardonner et de lui sauter au cou dès qu'il avait frappé. Et c'était cette réaction qui lui avait fait peur. Si elle était prête à passer au-dessus de ça, que serait-elle disposée à excuser par la suite ?

Elle renifla bruyamment et essuya ses yeux d'un revers de main. Ses pleurs avaient bloqué sa gorge depuis longtemps, mais regarder Murphy chercher à sortir pour retrouver Irish ne faisait qu'aggraver les choses.

— Arrête, Murphy, gronda-t-elle. Il est parti.

Il est parti.

Les mots finirent par faire sens dans sa tête. *Oh, mon Dieu, il est parti.*

En quittant le bar un peu plus tôt, elle s'était sentie meurtrie et vexée. Elle n'avait pas eu envie de le voir ou de lui parler et s'était préparée à une période d'éloignement qui durerait tant qu'elle n'aurait pas évacué les sentiments de trahison et de confiance brisée. Mais là, confrontée à l'idée de ne plus jamais le revoir, de ne plus jamais connaître ses caresses ou l'amour qu'ils partageaient…

Kat sentit son souffle se bloquer dans sa poitrine. *L'amour…* S'agissait-il vraiment de ce sentiment ou bien projetait-elle le rêve qu'elle avait, enfant, de le trouver un jour auprès du premier garçon qui la traiterait bien ?

Murphy abandonna finalement ses pitoyables efforts de fuite. Il se frotta contre ses jambes, puis s'allongea à ses pieds, le museau calé sur ses pattes. Kat remarqua alors la petite pochette de velours bleu marine portant l'inscription *Chasing the Moon Creations* en lettres dorées. Elle mit un moment à comprendre qu'il s'agissait du nom de la drôle de boutique située près de celle du tatoueur.

Elle regarda son chat qui l'écoutait mieux que personne quand elle avait besoin de parler.

— Il m'a acheté quelque chose. Lenny ne m'a jamais rien offert, pas même quand on a commencé à sortir ensemble.

Le chaton s'assit et leva vers elle un regard intrigué en remuant le bout de la queue. Les mains tremblantes, Kat ouvrit la pochette et en sortit une petite carte. *Symbolique de la topaze bleue : loyauté, franchise, pureté des sentiments, romance éternelle et amour.*

Elle comprit qu'Irish n'avait pas choisi ce qui se trouvait dans la pochette en aveugle. Elle la retourna au-dessus de sa main ouverte et s'émerveilla à la vue du collier.

Un pendentif en forme de croissant de lune orné d'une perle de cristal qui évoquait une étoile pendait au bout d'une chaîne de cuivre ancienne. Et juste en dessous, une perle de topaze pendait au bout d'une courte chaînette. En fait, celle-ci semblait juste assez longue pour…

Pressée de vérifier, elle gagna la salle de bains. Une fois qu'elle eut attaché le bijou à son cou et centré le pendentif sur sa poitrine, elle leva les yeux vers son reflet et retint son souffle. La petite lune reposait à la base de sa gorge et la topaze arrivait juste au-dessus de la naissance de son décolleté. Ce qui faisait que la chaînette cachait – ou du moins détournait l'attention de – la cicatrice qui lui faisait horreur.

Le collier était parfait. *Irish* était parfait. Parfait pour *elle*. Évidemment que ce qu'ils partageaient était vraiment de l'amour. Comment aurait-elle pu ne pas l'aimer ? Depuis qu'il avait mis le pied dans ce trou perdu, il n'avait rien fait d'autre que veiller sur elle. Et quand il avait appris qu'un parrain de la mafia en avait après elle, il n'avait pas hésité à lui venir en aide au péril de sa propre vie.

Mais au-delà de cela, il avait pris soin d'elle émotionnellement. C'était comme s'il s'était connecté à elle et qu'il avait senti à quel moment elle avait besoin qu'il ralentisse ou se contente de la serrer dans ses bras. À quel moment elle avait besoin de parler, alors même qu'elle s'en croyait incapable. Elle s'était confiée à lui comme elle ne l'avait encore jamais fait et comme elle n'imaginait pas que ce soit possible avec qui que ce soit d'autre. Kat repensa aux deux semaines qui venaient de s'écouler et réalisa que les seuls moments où elle s'était sentie heureuse et en paix étaient ceux qu'elle avait passés auprès d'Irish. À faire l'amour ou à regarder une émission de téléréalité. Peu importait, du moment qu'elle était près de lui.

Oui, elle l'aimait. Et ne venait-il pas d'avouer la même chose ?

« Je n'avais pas l'intention de tomber amoureux de toi. Mais c'est ce qui m'est arrivé. »

Oui, il l'aimait, même s'il ne l'avait pas dit comme ça. Mais au lieu de rester pour arranger les choses, il allait partir. Parce qu'il ne se croyait pas *assez bien* pour elle. Kat serra si fort les poings que ses ongles s'enfoncèrent dans ses paumes. Gagnée par une soudaine agitation, elle se mit à marcher de long en large dans son minuscule appartement, Murphy la suivant du regard telle une balle de tennis.

— Comment ose-t-il décider de partir sous prétexte qu'il n'est pas assez bien pour moi, cracha-t-elle. Est-ce que je n'ai pas mon mot à dire ?

Murphy émit un miaulement qu'elle interpréta comme une manifestation de soutien.

— Exactement ! Il fonce sans se soucier de ce qui l'entoure ! C'est vraiment un… un…

Elle s'immobilisa et agita les mains en l'air.

— … *un mec !*

Les montagnes russes que venaient de traverser ses émotions l'avaient tellement épuisée qu'elle se laissa tomber sur le futon. Murphy s'empressa de sauter sur ses genoux et frotta sa tête contre son visage. Kat le caressa et réfléchit à ce qu'elle allait faire. Elle n'en pouvait plus de ces hommes qui choisissaient son destin à sa place. Le fait qu'Irish le fasse avec les meilleures intentions du monde n'y changeait rien. L'époque où elle se laissait guider par ce que les autres voulaient d'elle ou pour elle était révolue.

Kat glissa les mains sous le ventre du chaton et l'amena au niveau de son visage.

— Demain soir, Murphy, je vais me battre pour obtenir ce que je veux. Et ce que je veux, c'est Aiden « Irish » O'Brien. Pour toujours.

16

Xander entourait d'un bandage blanc le poignet gauche d'Aiden avec des gestes adroits et méthodiques, sans dire un mot. Revoir le plan de combat auquel ils avaient travaillé pendant la semaine pour battre le prochain adversaire d'Aiden n'était pas nécessaire. Il n'avait plus l'intention de gagner. Il allait faire en sorte de donner l'impression de se battre vraiment pendant les deux premiers rounds, et puis se coucher pendant le troisième.

Après, tout serait terminé...

Sa brève tentation de faire un come-back.

Sicoli et Sully toucheraient leur argent. Kat et sa sœur seraient hors de danger.

Et il ne rêverait plus de rester avec Kat... éternellement.

Ce dernier point risquait de se révéler mortel. Il n'avait pas fermé l'œil de la nuit et il avait bien failli s'attaquer à la réserve de scotch de Xander. Il avait été tenté de boire jusqu'à s'anesthésier. Mais il avait déjà essayé cette tactique après la mort de Janey, pour effacer le souvenir de son corps percuté par une voiture à quelques mètres de lui, et cela n'avait pas fonctionné. Il avait seulement appris que l'abus d'alcool est un aller simple pour l'enfer sur terre.

La différence était qu'une vie sans Kat lui apparaissait comme une autre forme de précipice dans lequel il brûlait jusqu'au tréfonds de son âme. Et il doutait qu'il existât quoi que ce soit de susceptible de le tirer des flammes.

— C'est bon ? demanda Xander en tapotant l'extrémité du bandage.

Aiden tendit les doigts, puis serra le poing.

— Oui, répondit-il en lui faisant signe de bander l'autre main, tâchant de concentrer ses pensées sur le présent.

La petite pièce dans laquelle ils se trouvaient n'était pas d'une propreté irréprochable. Au moins permettait-elle aux lutteurs d'avoir un endroit pour se préparer et se mettre en condition. Un véritable luxe dans le cas d'un tournoi clandestin. Bien souvent dans ces circuits secrets, les lutteurs étaient obligés de lacer leurs gants juste avant de pénétrer dans la cage.

Il ferma les yeux et s'efforça de visualiser le combat tel qu'il souhaitait qu'il se déroule. Même s'il se couchait au troisième round, il allait quand même devoir dérouiller le type de façon convaincante sans pour autant l'envoyer au tapis.

Aiden ne bougea pas lorsqu'il entendit la porte grincer sur ses gonds et que le brouhaha assourdissant de la foule s'engouffra dans le couloir. Il s'attendait à ce qu'un messager annonce le temps restant avant son entrée en piste, mais quand le battant se referma, il se figea et ses cheveux se dressèrent sur sa nuque.

Kat.

Il sentit sa présence aussi nettement que ses propres membres. Il inspira par le nez en se laissant griser un bref instant par son parfum de lilas, puis se raidit et rouvrit les yeux. *Mon Dieu.* Sa mémoire ne lui rendait jamais justice, mais cette fois, ce fut comme s'il posait à nouveau les yeux sur elle pour la toute première fois.

Elle était renversante avec sa petite robe d'été couleur crème qui lui arrivait à mi-cuisses, révélant une belle moitié de ses jambes nues, entre l'ourlet et le haut de ses santiags. Ses cheveux lâchés retombaient gracieusement sur ses frêles épaules et elle portait le collier qu'il lui avait offert la veille. Sur le mannequin, il lui avait semblé parfait, mais sur elle, il était encore plus… à sa place.

Aiden fut heureux de constater que la petite longueur de chaîne faisait juste la taille de sa cicatrice et que la topaze rendait ses yeux bleus étincelants. À moins que la flamme qui les animait ne fût dirigée contre lui. Il avait vu passer des myriades d'émotions dans son regard, mais il ne se souvenait pas d'y avoir jamais lu de la colère. Jusqu'à cet instant.

— Qu'est-ce que tu fais là, Kat ?

Il fit signe à Xander de continuer à bander sa main pour éviter de concentrer sa vue sur la poitrine de Kat qui se soulevait au rythme de sa respiration.

— Je suis venue t'encourager et te voir gagner. Et après, je t'emmènerai chez moi pour que tu t'excuses auprès de Murphy à qui tu as fait beaucoup de peine hier, et pour que tu le rassures sur ton intention de ne pas partir.

Aiden haussa un sourcil et ne put s'empêcher de lui jeter un coup d'œil. Il le regretta aussitôt. Maintenant il avait un mal fou à se souvenir de toutes les raisons qui lui interdisaient de la soulever dans ses bras et de la posséder sur-le-champ. Il s'empressa de reporter son attention sur sa main.

— J'ai déjà dit tout ce que j'avais à dire à Murphy, répondit-il d'un ton aussi détaché qu'il put. Il m'oubliera très vite.

— Ah, c'est ce que tu crois ? répliqua-t-elle. Il ne t'est pas venu à l'idée que tu devais peut-être lui demander ce qu'il voulait ? Ou tu décides toujours de ce qui est le mieux à la place des autres ?

Xander ferma le bandage et ramassa son sac de sport.

— Je t'attends dans le couloir. Mais on n'a que quelques minutes.

Aiden acquiesça et regarda avec envie son meilleur ami recevoir de Kat un sourire et une accolade. En retour, Xan murmura quelque chose à son oreille.

— Tu peux toujours courir ! répondit-elle à voix haute.

Il rit, déposa un baiser sur sa joue, puis sortit et claqua la porte. Aiden s'interdit de l'interroger, mais sa fierté perdit la bataille.

— Qu'est-ce qu'il t'a dit ?

Elle croisa les bras et fit crânement saillir sa hanche.

— Il m'a dit d'y aller mollo avec toi parce que tu n'es pas très malin.

Aiden fronça les sourcils et se leva de sa chaise.
— Et j'imagine que tu es d'accord avec lui ?
— Si je me base sur ta théorie selon laquelle tu es trop bien pour moi, je ne peux qu'être d'accord.
— C'est la vérité, Kat. *Tu es* trop bien pour moi. Pourquoi as-tu tellement de mal à le voir ? s'emporta-t-il en se mettant à arpenter la pièce tel un lion en cage. Tu es quelqu'un d'extraordinaire avec un cœur gros comme ça et tu mérites tout le bonheur que tu pourras trouver.

Elle marcha vers lui, saisit son bras et l'amena contre elle.

— Dans ce cas, je ne suis pas la seule à être myope parce que je peux dire la même chose de toi, Aiden.

L'entendre prononcer son prénom l'affectait toujours autant. D'habitude, elle utilisait toujours son surnom – excepté dans les moments de tendresse ou quand ils faisaient l'amour. Cela déclenchait en lui un réflexe pavlovien – l'envie de la prendre dans ses bras et de lui montrer à quel point elle comptait pour lui.

— Pourquoi es-tu venue ici, Kat ? demanda-t-il.
— Parce que je suis fatiguée qu'on choisisse tout à ma place. À partir de maintenant, je vais me battre pour obtenir ce que je veux. Et ce que je veux, ajouta-t-elle en prenant doucement son visage entre ses mains, c'est toi, Aiden Murphy O'Brien. Toi tout entier.

Aiden n'aurait jamais dû lui confier son deuxième prénom. Il soupira, laissa aller son front contre le sien et ferma les yeux pour qu'elle ne voie pas à quel point il était lâche.

— Kat, tu ne sais pas ce q...

Des doigts pressèrent ses lèvres pour l'interrompre.

— Ne t'avise pas de me dire que je ne sais pas ce que je souhaite. Tu sais aussi bien que moi que ce n'est pas vrai.

Un sourire en coin vint fêler son masque stoïque.

— Quelqu'un t'a-t-il jamais dit que tu étais une force avec laquelle il faut compter, Katherine Terese MacGregor ?

Elle le récompensa d'un sourire radieux et noua ses bras autour de son cou. Ceux d'Aiden enlacèrent spontanément sa taille et il l'attira contre lui.

— Pas une seule fois, répondit-elle. Mais je trouve que ça sonne bien.

Aiden rit, grisé par le bonheur de Kat. Un coup frappé à la porte le ramena brutalement à la réalité et un homme fit irruption dans la pièce. Tout, dans son visage et son attitude, révélait l'ancien lutteur qui était trop souvent monté sur le ring.

— Tu remets ma tronche, O'Brien ?

— Oui, monsieur McManus.

— Bien, dit Victor avec un sourire satisfait. Je vais regarder ton combat. Si tu te débrouilles aussi bien que la dernière fois, j'aimerais discuter d'options à long terme avec toi. Je te contacterai.

Aiden eut à peine le temps de formuler un « merci » avant que le manager ne ponctue ce semblant de conversation d'un bref hochement de tête et reparte aussi brusquement qu'il était arrivé.

Kat se tourna vers lui, frémissante d'excitation.

— Oh, Seigneur, mais c'est génial ! J'ai hâte d'entendre ce qu'il te dira après ta victoire.

Cette fois, Aiden se souvint des raisons qui faisaient qu'il ne voulait pas que Kat assiste à son combat. Non seulement pour protéger son ego qui ne tenait pas à ce qu'elle assiste à sa défaite, mais aussi parce qu'il n'était pas certain des intentions des Sicoli Boys et qu'il ne tenait pas à leur servir Kat sur un plateau d'argent.

— Kat, écoute-moi, dit-il en lui faisant baisser les mains. Je veux que tu rentres à la maison. Je te rejoindrai après le match et on pourra parler, d'accord ?

— Absolument pas. Je suis ici pour te soutenir et t'encourager. Fin de la discussion.

La voix de Xander retentit à travers la porte.

— Deux minutes ou tu es disqualifié, mec. On se bouge, là !

Bordel, il n'avait pas le temps de discuter, et dire que Kat n'était pas disposée à se laisser convaincre eût relevé de l'euphémisme le plus pur.

— Bon, d'accord, mais tu restes à côté de Xander, tu m'entends ? Je ne fais confiance à personne, ici. Promets-moi que tu resteras près de lui quoi qu'il arrive, Kat.

— Je te promets de rester avec Xander, répondit-elle en traçant du doigt une croix sur son cœur.

Aiden ne fut guère satisfait, mais il ne pouvait pas espérer mieux. Il avait un combat à perdre s'il voulait que Kat soit définitivement tirée d'affaire et libre de vivre la vie qu'elle voudrait. Avec ou sans lui, cela restait encore à voir.

— Allons-y, dit-il en lui ouvrant la porte.

Avant de sortir dans le couloir, elle s'arrêta devant lui avec cette assurance qu'une seule chose au monde est capable de donner : l'amour.

— Tu vas gagner. Je le sens.

Il l'embrassa et savoura les sensations qui parcoururent son corps – des perceptions qu'il avait bien cru ne plus jamais ressentir.

— Je ne supporte pas l'idée de te décevoir, Kitty-Kat.

— C'est impossible, assura-t-elle en souriant.

Aiden avait beau savoir que c'était faux, il s'accrocha à cette idée aussi longtemps qu'il put. Visiblement, personne n'avait jamais dit à Kat qu'il ne faut jamais vendre la peau de l'ours avant de l'avoir tué. Il plaça une main au creux de ses reins pour la guider vers l'arène et s'efforça de ne pas penser à la déception qu'il était sur le point de lui infliger.

*
* *

Kat jeta un coup d'œil entre les doigts qu'elle plaquait devant ses yeux depuis près d'une... Elle coula un regard vers l'immense horloge numérique. Elle avait cru que cela faisait une heure, mais le deuxième round n'était commencé que depuis une minute ! Une minute d'angoisse pure à prier pour qu'Irish survive dans cette cage, parmi les hurlements d'un public assoiffé de sang.

Elle ne comprenait pas. Elle n'était pas totalement ignare – elle avait déjà vu des combats à la télé, elle l'avait observé s'exercer et posé un million de questions à Xander. Pourtant, quelque chose clochait. Non seulement Irish n'avait pas le cœur au combat, mais Xander ne le coachait même pas. Alors que l'autre lutteur avait deux types qui n'arrêtaient pas de lui hurler conseils et encouragements.

Quand Aiden se retrouva une fois de plus plaqué contre les barreaux du ring, Kat se tourna vers Xander.

— Il y a un truc qui ne va pas, Xan ! hurla-t-elle à son oreille.

La cloche annonçant la fin du deuxième round coupa court à la réponse qu'elle aurait pu obtenir. Xander se précipitait déjà, muni de son tabouret et de son seau rempli d'accessoires, vers Irish. Ce dernier se laissa choir sur le tabouret, sans que cela paraisse lié à la faiblesse ni à l'épuisement. Il semblait... *défait*.

Kat agrippa la cage et se hissa sur la pointe des pieds pour se rapprocher de lui le plus possible.

— Irish !

Tandis que Xander frottait ses omoplates avec une poche de glace, Irish tourna la tête vers elle, juste le temps de croiser son regard. Il était en nage et la sueur dégoulinait de ses cheveux, mais apparemment, il ne souffrait d'aucune blessure sérieuse.

— Qu'est-ce qui t'arrive ? Qu'est-ce que tu attends pour l'aplatir au sol ?

Un sourire cynique retroussa ses lèvres.

— Désolé, ma douce, mais je crois que c'est lui le plus fort.

Kat recula dans un sursaut. Il ne l'aurait pas choquée davantage s'il l'avait soulevée pour la gifler.

— Qu'est-ce que tu racontes ? Je t'ai vu t'entraîner avec davantage de hargne que ça contre Xander !

Une lueur étrange brilla dans ses yeux et il détourna le visage. Kat serra le grillage jusqu'à ce qu'elle ne sente plus ses doigts. C'était une seconde carrière qui était en jeu et s'il ne se ressaisissait pas, elle allait lui glisser entre...

Oh, non ! C'était ce qu'il voulait !

— Hé ! hurla-t-elle. Si tu bousilles ta chance exprès parce que tu n'es qu'une tête de mule, O'Brien, je te préviens que tu vas le reg...

— Il est obligé de perdre pour payer Sicoli et les chiens qui bossent pour lui.

Xander aurait aussi bien pu parler grec. Si Irish lui avait parlé de Sicoli, il lui avait forcément dit que c'était le problème de Lenny désormais, et qu'elle était tirée d'affaire. Définitivement. Irish lui avait dit que c'était réglé.

— Qu'est-ce que tu fous, Xan ? cracha Irish.

— Il faut qu'elle sache. L'ignorance n'est pas une bénédiction, Aiden, c'est dangereux.

— Dans cinq minutes, tout sera terminé.

— Peut-être, répondit Xander en replaçant son matériel dans le seau. Mais ce n'est pas sûr. Tu n'en sais rien.

Kat sentit son cœur remonter dans sa gorge, son regard passant de l'un à l'autre, et elle pria pour avoir mal compris.

— De quoi vous parlez, exactement ?

La cloche retentit, annonçant la fin de la pause et le début du dernier round. Irish et Xan se levèrent et échangèrent un coup d'œil entendu. Irish cligna les yeux. Xander lui donna une tape sur l'épaule. Quand Xan la rejoignit à l'extérieur de la cage et que le troisième round démarra, Kat n'était plus qu'un paquet de nerfs au bord de l'implosion. Elle agrippa le tee-shirt de Xander.

— Qu'est-ce qu'il fait, Xander ? Dis-le-moi.

Il coula un bref regard sur le côté.

— Tu vois les deux types en costard ringard, par là-bas ?

— Tu veux dire ceux qui travaillent pour Victor ? Ils sont venus parler à Irish hier soir.

— Ils ne travaillent pas pour Victor mais pour Sicoli, répondit-il d'un ton grave en plaçant ses mains sur ses épaules. Irish participe à ce tournoi uniquement pour la récompense. Il a promis à ces deux salauds le double de ce qu'ils doivent à leur boss pour qu'ils te laissent tranquille. Mais ils ont été plus gourmands et l'ont obligé à se coucher au troisième round.

L'esprit de Kat se mit à patiner sur place. Le monde qui l'entourait perdit brièvement ses contours… et soudain, tout devint aussi clair que le cristal. C'était donc cela qu'on ressentait quand on avait l'impression de tomber dans la tanière du renard. Le monde dans lequel elle croyait vivre depuis deux semaines n'était qu'une illusion et elle voyait soudain les choses telles qu'elles étaient vraiment. L'homme qu'elle aimait risquait sa vie et sa carrière pour elle.

Oh, non. Pas comme Nessie avait voulu faire. *Non, non, non.* Elle ne pouvait pas le laisser détruire son avenir pour la sauver. Elle ne le méritait pas.

Kat reporta son attention sur le combat. Le public lui parut plus bruyant que jamais, mais c'était peut-être parce qu'elle voulait capter l'attention d'Irish. Elle hurla son nom alors que les deux adversaires s'écartaient brusquement l'un de l'autre avant de reprendre aussitôt position au centre de la cage.

— Je t'interdis de perdre, tu m'entends ?

Il l'entendit, car son regard passa fugitivement sur elle avant de se reposer sur la brute qui lui faisait face.

— Ce n'est pas ton problème ! Je vais quitter la ville pour qu'ils me suivent !

D'un geste rapide comme l'éclair qui prouva qu'il avait combattu jusqu'ici nettement au-dessous de son potentiel, Irish enchaîna une combinaison droite-gauche qui se termina par son poing dans les parties de son adversaire. Un rugissement enthousiaste s'éleva de la foule quand le type plaqua les mains sur son entrejambe et se plia en deux. L'arbitre réclama un temps de pause, mais Irish marchait déjà droit sur Kat.

D'une main, il retira son protège-dents, et de l'autre, pointa l'index vers elle à travers le grillage de la cage.

— N'y pense même pas. Si tu quittes la ville, tu es morte !

— Je leur ai déjà échappé ; je peux recommencer.

— Ils ont mis un traceur sur toi, Kat, hurla-t-il. Le kyste sur ton bras, c'est un mouchard !

Un frisson passa le long de sa colonne vertébrale quand elle caressa le renflement de son membre supérieur. Elle comprit qu'ils surveillaient le moindre de ses déplacements depuis des semaines et eut envie de vomir. Mais elle releva bravement le menton, affichant une détermination qu'elle était loin de ressentir.

— Je vais le retirer.

— Putain, écoute-moi ! gronda-t-il en s'accroupissant pour se rapprocher d'elle. Ils connaissent l'existence de ta sœur. Si tu t'enfuis, ils ont menacé de la livrer à Sicoli à ta place.

Kat sentit son visage se vider de son sang. Et si Xander n'avait pas été là pour la retenir, elle se serait écroulée sur place.

— Kat ! hurla Irish en frappant du plat de la main contre la grille pour attirer son attention. Reste avec Xan et laisse-moi gérer ça, d'accord ?

Elle hocha la tête malgré la terreur qui s'était insinuée en elle. Provisoirement satisfait, Irish se redressa de toute sa hauteur. Érigé ainsi, ses gants dépourvus de doigts laissant apparaître ses poings serrés, la mâchoire crispée, il avait tout du guerrier qu'elle savait qu'il était.

L'arbitre rappela les combattants. Kat le regarda regagner le centre de la cage, chacun de ses pas le rapprochant de l'instant qui la tirerait d'affaire… et anéantirait sa carrière.

Kat joignit ses mains et les plaqua contre sa bouche. La vie de Vanessa était en jeu, elle ne devait penser ni à elle, ni à Irish. Le combat reprit. La vision de Kat accomplissait un cercle ininterrompu entre Irish, l'horloge et les gorilles de Sicoli. L'adversaire d'Irish tentait vaguement de lui faire écarter les jambes et sautillait autour de lui, mais ne faisait pas grand-chose d'autre. Il ne restait plus que deux minutes de combat.

— Pourquoi ça ne bouge pas ? demanda-t-elle à Xander.

— Le gars n'est pas complètement taré. Il a remporté les deux premiers rounds et il lui suffit de survivre au troisième pour gagner.

— Et Irish ne peut pas perdre sur décision ?

Xander secoua la tête.

— Il doit perdre par knock-out ou par abandon au troisième round.

Irish était devenu plus agressif pendant qu'ils parlaient. Il tentait de durcir la lutte, de frapper plus fort. À un moment donné, il alla même jusqu'à se moquer de son adversaire.

— Il fait ça pour inciter l'autre à attaquer. Il faut qu'il l'énerve ou qu'il lui fasse croire qu'il a encore un risque de perdre.

Apparemment, c'était loin d'être joué... Et Kat aurait peut-être eu plus d'espoir si Xander n'avait pas semblé aussi inquiet – il devait faire un piètre joueur de poker.

Elle jeta un coup d'œil à l'horloge. Plus que 45 secondes. Son estomac se noua et un flot amer remonta dans sa gorge. Elle le refoula avec une grimace, se pencha légèrement en arrière de façon à apercevoir Sully et Vinnie... Leur visage était sombre et se rembrunit encore davantage quand ils virent le peu de temps qui restait. Sully murmura à l'oreille de Vinnie et ils se dirigèrent vers l'allée centrale, l'œil rivé sur le combat, la pendule et... elle.

Merde !

Quand Irish remarqua leur approche, un éclair de rage passa sur son visage. Il cracha son protège-dents, écarta largement les bras et cria quelque chose à son adversaire. Il le défiait clairement, mais les cris de la foule étouffèrent ses paroles. Sans cesser de faire sa danseuse, l'autre le gratifia d'un clin d'œil et de l'éblouissant sourire en plastique de sa dentition artificielle.

Irish rugit et projeta un coup droit qui fit tournoyer sa cible. La tête de son adversaire fut emportée par le mouvement tandis que son corps tentait de résister, puis il s'écroula comme une masse aux pieds de l'arbitre.

Le temps ralentit et s'étira. Kat pria pour que le type se relève et tente une vague contre-attaque qui permettrait à Irish de feindre de se coucher sur K-O. Mais aucun écho ne répondit à ses prières. Le lutteur demeura inerte et l'arbitre scella la fin du combat en élevant la main d'Irish.

La tempête se déchaîna alors.

Le public hurla de joie et des supporters envahirent la cage pour fêter ça avec le vainqueur. Irish se retrouva encerclé par une nuée de fans exubérants, sa haute stature lui permettant cependant de constater la même chose qu'elle : Sully et Vinnie arrivaient.

— Sauve-toi, Kat ! Cours ! Tire-toi d'ici !

Kat secoua vigoureusement la tête.

— Pas sans toi !

Un chapelet de jurons franchit ses lèvres tandis qu'il jouait de ses larges épaules pour se frayer un chemin vers la porte de la cage. Kat jeta un coup d'œil derrière elle. Les gorilles écartaient sans ménagement la foule. Xander saisit le bras de Kat et l'attira vers lui.

Irish émergea enfin, libéré de ses gants. Il s'élança, franchit le sommet de la barrière et atterrit près d'eux. Dès que ses pieds touchèrent le sol, Xander tendait déjà vers lui son sac de sport.

— Qu'est-ce que tu fais ? dit Kat en attrapant son bras. Il faut partir !

Les mains bandées d'Irish plongèrent dedans puis l'une d'elles en sortit une arme que l'homme pointa en l'air pour tirer à deux reprises. La horde de supporters, saisie de panique, se rua en tous sens pour gagner l'issue la plus proche, ne réussissant qu'à créer une bousculade généralisée.

Irish se pencha pour parler à Xander, puis saisit la main de Kat.

— Accroche-toi et ne regarde pas derrière toi ! lança-t-il avant de s'élancer vers le couloir des vestiaires.

Une fois qu'ils l'eurent atteint, ils piquèrent un sprint. Dans le tunnel de ciment, l'écho répercuté de leurs pas donnait l'impression qu'une armée était lancée à leurs trousses. Une fois franchie la porte métallique qui se trouvait à l'extrémité, ils émergèrent sur le parking où commençait à affluer le public affolé.

— Où est ta voiture ?

— Par là, au fond, répondit Kat en indiquant sa droite.

Ils se remirent à courir, mais comprirent très vite qu'ils étaient toujours poursuivis. Le cœur de Kat se mit à cogner douloureusement contre ses côtes. Une seconde plus tard, un tir se fit entendre et une balle se logea dans l'automobile qu'elle venait de dépasser. Elle poussa un cri et se courba en deux.

— Allez, dit Irish en tirant sur son bras pour l'entraîner dans le labyrinthe de véhicules. Je la vois. On y est !

La peur grandit sur le parking. Cris et hurlements se mêlèrent aux claquements de portières et crissements de pneus. Une telle frayeur enserra la gorge de Kat à tel point qu'elle se retrouva privée de parole. Presque privée de souffle. Plusieurs coups de feu retentirent, atteignant le sol et les engins autour d'eux, mais elle continua de cavaler, le regard rivé sur Irish. Son protecteur. Sa bouée de sauvetage.

Ils n'étaient plus qu'à une rangée de sa Chevrolet quand il lui ordonna de passer devant lui, de grimper sur le siège du passager et de lancer le moteur. L'idée de le quitter la terrifia, mais le fait qu'il ait l'intention de prendre le volant la rassura. Elle prit ses clefs dans son sac, s'élança et déverrouilla la portière droite d'une main tremblante aussi vite qu'elle put.

Quand elle l'ouvrit, d'autres décharges s'élevèrent. Elle regarda derrière elle et aperçut Irish se ruer vers elle, Sully et Vinnie sur ses talons. Il lui cria de démarrer et son cri l'empêcha de rester figée d'effroi. Quelques secondes plus tard, elle vit Irish se faufiler devant le capot, puis se glisser derrière le volant par la portière qu'elle avait ouverte. Il passa l'embrayage, l'obligea à baisser la tête et fonça.

Ils se turent pendant plusieurs minutes. Dans l'habitacle de la voiture, seuls les bruits du moteur et leurs halètements, tandis qu'ils s'efforçaient de reprendre souffle, brisaient le silence. Quand Irish relâcha finalement la pression qu'il maintenait sur son dos, elle se redressa et lui jeta un rapide coup d'œil. Ses deux mains agrippaient étroitement le volant et la tension contractait les muscles de ses bras. Son visage reflétait une profonde colère et de la détermination.

Alors qu'elle mourait d'envie de se retourner pour s'assurer qu'ils n'étaient pas suivis, elle remarqua qu'il ne lançait pas même un regard aux rétroviseurs. Il semblait tellement absorbé par ses pensées que Kat se demanda s'il se souvenait seulement de sa présence. Elle hésita à prendre la parole, mais le besoin de connaître ce qui le préoccupait l'emporta.

— À ton avis, combien de temps mettront-ils à nous rattraper ? demanda-t-elle en regardant le miroir extérieur.

— J'ai tiré dans les pneus de leur Cadillac sur le parking. Ça nous laisse le temps de nous débarrasser de tout ce qu'ils pourraient utiliser pour nous retrouver.

Elle frotta le renflement de son avant-bras.

— Comme ce mouchard.

— Ouais, maugréa-t-il en remuant sur son siège.

Kat se tourna vers lui. Et vit alors le sang.

17

— Oh, mon Dieu, souffla-t-elle. Tu es touché !

Aiden ne prit même pas la peine de baisser les yeux sur ses côtes. Ce truc lui faisait un tel mal de chien qu'il y avait peu de chances pour qu'il l'oublie.

— Simple égratignure, ma douce, assura-t-il avec un sourire contrit. Je survivrai.

— Mais c'est une blessure par balle ! Il faut que tu voies un méd…

— Hé, l'interrompit-il en lui soulevant le menton sans cesser de surveiller la route. Ce n'est pas le moment de craquer. C'est moins grave que ça en a l'air. Ça va aller, d'accord ?

Kat écarquilla des yeux embués, mais refoula ses larmes et hocha la tête. Il chercha sa main sur ses genoux, noua ses doigts aux siens et les serra pour la rassurer.

— Qu'est-ce qu'on fait maintenant ? s'enquit-elle d'une voix timide.

— On va rejoindre Xander et échanger de voiture avec lui. Il prendra une direction opposée à la nôtre et abandonnera ta Chevrolet dans un coin pour qu'ils perdent notre trace. Pendant ce temps, on ira se planquer pour la nuit dans un motel.

Kat acquiesça et garda le silence jusqu'à ce qu'ils retrouvent Xander sur un arrêt d'autoroute pour routiers. Xan avait suivi les instructions d'Aiden et était passé chez Kat pour récupérer quelques vêtements et Murphy. Aiden ne savait pas combien de temps ils devraient encore fuir avant qu'il trouve le moyen d'arranger la situation et la dernière chose dont il avait besoin, c'était que Kat se fasse du souci pour le chaton.

Xander descendit de sa Nova, Murphy niché au creux de son bras. Dès qu'elle aperçut sa fourrure, Kat eut un élan maternel et s'élança pour le récupérer. Pendant qu'elle cajolait la boule de poils, assise sur le siège passager du véhicule avec lequel ils continueraient leur route, Aiden et Xan se rapprochèrent du coffre dans lequel se trouvait le sac de sport d'Aiden.

— Putain, mec, qu'est-ce qu'il t'est arrivé ?

Aiden ouvrit la fermeture et en sortit la paire de mules et le maillot noir qu'il portait à son arrivée à l'arène. Il récupéra ensuite son short et se débarrassa de sa coquille de protection. Il enfila alors prudemment ses mules, s'efforçant d'ignorer le picotement des entailles qu'il s'était faites aux pieds en courant comme un dératé sur le gravier du parking.

— Une balle m'a frôlé. Ils tirent comme des baltringues, mais je les ai laissés m'approcher de trop près quand j'ai fait un détour pour tirer dans leurs pneus.

Xan laissa échapper un sifflement, puis sortit de sa trousse de premiers secours le matériel nécessaire pour panser une plaie superficielle – le genre de soins que les lutteurs ont l'habitude de faire eux-mêmes plutôt que d'aller chez le médecin au moindre bleu. Une fois la blessure désinfectée, ils l'enduisirent de pommade antibiotique et la recouvrirent d'une compresse. Irish ferait mieux plus tard, mais il devrait s'en satisfaire pour le moment.

Aiden enfila son maillot en serrant les dents quand il leva les bras un peu trop haut. Il rassembla dans sa main des lingettes désinfectantes, un baume et un grand pansement, puis fourra la trousse de secours dans son sac avant de l'emporter avec lui.

Xander referma le coffre.

— Ton portefeuille est dans la boîte à gants avec une enveloppe de deux mille dollars en espèces, dit-il en l'accompagnant jusqu'à la portière. Ne te sers surtout pas de ta carte de crédit.

— Merci, mec. Je te revaudrai ça.

— Contente-toi de vous garder en vie.

— C'est justement l'intention que j'avais, grommela Aiden. Tu veux bien aller acheter des bouteilles d'eau et des trucs à grignoter ? Jusqu'ici, elle tient le coup, mais on ne sait jamais...

Xander lui donna une tape sur l'épaule et se dirigea vers la station-service. Aiden prit une longue inspiration, puis s'installa au volant et cala ses affaires près de lui.

Kat leva les yeux vers lui. Murphy était tranquillement endormi sur ses genoux. Son sourire serein disparut quand elle découvrit le matériel qu'il avait dans la main. Aiden s'en voulut de ce rappel au réel, mais chaque minute qui passait accroissait leurs chances de se faire rattraper.

— Il faut qu'on se débarrasse de ce mouchard, ma douce. Tu es prête ?

Elle déglutit, mais hocha bravement la tête. Il fouilla dans sa besace et en sortit un canif ainsi que la serviette qu'il aurait dû utiliser pour se sécher à l'issue du combat.

— D'abord un revolver, maintenant un couteau. Tu as pensé à tout, on dirait ?

Il se força à sourire.

— Disons que les récents événements ont ravivé mes instincts de scout.

Après avoir étendu la serviette sur le sac calé entre eux, il stérilisa la lame de ce qui lui servirait de bistouri avec les lingettes imprégnées d'alcool.

— Voilà. Pose ton bras ici. Tu veux peut-être mordre quelque chose ?

— Contente-toi de faire vite, répondit-elle en secouant la tête. Histoire qu'on soit tranquilles.

Aiden concentra son regard sur le léger renflement de son bras et s'arma de courage. Voir couler le sang ne lui avait jamais fait peur – mais la formule n'était vraie que lorsqu'elle le concernait lui-même ou l'un de ses coéquipiers, dur à la peine et habitué à encaisser les coups. L'idée que la femme qu'il aime endure une souffrance qu'il s'apprêtait par-dessus le marché à lui infliger lui-même lui broyait les entrailles.

— Bon, alors écoute-moi bien. Je veux que tu gardes les yeux sur Murphy. Je vais faire ça aussi vite que je peux et après, on pourra partir, d'accord ?

Elle hocha la tête puis baissa son regard sur le chaton endormi. Aiden se servit des doigts de sa main gauche pour étirer sa peau sur le mouchard de forme oblongue, pas plus gros qu'un grain de riz, puis guida le fil de la lame pour réaliser une légère incision. Il entendit Kat retenir un gémissement, mais s'interdit de relever les yeux vers elle. S'il l'avait fait, il aurait eu envie d'arrêter, ce qui était impossible.

Il posa le couteau et pressa ses pouces contre les bords de l'entaille. Des gouttes rouges s'en échappèrent et coulèrent sur son bras jusqu'à la serviette qui se trouvait en dessous, mais en moins d'un instant, le mouchard glissa aisément hors de sa chair. Il s'empressa d'appliquer une compresse, puis nettoya la plaie et la recouvrit d'un pansement. Une fois que ce fut fait, il se pencha au-dessus du sac et la serra dans ses bras. Kat enfouit sa tête au creux de son cou et laissa couler ses larmes.

— Pardon, Kitty-Kat, murmura-t-il à son oreille. Je ne voulais vraiment pas te faire de mal. Je ferai payer ces salauds pour tout ce qu'ils t'ont fait. Je te le promets.

Elle renifla, s'écarta de lui pour essuyer ses yeux et lui offrit un pâle sourire.

— Je survivrai. Un peu d'ibuprofène et je serai comme neuve.

Aiden ne put résister à la tentation de l'embrasser et s'absorba dans la douceur de ses lèvres et la façon dont elle fondait contre lui. Le coup que frappa Xander contre la vitre les sépara et leur remit les idées en place.

Aiden attrapa les provisions que lui tendait son ami et lui remit le mouchard pour qu'il le dépose dans la voiture de Kat.

— Je vais abandonner la Chevrolet dans la nature, annonça Xander. J'ai contacté Johnny qui viendra nous chercher, Murphy et moi. Il m'a garanti qu'on pourrait rester chez lui quelques jours sans me poser de questions.

— Super. Avec un peu de chance, s'ils se pointent à la maison, le mauvais caractère d'Ally se révélera enfin utile.

— J'aimerais bien voir ça, s'esclaffa Xander avant de faire le tour du véhicule pour se pencher par-dessus de la fenêtre ouverte de Kat. Viens par là, toi, lui dit-il. Dis au revoir à ton vieux copain.

Kat passa les bras autour de son cou et serra sa joue contre la sienne.

— Merci pour tout, Xander. Vraiment.

Quand elle se dégagea de leur étreinte, il lui sembla que ses yeux étaient embués.

— Ce fut un plaisir, miss.

Kat souleva Murphy entre ses mains, déposa un baiser sur son museau rose et le remit à Xander. Gagné par l'urgence de la situation, Aiden fit passer son sac sur le siège arrière et démarra la Nova. Le rugissement puissant et régulier s'éleva dans la nuit, telle une promesse de les emmener aussi loin qu'il faudrait pour les mettre à l'abri.

Xander était revenu se planter près de la vitre d'Aiden. Il se pencha vers lui et le couva d'un œil sombre.

— Tu sais, Aiden, tu devrais peut-être penser à appeler Joey. Je sais que tu ne peux pas recourir aux forces de police locales. Mais il pourrait peut-être te donner un coup de main ou te brancher avec quelqu'un qui pourrait le faire.

— Oublie, répondit-il sèchement. Impensable que je plonge la main dans ce panier de crabes. Je m'en sortirai tout seul.

Xander ne chercha pas plus à dissimuler sa déception qu'il ne tenta d'insister. Aiden regretta de devoir quitter son meilleur ami sur une note aussi amère, mais il n'avait pas le temps d'arrondir les angles. Il devait emmener Kat le plus loin possible de ce maudit mouchard. Armé de cette seule pensée, il lui dit adieu et s'engagea sur l'autoroute.

*

* *

— Qui est Joey ?

Cela faisait une bonne vingtaine de minutes qu'ils roulaient en silence. Kat était fatiguée, son bras lui faisait mal et elle s'était lassée de jouer au « baccalauréat » dans sa tête pour passer le temps.

— Un type que j'ai connu quand on était encore en couches-culottes. Nos mères étaient amies et on a grandi dans la même cité.

Irish avait peut-être décidé de soulager son besoin de conversation, mais la façon dont il se crispa sur le volant l'incita à penser que ça ne lui plaisait pas tant que ça. Et malheureusement pour lui, sa curiosité avait été suffisamment piquée pour qu'elle ait envie de lui soutirer toutes les informations qu'elle pourrait au sujet de son passé. Il y avait tant de choses qu'elle avait envie de savoir, de comprendre.

— Mais vous n'êtes plus copains ?

— Non.

Kat sentit ses cheveux se dresser sur sa nuque en guise d'avertissement. Une petite voix lui disait qu'elle ferait mieux de se taire. Mais qu'il s'agisse de son intuition ou d'un souhait émanant d'Irish, elle n'en tint pas compte.

— Pourquoi ?

— C'est pas évident de rester proche d'un gars une fois qu'on a tué sa petite sœur.

Kat soupira.

— Franchement, Irish, même moi, je sais qu'il ne faut jamais sortir avec la sœur de son meilleur copain. Tu lui as gravement brisé le cœur ?

— Je ne lui ai pas brisé le cœur, Kat, répondit-il d'une voix tendue. Je l'ai fait cesser de battre.

— Oui, enfin... métaphoriquement, c'est ça ?

— Je veux dire que depuis cinq ans, elle dort six pieds sous terre et que c'est à cause de moi qu'elle y est.

— Allons, Irish, soupira-t-elle en secouant la tête. Tu ne pourrais pas faire ça.

Elle scruta son profil que l'éclairage de l'autoroute faisait passer tour à tour de l'ombre à la lumière. Il ne répondit qu'après un long silence, et quand il le fit, ce fut d'un ton plat, morne.

— Il ne suffit pas de vouloir qu'une chose ne soit pas vraie pour qu'elle le devienne. Tu le sais, ajouta-t-il plus doucement en lui jetant un coup d'œil.

Oui, Kat en était consciente. Combien de fois n'avait-elle pas désiré au fil des ans que sa vie s'améliore ? Des centaines. Et pourtant son existence était restée aussi laide que la veille.

— Je ne comprends pas. Comment ?

— Aucune importance.

— Bien sûr que si ! Si elle est morte poignardée, ce n'est pas la même chose que si tu lui as fait goûter du poulet aux noix de cajou sans savoir qu'elle était allergique aux noix.

Irish passa une main bandée sur son visage plissé. Une immense lassitude semblait s'être emparée de lui. Pas le genre de fatigue que l'on ressent après une dure journée ou un combat difficile. Non, c'était un épuisement très ancien, comme si ses épaules supportaient une lourde charge depuis trop longtemps.

— Je ne veux pas en parler. Rien ne peut la ramener.

Elle se pencha vers lui pour masser la base de son cou de ses doigts.

— Je sais, mais ce n'est pas elle qui m'inquiète. Tu risques de bientôt la rejoindre si tu persistes à demeurer avec cette culpabilité que tu ne mérites pas.

— Je la mérite amplement, répondit-il, buté.

— C'était forcément un accident. Tu ne ferais jamais de mal volontairement à un ami.

— Pas sans raison, ma douce, mais tu ne sais rien de tout ça.

— Je vois, répliqua-t-elle, vexée, en se redressant sur son siège. Il ne me reste plus qu'à me demander si les conseils que tu m'as donnés n'étaient pas que du vent, finalement.

Irish lui jeta un coup d'œil assassin.

— De quoi est-ce que tu parles ?

— Tu m'as dit par exemple que je devais me fier à mon instinct quand je perçois la bonté chez les autres, mais visiblement, tu n'en crois pas un mot.

— Évidemment que si !

— Dans ce cas, reconnais-moi le droit de percevoir de la bonté en *toi*. Et à moins que tu ne m'expliques pourquoi je devrais réviser mon jugement, je ne peux pas croire que tu aies vraiment tué cette fille.

Il braqua brusquement sur la droite et s'engagea de justesse sur la sortie d'autoroute qu'il avait failli dépasser. Si Kat n'avait pas eu de bons réflexes, sa tête se serait retrouvée sur les genoux d'Irish. Il ralentit le long de la glissière de sécurité, coupa le moteur et se tourna vers elle, les traits tirés par la colère.

— Est-ce que tu es bien sûre de vouloir entendre ça ?

Kat refoula ses doutes au fond de son esprit et releva le défi.

— Absolument.

Un éclair de tristesse passa dans son regard, puis la dureté reprit le dessus.

— Très bien. Comme je te l'ai dit, nos mères étaient amies, ce qui fait que Janey était pour moi comme une troisième sœur et que Joey considérait mes sœurs de la même façon. Le quartier où l'on habitait n'était pas très reluisant, on veillait les uns sur les autres. Joey et moi, on n'avait pas froid aux yeux. On n'avait pas peur de se frotter aux voyous en tout genre. Mais on n'avait pas la même approche.

Kat sentit son pouls s'accélérer et les pulsations de son cœur devinrent nettement sensibles dans la plaie de son bras. Elle retint son souffle, n'osant ni bouger, ni lui poser la moindre question. Irish s'était enfin décidé à s'ouvrir à elle. Et peu importaient à ses yeux les raisons qui l'avaient incité à le faire.

— Joey préférait discuter pour se tirer d'affaire. Pas parce qu'il craignait de se battre – il était balèze question bagarre. Mais il n'en venait aux mains qu'en tout dernier recours. Toujours parfaitement maître de lui, voilà comment il était. Moi... j'étais du genre à péter les plombs dès la plus petite provocation et je n'hésitais jamais à me servir de mes poings. Il ne fallait pas me chercher, tout le monde le savait. Joey était un médiateur et moi, j'étais un cogneur. Pas étonnant qu'il soit devenu flic et moi lutteur.

Un semi-remorque passa près d'eux et la Nova tangua légèrement dans son sillage. Irish le regarda marquer le stop, puis tourner à droite. Kat attendait en priant pour qu'Irish continue de parler. Elle voulait absolument savoir pourquoi il s'estimait coupable de la mort de la petite sœur de son meilleur ami.

— Joey me répétait sans cesse que je finirais par faire du mal à quelqu'un qui ne l'avait pas cherché si je n'apprenais pas à contrôler mon tempérament, reprit-il, le regard rivé devant lui. Que c'était inévitable.

Il baissa les yeux et se perdit dans ses pensées. Comme s'il pouvait lire le passé sur les bandelettes blanches qui entouraient ses doigts.

— Il avait raison.

Kat se rapprocha de lui, plaça une main au creux de celle d'Irish, replia ses doigts et la serra doucement.

— Raconte-moi ce qu'il s'est passé.

Il secoua la tête et voulut détourner le regard, mais elle tira sur ses mains jusqu'à ce qu'il arrête et accepte de lui faire face.

— S'il te plaît, Aiden.

Il déglutit, prit une longue inspiration et expira lentement.

— Joey est devenu flic, mais Janey a mal tourné. Elle séchait les cours et traînait avec des petites racailles. Elle a fini par devenir accro à la méthadone.

Oh, mon Dieu. Kat saisit un peu mieux la réaction qu'il avait eue quand il avait cru qu'elle avait vendu de la drogue pour le compte de Sicoli.

— Mais ce n'est pas sous prétexte qu'elle était paumée qu'on a cessé de l'aimer, tu sais.

— Bien sûr que non.

Il hocha la tête, comme s'il était content qu'elle comprenne.

— Enfin bref, un soir, je fêtais une super belle victoire au pub du coin. Joey était de service, mais j'étais avec Jax et Xander. Comme ils étaient en phase d'entraînement, ils ne buvaient pas, mais moi, si, et même beaucoup. J'ai vu Janey entrer avec un type dont j'avais entendu dire qu'il était son nouveau copain, mais je ne me suis pas intéressé à lui. J'étais tellement heureux de la voir que je l'ai serrée dans mes bras. On s'est fait la bise et puis on a passé un bon moment à bavarder avant que des amis ne me proposent une nouvelle tournée. Un peu plus tard, j'ai remarqué que Janey et le gars qui l'accompagnait n'étaient plus là, mais qu'elle avait laissé ses affaires sur un tabouret. Je suis alors sorti pour la rattraper. Dehors, je l'ai trouvée sous la pluie en train de se faire enguirlander par son abruti de copain. Ils se disputaient à cause de moi. Janey défendait la relation qu'on avait, elle et moi. Et puis elle a dit au mec que puisqu'il l'énervait, il pouvait se tirer et que mes potes et moi, on la raccompagnerait. Et c'est là qu'il...

Kat ne connaissait que trop bien le genre de réaction de ce style d'individus. Elle en avait malheureusement croisé plus d'un.

— Laisse-moi deviner. Il l'a frappée.

Irish acquiesça.

— Il l'a carrément cognée. Alors j'ai vu rouge. D'habitude, quand la colère me prenait, c'était comme si la rage qui me consumait dictait mes actes. Mais là, quand il a levé la main sur elle... ce fut comme si un animal se libérait de ses chaînes à l'intérieur de moi. J'ai voulu lui faire comprendre ce qu'il venait de faire en lui administrant la même peine, l'obliger à me supplier de l'épargner et le laisser réfléchir après ça. Xan et Jax ne sont pas intervenus – ils l'avaient vu frapper Janey, eux aussi, et ils savaient que je n'allais pas le tuer – mais Janey...

Les yeux bleus d'Irish s'embuèrent et sa pomme d'Adam fit un aller-retour dans sa gorge.

— Seigneur, Janey.

Il plongea sa main droite dans ses cheveux et tira dessus jusqu'à grimacer. S'infliger cette souffrance l'aidait sans doute à libérer les émotions qu'il retenait depuis si longtemps. Kat sentit son cœur se serrer.

— Après coup, je me suis souvenu l'avoir entendue crier d'arrêter, me supplier de le laisser en vie. Mais sur le moment, je ne distinguais que le sang qui bourdonnait contre mes tympans et le bruit de mes poings contre sa chair. Quelqu'un a essayé de s'interposer entre nous. Je ne m'en suis pas soucié jusqu'à ce que le copain de Janey l'écarte, et j'en ai profité pour lui flanquer un autre coup.

Le ventre de Kat se contracta à l'idée de l'issue forcément tragique de cette histoire. Mais elle avait voulu la connaître, en sachant qu'elle finissait mal, et il ne lui restait plus qu'à en écouter le déroulement si elle désirait aider Irish à surmonter sa culpabilité.

Il leva finalement les yeux sur elle et ses larmes coulèrent sur ses joues.

— Quand Joey a terminé son service, il a décidé de nous rejoindre au pub. Je ne l'ai pas vu au coin de la rue, mais j'ai perçu qu'il hurlait le nom de sa sœur. C'est ce qui m'a sorti de mon aveuglement. Je ne l'avais jamais entendu aussi terrifié et désespéré. J'ai levé les yeux et j'ai vu Janey sur la chaussée. Elle essayait de se relever sous la pluie. Les phares d'une voiture ont balayé la rue avant d'éclairer Janey. J'ai couru vers elle, mais je n'ai pas été assez rapide. Elle a poussé un cri et...

Il se racla la gorge et s'essuya les joues d'un revers de main. Son regard vif continuait de scruter les alentours. Tout, excepté Kat. Elle avait envie de pleurer pour l'homme qu'elle aimait. Un être si fort qu'il remettait au pas les fauteurs de troubles rien qu'avec quelques mots et qu'il faisait tomber à genoux ceux avec qui les paroles ne suffisaient pas.

Et pourtant, malgré toute sa puissance, il y avait en lui une immense faiblesse – sa bonté. Elle l'avait vu traiter ses collègues féminines, et même un chaton, avec une douceur et une gentillesse qui ne pouvaient être que celles d'un cœur tendre. C'était cette part de lui qui l'avait conquise. Celle qui réapprenait patiemment au corps et à l'esprit d'une femme meurtrie au point de ne plus supporter le contact d'un homme à non seulement accepter ce rapprochement, mais à le *désirer*. Rien que pour cela, elle aurait pu tomber amoureuse de lui. Heureusement pour elle, il existait aussi tout un tas d'autres raisons qui expliquaient son amour pour Irish.

— Aiden, murmura-t-elle en l'incitant à tourner les yeux vers elle. C'était un accident. Affreux et tragique, mais c'était un accident. Tu n'as pas tué Janey.

Il écarta la main de Kat et fit peser sur elle un regard de défi.

— Si, je l'ai tuée. Tout est de ma faute : les coups, la bagarre et le fait qu'elle se soit retrouvée sur la chaussée.

Elle ouvrit la bouche pour lui répondre, mais il ne lui en laissa pas le temps.

— Rien ne m'obligeait à me battre avec cet imbécile, Kat. J'aurais dû me contenter de le menacer et raccompagner Janey chez elle. Ou demander à Joey et ses collègues de le garder à l'œil et de l'interpeller à la première occasion. Mais j'ai laissé la colère dicter mes actes et Janey est morte, comme Joey l'avait prédit. Je suis le seul responsable de sa disparition. C'est pour ça que j'ai arrêté de boire et de combattre. J'ai déjà assez de mal à me contrôler sans en rajouter en buvant de l'alcool et en faisant un métier qui nourrit ma part d'ombre.

— Mais…

— Tu ne comprends pas ? dit-il en élevant si brutalement la voix qu'elle eut soudain peur de lui. Je fais du mal aux gens que j'aime le plus parce qu'ils sont autour de moi quand je ne suis plus maître de moi-même. Ça n'arrivera peut-être pas aujourd'hui, ni demain. Mais un jour ou l'autre, un truc finira par me faire craquer. Et à ce moment-là, je serai un danger pour tout le monde. Y compris toi.

18

Elle allait le quitter maintenant.

Aiden n'aurait pas pu exposer plus clairement le risque qu'elle encourait en restant avec lui. Et elle comprendrait enfin pourquoi il repoussait tous ceux qui n'étaient pas en mesure de se défendre face à lui. Il maintenait un contact téléphonique avec sa mère et ses sœurs, mais leurs relations s'arrêtaient là. Il n'aurait pas supporté de perdre l'une d'elles comme il avait perdu Janey, et il préférait ne pas rendre la menace plus forte.

Aiden n'était pas sûr non plus que son cœur survivrait quand Kat partirait. Jamais il n'avait imaginé pouvoir aimer une femme aussi entièrement et intensément. Il savait qu'il serait pour toujours brisé, mais Kat avait trouvé le moyen de lui donner l'impression d'être à nouveau serein. Cela non plus, il ne l'aurait en aucun cas cru possible. Ce qui faisait de sa Kat une sorte de faiseuse de miracles.

Sa Kat. Rien qu'à lui.

Plus pour très longtemps.

Sans crier gare, Kat grimpa sur ses cuisses, l'enlaça de ses bras et enfouit son visage au creux de son cou.

— Tu ne pourras jamais, *jamais*, me faire de mal. Je n'approuve pas ta culpabilité vis-à-vis de Janey, mais je la conçois. Je t'aiderai à dépasser ce sentiment avec le temps, à guérir de ça. Tu ne m'as pas lâchée et maintenant, il n'est pas question que je t'abandonne.

Incapable de trouver la force de la repousser comme il aurait dû le faire, Aiden la serra contre lui, ferma les yeux et se laissa gagner par le plaisir de leur étreinte.

Il avait pris la décision de rester à Alabaster pour veiller sur elle, mais la situation avait évolué et il semblait que Kat ait décidé de le sauver. Mission impossible ? Peut-être. Mais elle semblait convaincue qu'une fois qu'il se serait racheté, elle ne l'en estimerait pas moins qu'avant. Et il l'aima d'autant plus pour cela.

Le passage d'un autre semi-remorque lui rappela qu'il s'était arrêté le long d'une rambarde de sécurité sur une sortie d'autoroute.

— Qu'est-ce que tu dirais de partir d'ici, dit-il après avoir déposé un baiser sur ses lèvres, et de se trouver une chambre quelque part... Je pourrais te prouver à quel point tu m'as manqué.

— Hmm... j'en dirais que ça m'a l'air parfait, ronronna-t-elle.

— Alors tu ferais mieux de repasser sur ton siège avant qu'une partie de moi n'explose !

Une lueur malicieuse passa dans ses yeux et un petit sourire satisfait lui échappa quand elle se mordilla le coin des lèvres. Tout au fond de sa tête, Aiden entendit la voix du robot de *Perdus dans l'espace* lui lancer un avertissement : *Danger, Will Robinson !* Mais quand la main de Kat s'insinua entre ses jambes et s'empara de ses bourses, tous ses neurones implosèrent.

Elle battit alors des cils d'un air faussement innocent qui fit durcir son gland.

— Serait-ce l'élément auquel tu viens de faire allusion ?

— Si tu ne ranges pas tes mains, je vais être très mal à l'aise pour conduire, Kitty-Kat.

— Pas si l'on prend soin de te soulager avant de se mettre en route, répondit-elle d'une voix suave en caressant sa queue.

Aiden faillit s'étrangler face à cette suggestion. La simple idée de Kat le chevauchant tandis qu'il la pénétrait encore et encore suffit à faire bondir son sexe sous son short.

— Tu ne veux pas faire ça, ma douce.

Kat fronça les sourcils et le regard d'Aiden se concentra sur la moue de ses lèvres. *Bon sang, est-il possible que cette femme fasse quelque chose qui ne me mette pas dans tous mes états ?*

— Pourquoi pas ?

— Parce qu'on n'a jamais fait ce genre de chose, toi et moi.

Quelques jours plus tôt, ils avaient parlé du fait qu'elle allait mieux. Que son esprit commençait à faire confiance à son instinct au point de l'autoriser à fermer brièvement les yeux sans qu'elle se réfugie dans ses mondes intérieurs. Mais elle avait encore un long chemin à parcourir et Aiden ne voulait surtout pas précipiter les choses.

— Baiser dans un lieu public n'a rien de romantique. C'est un truc tabou, qui se fait à la sauvette. Ça pourrait déclencher de mauvais souvenirs.

— Pas si je te regarde, assura-t-elle en nouant ses mains derrière sa nuque. Je ne l'ai jamais fait ; ce serait une première pour moi. S'il te plaît ?

« Il m'a tout pris, Irish… toutes mes premières fois. Je ne pourrai jamais retrouver tout ça. C'est parti à jamais. »

Peut-être que ce n'est pas parti, finalement, se dit Aiden. Il n'aurait pas la possibilité de lui rendre son premier baiser ou sa première relation sexuelle, mais il *pouvait* lui offrir des premières fois auxquelles elle n'avait probablement jamais pensé. Et qu'il s'agisse de faire l'amour à une sortie d'autoroute ou de jouer au baseball, il tenait égoïstement à être celui qui les lui donnerait.

Il fit remonter ses mains le long de ses cuisses, mais ses bandages l'empêchaient de sentir sa peau. Il en déchira un morceau avec ses dents.

— Écoute-moi bien, Kat, déclara-t-il en déroulant la bande. Là, maintenant, j'ai tellement envie de toi que j'arrive à peine à penser.

Une main de libérée. Plus qu'une. Il mordit l'autre pansement jusqu'à ce qu'il se rompe.

— Ça sera bref et intense. Je ne veux pas que tu me quittes des yeux un seul instant.

Kat avait le souffle court et le parfum de son excitation le rendait fou. Lorsque ses deux mains furent dégagées, il lança la protection sur la banquette arrière.

— Tu restes avec moi tout le temps, et si un truc ne va pas, tu me le dis tout de suite, compris ?

Elle hocha la tête.

— Des mots, Kat, lui rappela-t-il. Promets-moi.

— Je le ferai, promis.

Elle eut à peine le temps de prononcer ces mots qu'il écrasait déjà sa bouche sur la sienne. Sa langue plongea et la domina à coups de puissantes caresses. Il la dévorait comme si sa gorge était son dernier repas et qu'il n'avait que quelques secondes pour l'engloutir. Ses poings se refermèrent dans sa chevelure et il fit basculer sa tête en arrière pour se consacrer à son cou.

Mais ce n'était pas encore assez. Aiden était toujours aussi affamé d'elle.

Il s'insinua sous sa robe et saisit ses fesses à deux mains. Elle gémit et se plaqua contre son membre. Il aspira l'air entre ses dents et pour se venger, mordit le tendon de son gosier. Agrippa sa culotte et l'arracha, dénudant son adorable petite chatte. Fidèle à sa parole, Aiden ne perdit pas de temps en préliminaires. Il introduisit profondément ses doigts en elle. Kat poussa un cri et planta ses ongles dans ses épaules nues.

Il étala l'essence de son désir sur ses lèvres, puis fit glisser l'extrémité humide de son majeur sur le pourtour de son ouverture. Elle retint son souffle, mais ne tenta pas de s'écarter et s'en rapprocha même. Cet acte involontaire conjura des désirs dépravés… Mais s'il ne la pénétrait pas dans les trente secondes, il ne serait plus en mesure de lui faire quoi que ce soit.

Kat saisit son visage entre ses mains et l'attira vers sa bouche avide. Leurs langues se livrèrent une guerre de pouvoir. Le petit chaton timide s'était transformé en tigre vorace et revendiquait si farouchement ses droits sur lui que le sexe d'Aiden devint dur comme l'acier.

Pourtant, malgré son tempérament agressif, une once de réticence retenait encore Aiden à l'idée de la posséder ainsi. C'était loin d'être une première fois en ce qui le concernait, mais... Kat n'était pas une femme parmi tant d'autres. Elle était exceptionnelle à tous points de vue et méritait d'être traitée avec tendresse et amour. Si par sa faute Kat se sentait salie ou méprisée, il ne se le pardonnerait jamais.

— Dernière chance de reculer, ma douce, se força-t-il à articuler.

— J'ai envie de ça autant que toi, crois-moi.

Il plissa les yeux pour illustrer son scepticisme.

— Je sais ce qu'il te faut, dit-elle avec un sourire coquin. Tu insistes toujours pour que je me serve de mots, mais ce qu'il te faut, ce sont les termes justes.

Ses mains glissèrent le long de son torse et le bruit de ses ongles râpant son maillot attisa le désir de la peau qu'il recouvrait. Aiden humecta ses lèvres soudain très sèches et déglutit avant d'oser parler.

— Et quels seraient-ils ?

Elle se pencha vers lui avec une lenteur calculée jusqu'à ce que les pointes de ses seins effleurent ses pectoraux. Et quand elle murmura à son oreille, son souffle tiède fit naître un frisson qui s'insinua le long de sa colonne vertébrale avant de s'enrouler autour de ses bourses.

— Je veux sentir ta queue en érection au fond de moi. Je veux – elle s'interrompit pour lécher le pourtour de son oreille avant d'énoncer les quatre dernières syllabes – que tu me baises.

Venant d'elle-même, une exigence aussi audacieuse lui parut plus charnelle que tout ce qu'il avait jamais entendu. Ses sens s'enflammèrent, anéantissant les derniers vestiges de sa retenue.

Avec un juron, Aiden se libéra de son short, la souleva et empala l'étroite fournaise de son sexe d'une seule poussée. Kat cria et renversa la tête en arrière, révélant l'élégante courbure de sa gorge.

Il l'immobilisa en encerclant sa taille d'un bras et referma sa main libre sur sa chevelure pour maintenir sa tête en arrière. Il la sentit vibrer quand ses dents effleurèrent sa gorge. Ses mamelons durcis frottaient si délicieusement contre son torse qu'il en eut l'eau à la bouche et regretta de ne pas avoir le temps de les titiller comme il aurait voulu. Mais il se rattrapa en dévorant ses lèvres, et se régala de sa langue.

Incapable de se retenir plus longtemps, il s'arracha à leurs baisers, riva son regard à celui de Kat et guida ses hanches pour la faire glisser le long de sa queue. Ses doigts s'enfoncèrent dans les muscles de ses épaules dès qu'elle capta le rythme, elle en prit le contrôle et entreprit fougueusement de l'étreindre jusqu'à l'oubli.

Ses cheveux se plaquaient sur son visage et sa peau étincelait de désir à la lueur de la lune. Le bruit mêlé des halètements, soupirs et grognements qui ponctuaient leur frénésie formait une douce musique aux oreilles d'Aiden. La sueur coulait de son front et son corps tout entier se tendait sous l'effort qu'il faisait pour contenir son orgasme. Il voulait basculer en même temps qu'elle, mais si elle ne se dépêchait pas de le rejoindre, il ferait ce voyage en solitaire.

— Penche-toi, ma douce, murmura-t-il en l'incitant à ployer le buste en arrière. Maintenant reste comme ça et laisse-moi faire.

Les pieds collés au sol et les épaules plaquées contre le dossier, Aiden avait juste la place de se retirer presque entièrement avant de soulever le bassin pour l'empaler jusqu'à la garde. Il remonta le bas de sa robe pour contempler le point d'union de leurs corps.

— Tu es merveilleuse.

Il n'avait encore jamais rien vu d'aussi excitant que la façon dont sa petite chatte, étroite, brûlante et moite, avalait sa queue, encore et encore… S'il ne se dépêchait pas de la faire monter au septième ciel, il allait perdre le contrôle en même temps que l'esprit et sa fierté masculine.

Il caressa son clitoris, l'agaça de façon experte afin de la rendre folle. Kat se mit à haleter et la passion dilata ses yeux brillants. Un tremblement la parcourut et les premières contractions de son vagin annoncèrent l'imminence de l'orgasme.

— Mon Dieu, ma douce, tu me tues, râla-t-il, la gorge affreusement sèche. Je n'en peux plus. Laisse-moi te sentir, Kat. Laisse-moi te sentir jouir.

Il prit son clitoris entre le pouce et l'index et le serra doucement sans interrompre le va-et-vient de son membre. Elle lâcha un cri et le nom d'Aiden passa sur ses lèvres telle une prière pour l'implorer de le suivre dans le plaisir. Aiden ne fut que trop heureux de lui donner satisfaction et accueillit avec joie la tornade de plaisir qui le dévasta. Les mains plaquées sur ses hanches, il l'immobilisa sur lui et savoura les contractions de sa petite chatte autour de sa queue.

Alors qu'ils reprenaient lentement contact avec la réalité, il apprécia aussi la façon dont elle se laissa aller contre lui, épuisée, avant de retrouver ses forces. Un abandon qui disait sa confiance. Son bien-être. Il aurait voulu pouvoir rester éternellement fiché en elle, Kat tendrement blottie entre ses bras.

Les phares d'une voiture investissant subitement les rétroviseurs de la Nova se chargèrent malheureusement de le ramener au présent. Une fois que la voiture les eut dépassés, il l'incita à émerger de sa langueur par de tendres caresses. Il lui fit relever le menton et scruta son regard, soucieux de s'assurer qu'il n'y était pas allé trop fort.

— Tout va bien, Kitty-Kat.

Le sourire comblé qui s'étendit sur ses lèvres fit fondre son cœur.

— Très bien, assura-t-elle.

Après un dernier baiser, il la souleva à regret de ses genoux et l'aida à repasser sur son siège. Il baissa alors les yeux sur son entrejambe pour ôter le préservatif... et se figea brusquement.

Il n'y avait pas de préservatif.

Oh. Merde.

La panique se logea dans son estomac tel un bloc de glace. Il se rhabilla à la hâte et agrippa le volant à deux mains. Du coin de l'œil, il regarda Kat passer les mains dans ses cheveux et lisser le devant de sa robe.

Ils avaient eu une discussion très franche au sujet des maladies sexuellement transmissibles, et il savait qu'il n'y avait aucun risque de ce côté, mais celui de l'avoir mise enceinte ne pouvait pas être écarté. Une image du ventre arrondi de Kat, lourd de son enfant, surgit dans sa tête et un filet de sueur froide s'insinua le long de son dos. Le plus étrange, c'était que cette idée ne lui déplaisait pas vraiment. En fait, il aurait même pu jurer qu'elle lui plaisait.

Il secoua la tête pour chasser cette image, sans doute inspirée par l'un des meilleurs orgasmes qu'il ait jamais expérimentés, et se prépara à accueillir la réaction de Kat à cette nouvelle.

— Kat…

— Mmm ?

— Je n'ai pas mis de préservatif.

Ses traits se pétrifièrent et elle tourna brusquement la tête vers lui.

— Oh… Heu… D'accord. On est prêts à y aller ? Je rêve d'un long bain chaud avant de passer au deuxième round.

— Quoi, c'est tout ?

Aiden n'en croyait pas ses oreilles. Comment pouvait-elle accepter sa négligence avec un tel détachement ? De sombres pensées traversèrent son esprit – Kat avait l'habitude que les hommes se servent d'elle sans se soucier de ses sentiments ni de son avenir. Inacceptable.

— Je me suis comporté comme un irresponsable. Je sais que Xander garde toujours des capotes dans sa boîte à gants. Tu devrais m'en vouloir à mort. J'ai gravement merdé. C'est sur toi que risquent de retomber les conséquences de mon imprudence.

Elle prit le visage d'Aiden entre ses mains et posa sur lui un regard qui coupa sa diatribe.

— Stop. Pourquoi s'inquiéter ? Il n'y a pas encore de problème. Et de toute façon, je suis aussi coupable que toi. En fait, ajouta-t-elle en caressant ses cheveux, je le suis même plus que toi, étant donné que c'est moi qui t'ai séduit.

Aiden lâcha le volant pour l'attirer contre lui.

— Serais-tu en train de dire que tu as le pouvoir de me rendre complètement fou, Kitty-Kat ?

Elle le toisa d'air de commisération feint.

— Oh, Irish, je n'ai pas besoin de *dire* quoi que ce soit puisque je viens de le prouver.

— Et avec brio, reconnut-il, incapable de réprimer son sourire.

Elle venait même de le sortir de sa crise de panique, alors qu'elle aurait eu tous les droits d'être fâchée et de s'inquiéter. Dès le début, il avait eu l'intention de lui venir en aide, et pourtant, jour après jour, c'était elle qui le sauvait de lui-même. Aiden n'eut plus le moindre doute : Kat était son ange gardien.

— Bon, d'accord. Je veux bien arrêter de parler de ça, mais à une condition. On ne prendra plus jamais de risques et tu dois promettre de m'avertir dès que tu sauras si tu es enceinte ou non.

— Je te le jure, répondit Kat en levant la main droite. Mais ça fait deux conditions.

— Les maths n'ont jamais été mon fort. Et maintenant, qu'est-ce que tu penserais de se trouver une chambre pour deux ?

19

Aiden reposait sur une méridienne dans un coin de la pièce, les bras croisés derrière la tête. La large ouverture voûtée qui donnait sur la salle de bains lui permettait d'admirer Kat qui se prélassait dans un bain à remous, entourée de bougies.

À l'origine, il avait eu l'intention de se cacher dans le premier motel venu, mais, à la dernière minute, il avait cédé à son envie de la voir profiter d'une parenthèse de luxe. Il savait qu'au terme de cette soirée, Dieu seul savait combien de temps ils seraient en cavale avant qu'il trouve le moyen d'arranger les choses. Et il tenait à ce qu'elle bénéficie d'un repos bien mérité et loin des soucis, ne serait-ce que pour une seule nuit.

Quand ils étaient arrivés au *Princeton Suites*, elle avait contemplé, les yeux écarquillés, bouche bée, l'opulence du hall, dallé de marbre, aux lustres imposants. Comme il s'en était douté, elle n'avait jamais séjourné dans rien de plus majestueux qu'un simple motel.

Une fois dans la chambre, il l'avait regardée, le sourire aux lèvres, découvrir les lieux, aussi éblouie qu'un gamin dans un magasin de jouets à la période de Noël. La voir dans cet état d'émerveillement enfantin l'avait convaincu qu'il venait de faire quelque chose de bien. Lui qui se croyait maudit, destiné à nuire à ceux qu'il aimait.

Kat soupira et renversa la tête en arrière, ses longs cheveux relevés sur le haut du crâne, la peau étincelant à la lueur des petites flammes. Il apercevait la naissance du galbe de ses seins et Aiden n'avait pas besoin de fournir un gros effort d'imagination – ou de mémoire – pour visualiser ce qui se trouvait sous la surface de l'eau. Il dut, en revanche, en faire un énorme pour rester assis et la laisser vivre pleinement et tranquillement ce moment de détente.

Elle avait l'air d'une reine, entourée de ce magnifique marbre gris et de ces robinets dorés. Le grand miroir ancien placé au-dessus du double lavabo lui permettait de profiter deux fois de la vision qu'elle offrait et le troublait doublement.

Il se tortilla sur le sofa et rajusta son short. S'il était capable de garder ses distances, toute la maîtrise du monde n'aurait pas suffi à l'empêcher de se contracter quand il regardait Kat MacGregor.

Jamais Aiden n'avait été aussi épris d'une femme. Émotionnellement, physiquement… à tous points de vue.

Kat lui faisait ressentir des choses qu'il n'aurait jamais imaginées possibles. Il avait l'impression qu'il serait capable de voler comme un oiseau s'il en avait envie ou d'arrêter à mains nues des balles de revolver. Il se sentait l'âme d'un héros invincible.

Elle lui avait proposé de la rejoindre, mais il avait décliné l'invitation. Et dès qu'elle avait fait couler l'eau, il s'était mis au travail. Caché dans un angle où elle ne pouvait pas le voir, il avait soigné sa plaie aussi vite que possible, un gant de toilette enfoncé dans sa bouche étouffant ses grondements de douleur. À deux reprises, la souffrance avait été telle qu'il s'était senti sur le point de tourner de l'œil. Mais il avait respiré à fond et lutté de toutes ses forces pour rester conscient et mener sa tâche à bien.

Un jour, il avait recousu une blessure sur Xander, mais accomplir le même acte sur soi était complètement différent. D'autant plus délicat qu'il n'avait pas voulu se saouler pour anesthésier le mal. Il aurait pu faire une exception à la règle d'abstinence qu'il s'était imposée, mais il tenait à garder l'esprit clair et réactif. Le lendemain matin, ils reprendraient la route de bonne heure.

Une fois sa besogne achevée, il avait avalé un comprimé d'ibuprofène, pris une douche rapide et appliqué de la pommade et un pansement sur sa cicatrice. Il s'était assuré que la porte était bien verrouillée et avait donné ordre à la réception d'appeler leur chambre si qui que ce soit posait des questions à leur sujet. Aiden ne pensait pas qu'ils couraient grand risque ce soir-là, mais la prudence était de mise.

Nonchalamment alangui sur la méridienne, uniquement vêtu de son short dans lequel son sexe s'entêtait à dresser un chapiteau, il attendait que Kat finisse de se délasser tout en souhaitant qu'elle ne s'éternise pas indéfiniment dans son bain.

Il avait des projets pour elle ce soir.

*
* *

Quand elle sortit de la grande baignoire jacuzzi, Kat sentit le regard prédateur d'Irish peser sur elle avec une telle intensité que son ventre se noua. Elle *ressentait* ce qu'il voyait. Les bulles de savon glissant sur son corps nu, la pointe de ses seins durcies par la fraîcheur de l'air et la chaleur de ses yeux.

Il était très sexy sur cette méridienne tendue de blanc. Sa virilité brute contrastait de façon saisissante avec la fine étoffe de soie et les lignes gracieuses du siège. Son short révélait le trait de poils sombres qui descendait depuis son nombril. Entre l'arrière-plan très clair et l'éclairage tamisé, les couleurs de ses tatouages ressortaient au point de créer un effet de relief.

À première vue, il semblait tranquille et détendu, mais Kat remarqua certains détails qui venaient contredire cette impression. Les tendons de son cou saillaient et la crispation impatiente de sa mâchoire accentuait le creux de ses joues. Sans parler, bien sûr, de l'évident renflement que présentait l'entrejambe de son short. Tous ces éléments révélaient qu'il était aux aguets, prêt à bondir. Et suscitèrent en elle des réactions qui ne cessaient jamais de la surprendre. Savoir qu'il la désirait aussi fort qu'elle avait quelque chose d'enivrant.

Elle se servit d'un drap de bain, si épais qu'il donnait le sentiment de se sécher avec un ours en peluche de valeur, pour évoluer lentement sous ses yeux, décomposant ses mouvements comme un film au ralenti. Elle commença par la nuque et fit glisser la serviette sur sa poitrine en faisant saillir ses seins à seule fin de le torturer. Les mains d'Irish se rapprochèrent de la taille de son short qu'il baissa et fit glisser le long de ses jambes. Il prit son sexe en main et se mit à le caresser avec une indolence que venait contredire la brûlante avidité de son regard. Il haussa alors un sourcil d'un air de dire : « Et maintenant, qui soumet l'autre au calvaire ? »

Loin de s'avouer vaincue, Kat fit glisser le linge sur son ventre plat et son mont de Vénus. Elle lui tourna alors le dos, posa un pied sur la marche de la baignoire, puis se pencha en avant et descendit lentement la serviette du haut de ses cuisses jusqu'au bas de ses mollets. Un courant d'air frais effleura les lèvres de son sexe.

— Je ne t'aurais jamais crue capable d'un tel sadisme, Kitty-Kat.

— Je ne vois pas de quoi tu parles, répondit-elle en faisant remonter le drap de bain sur son autre jambe.

— Viens ici, ordonna-t-il de sa belle voix grave.

Elle quitta la salle de bains sans chercher à dissimuler son petit sourire satisfait et franchit le tapis aussi doux qu'un nuage. La baie vitrée qui occupait tout un pan du mur de la chambre était encadrée par de lourdes tentures de velours rouge qui évoquaient les rideaux d'une scène de théâtre. Et comme son reflet se distinguait clairement sur le carreau, Kat se fit l'effet d'être une artiste en plein one woman show.

Elle se demanda brièvement si un autocollant collé sur un coin de la fenêtre ne mettait pas en garde contre les effets d'optique du verre. Quelque chose comme : « Les objets peuvent paraître plus attirants qu'ils ne le sont en réalité ». Car la femme qui lui renvoyait son regard avait beaucoup d'allure, semblait pleine d'assurance et susceptible de mettre un homme à genoux.

Voyons voir cela...

Quand elle arriva devant la méridienne, Irish balança les jambes sur le côté et posa les pieds par terre. Un flot de chaleur s'empara de son entrejambe à la vue de son sexe fièrement dressé. Elle savait combien il était doux et ferme dans ses mains et son vagin et même dans sa bouche. Elle s'apprêtait à le rejoindre, mais aperçut soudain son pansement. Elle avait remarqué qu'il avait recousu sa plaie quand il s'était douché.

— Je t'en veux toujours de ne pas m'avoir laissée t'aider, dit-elle en fronçant les sourcils. Est-ce que ça fait très mal ?

— J'ai connu pire, répondit-il avec un haussement d'épaules.

— Je peux peut-être t'aider à oublier ça.

— Oh, je te garantis qu... *Ahhhh.*

Il avait visiblement perdu le fil de ses pensées quand elle s'était agenouillée pour lécher la goutte translucide qui couronnait son sexe. Encouragée par sa réaction, elle le prit en bouche aussi loin qu'elle put. Ses hanches se soulevèrent et il laissa échapper un juron. Elle apprécia d'entendre à quel point elle le rendait fou. Chacun de ses grondements et de ses jurons accroissait autant son plaisir que si c'était elle qui recevait ses attentions.

Malheureusement, elle eut à peine le temps de le soumettre aux caresses de sa langue, car il l'empêcha de continuer et l'obligea à se relever. Privée de son jouet, Kat eut une moue de dépit qui le fit rire.

— C'est divin, ma douce, mais j'ai d'autres projets pour ce soir. Des idées qui m'interdisent de jouir maintenant.

— Il ne te faudra pas plus d'une minute ou deux pour être prêt à recommencer, plaida-t-elle. Tu es tellement viril.

— Quand même pas à ce point-là, riposta-t-il en la faisant asseoir à sa place. À partir de maintenant, laisse-moi prendre les choses en main, tu veux bien ?

Kat s'adossa à la méridienne et leva les yeux au ciel. Elle était sur le point de lui lancer une réplique bien sentie quand sa langue chaude et humide s'insinua entre ses jambes.

— Oh !

Elle écarta plus largement les cuisses, enfouit ses doigts dans la chevelure d'Irish et tâcha de se souvenir qu'elle devait respirer. L'angle de la méridienne lui offrait une vue imprenable sur lui tandis qu'il lui faisait l'amour avec sa bouche. Il commença par laper ses lèvres, puis sonda son vagin avec sa langue.

— J'adore ton goût.

Il remplaça son organe buccal par un doigt et se redressa sur ses genoux pour se pencher au-dessus d'elle. Elle sentit son index se mouvoir en elle, puis il le retira et le fit glisser sur sa membrane inférieure, le regard intensément rivé sur son doigt.

Lentement, Kat passa sa langue d'un coin à l'autre de ses lèvres. Les pupilles d'Irish avalèrent le bleu de ses iris et un grondement d'approbation franchit sa bouche avant qu'il ne s'en empare pour l'embrasser à perdre haleine. Kat goûta sa propre saveur tandis que leurs langues se mêlaient, et gémit quand la main d'Irish s'insinua de nouveau entre ses cuisses.

Cette fois, il inséra deux doigts qu'il fit aller et venir, agrémentant parfois ses caresses d'une vrille qui soulevait ses hanches du sofa. Et quand son pouce effleura son clitoris, la sensation de plaisir qui s'était lovée au creux de son ventre se répandit dans tout son corps.

— Regarde-moi, ma douce, murmura-t-il en baissant les yeux sur sa main. Admire-moi te faire jouir.

Elle soupira quand il introduisit un troisième doigt. La vision de ses doigts qui la pénétraient était incroyablement excitante et la sensation de plénitude délicieuse. Plus il la caressait, plus son corps se contractait. Elle s'était attendue à une lente montée du plaisir, mais elle était déjà au bord de l'explosion.

Ses tétons étaient douloureusement tendus. Sa poitrine se soulevait au rythme de ses halètements, ponctués de geignements. Elle serra les poings le long de son corps. Et quand elle fut à bout de résistance, son pouce se mit à encercler la perle sensible de son clitoris.

— Oh, mon Dieu, je vais... Je... *Hahhhhh !*

Son orgasme submergea toutes les cellules de son corps et elle se cabra sous l'effet du plaisir. Elle ne sentait plus que la convulsion de son vagin autour de ses doigts, le reste de son corps flottant quelque part au paradis pendant ce qui lui parut des heures. Alors qu'elle retrouvait petit à petit ses sens, la belle voix grave d'Irish s'insinua dans le brouillard post-orgasmique de son esprit.

— C'est ça, ma douce, murmura-t-il tout en dévorant sa gorge et ses épaules. Reviens vers moi. J'ai encore plein de bonnes choses pour toi.

— Si tu as l'intention de me tuer comme ça, j'approuve tes méthodes, dit-elle.

L'exquis bruit de son rire l'enveloppa d'un voile de tiédeur. Elle aurait voulu pouvoir s'y réfugier et ne jamais quitter ce cocon. Irish souleva son menton et soutint son regard d'un air de profond sérieux.

— Je ne peux plus envisager la vie sans toi, Kat. Je jure de te protéger jusqu'à mon dernier souffle.

L'intensité qu'il avait mise dans ses paroles atteignit quelque chose au plus profond de son cœur, qu'elle croyait mort depuis longtemps. Une foule de mots se précipita dans sa tête, mais elle fut incapable de formuler tout ce qu'il lui inspirait. Elle émergeait à peine d'un orgasme explosif et ils étaient nus, serrés l'un contre l'autre, ce qui réduisait au plus strict minimum les fonctionnalités de son cerveau.

Elle sentit la chaleur de ses yeux avides passer sur son corps. Irish prit une longue inspiration, puis relâcha son souffle en secouant la tête.

— Tu sais, quand je ne suis pas avec toi, il m'arrive de penser que mon esprit me joue des tours et que tu n'es pas aussi belle que je me l'imagine. Que personne ne peut être aussi dépourvu de défauts, aussi parfait.

— Irish, je ne suis pas…

Il pressa un doigt sur ses lèvres.

— Pour moi, tu l'es, insista-t-il. Comme si tu avais été conçue pour moi. Un ange issu de mes fantasmes auquel on a donné vie. Et qui a trouvé le moyen, sans que je m'y attende, de devenir tout pour moi.

Un flot d'émotions embua la vue de Kat et serra sa gorge. Irish l'avait sauvée d'un monde obscur où le désespoir régnait en maître, pour l'attirer patiemment vers un monde de lumière et d'espoir.

Un monde d'amour.

Pour elle, en tout cas. Elle avait peur de l'effrayer en le lui avouant, mais cela ne changeait rien au fait qu'elle l'aimait.

Il l'enveloppa de ses bras puissants et la serra contre lui jusqu'à ce que leurs corps fusionnent depuis la poitrine jusqu'aux hanches. Il pencha la tête et réclama sa bouche d'un baiser dont la tendresse lui donna le vertige.

Elle mit plusieurs secondes à rouvrir les yeux une fois qu'il l'eut relâché, mais quand elle le fit, elle se retrouva face à face avec son avenir. Des cheveux bruns qui auraient eu besoin d'une bonne coupe, des yeux bleus sous des paupières lourdes, cernés de nuances variées d'hématomes, des lèvres pleines agrémentées d'une coupure qui n'en finissait pas de cicatriser. Et un début de barbe assez conséquent pour lui donner l'allure d'un type qui se fiche de tout.

Et tout cela lui appartenait.

Oh, et puis pourquoi se museler ? Elle s'était promis de ne plus laisser les autres guider ses actes. Pourquoi passer une minute de plus à lui cacher qu'elle l'aimait de tout son cœur ? Si Irish n'était pas prêt à l'entendre, tant pis pour lui…

— Je t'aime, Kitty-Kat.

Elle écarquilla les yeux.

— Qu'est-ce que tu viens de dire ?

— Tu m'as bien compris. *Je t'aime*, Kat. Plus que ma vie.

Abasourdie, Kat ouvrit et referma plusieurs fois la bouche, tel un poisson hors de l'eau. Entendre l'homme qu'elle aimait prononcer ces mots la bouleversa. Et elle ne réalisa qu'elle pleurait que lorsqu'elle sentit le goût salé de ses larmes sur ses lèvres quand Irish les essuya de ses joues.

— Tout va bien, tu n'es pas obligée de répondre, murmura-t-il. Je voulais juste que tu le saches.

— Je sais. Je veux dire que je me doute que je ne suis pas obligée de dire quelque chose, mais je veux le faire parce que c'est vrai. Moi aussi, je t'aime. Je t'aime tellement.

Il eut un large sourire. Pas celui qui était d'habitude le sien, accablé par des années de tristesse et de culpabilité. Non, celui-ci était radieux et libérateur, et Kat se promit de faire en sorte de le mettre sur son visage le plus souvent possible. Son homme – son lutteur – ne méritait rien de moins.

Elle passa les bras autour de son cou et lui transmit d'un baiser tout ce qu'elle aurait voulu lui dire. Il l'embrassa avec autant de fougue et ses mains parcoururent son corps sur un motif aussi erratique qu'un vol de papillon hésitant entre plusieurs fleurs avant de se poser. Finalement, elles se posèrent sur sa poitrine.

La peau rugueuse de ses paumes, quand elles enveloppèrent ses mamelons tendus, déclencha chez elle une succession de frissons. Elle gémit et cambra le dos, projetant ses seins en avant pour les offrir à sa bouche. Une avance décadente qu'Irish s'empressa d'accepter.

Il en prit un en bouche et tortura l'autre de ses doigts. Il lécha, suça, encercla et mordilla l'un. Tira, tordit, pinça et caressa l'autre. Chacune de ses actions provoquait une réaction entre ses jambes, comme si un courant électrique circulait entre son buste et son clitoris en circuit fermé.

Il lui accorda finalement un répit et redressa la tête.

— Lève-toi, ma douce.

Il fallut un instant pour que l'ordre atteigne son cerveau embrumé par le plaisir. Irish l'aida, puis la plaça dos à lui. Kat faisait face au dossier de la méridienne, qui atteignait le niveau de son nombril.

— Pose le pied ici, dit-il en faisant glisser sa main le long de sa cuisse droite. Voilà, comme ça.

La position l'ouvrait complètement à lui. Ils n'avaient encore jamais fait l'amour ainsi. Kat lui jeta un coup d'œil par-dessus son épaule.

— Pas par là, dit-il en inclinant son menton de façon à diriger son regard vers la fenêtre. Par là-bas.

La lumière tamisée de la chambre éclairait leur reflet aussi parfaitement qu'un miroir. Elle le vit déchirer l'emballage d'un préservatif qu'il enfila sur son sexe en érection. Il releva alors les yeux sur elle, soutint son regard, se plaça entre ses jambes et nicha son sexe entre ses lèvres.

D'un lent mouvement de va-et-vient, il gratifia son clitoris de caresses précises qui lancèrent des flèches de désir au cœur de sa chair. Kat amorça une infime tentative de recul pour l'inciter à la pénétrer, mais la pression de sa main sur sa taille s'affermit pour l'en empêcher.

— S'il te plaît, Aiden, parvint-elle à articuler entre ses halètements. Prends-moi.

— Tu veux me sentir à l'intérieur de toi ?

— J'en crève d'envie.

Sans hésiter, il se plaça au creux de sa fente et la pénétra. Le frisson de plaisir qui franchit sa peau permit à son vagin, rendu plus étroit et sensible par son récent orgasme, de s'accommoder aisément à lui dans un gémissement d'extase.

Un son à mi-chemin entre soupir et grognement ponctua le coup de reins d'Irish une fois qu'il fut complètement en elle. Elle laissa aller sa tête en arrière contre son épaule. Il embrassa, puis mordilla le point sensible, juste au-dessous de son lobe. Il enserra alors sa cage thoracique et amorça un lent et douloureux mouvement de retrait avant de revenir lentement en elle.

— Je ne me sens moi-même que quand je suis en toi, murmura-t-il à son oreille.

Une lutte de pouvoir s'éleva entre le cœur tendre et le sexe palpitant de Kat. Elle s'agrippa aux bras dont il l'encerclait et tourna le visage vers lui pour trouver sa bouche. Il l'accueillit d'un baiser plein de déférence sensuelle, ses lèvres pleines d'adoration insufflant aux siennes une vibrante prière d'amour.

Elles se séparèrent en douceur et Kat ploya docilement le buste sans cesser d'observer dans le miroir de la fenêtre ses muscles tatoués qui bougeaient au gré de ses mouvements comme des œuvres d'art vivantes. Sa figure, le regard concentré sur leurs corps joints, la ligne de ses cheveux se projetant au-delà de son crâne, le va-et-vient de ses hanches révélant subrepticement la longueur de son gland. Le mâle viril dans toute sa splendeur.

Son souffle s'altéra, devint de plus en plus proche du sien. Le balancement d'Irish resta lent et régulier. Chaque nuance devint sensible, chaque sensation s'intensifia. Le relief du brocart effleurait délicieusement son ventre, sa poitrine, ses seins. Un nouvel orgasme s'élevait en elle, mais juste avant qu'elle s'avise d'en chevaucher la crête, il se retira, la laissant douloureusement vide.

Une plainte lui échappa, mais Irish s'empressa de l'apaiser en lui promettant que cette absence n'était que temporaire et répandit l'essence de son plaisir entre ses fesses. Kat retint son souffle quand il entreprit d'effleurer le pourtour de l'œillet et elle aurait certainement fait un bond de quinze mètres s'il ne l'avait pas plaquée contre le sofa. Malgré le choc, elle ne put nier l'excitation que déclenchèrent ses cajoleries sur la partie la plus intime de son corps.

Quand il renouvela ses caresses de façon un peu plus appuyée, un gémissement franchit ses lèvres. Elle croisa son regard dans le reflet de la vitre et vit le feu qui y couvait.

— Et là, Kat ? Est-ce que tu as envie de me sentir là aussi ?

Elle se raidit.

— Je ne suis pas sûre, répondit-elle franchement.

Les prémices, soit. Mais aller jusqu'au bout, ce n'était pas du tout la même chose. Et pourtant...

Il glissa son bras gauche sous ses côtes et câlina son sein droit sans cesser d'exercer la magie de ses doigts sur son clitoris et son anus.

— Tu as dit qu'on t'avait privée de ta première fois. Mais je peux t'offrir un autre genre de première fois. Je saurai rendre ça très agréable pour toi.

Il plaça un doux baiser sur sa tempe, comme pour ponctuer sa proposition de partager une expérience qui n'appartiendrait jamais qu'à eux. Quelque chose que personne ne pourrait jamais leur enlever.

— Qu'est-ce que tu en dis, ma douce ? M'autoriseras-tu à te posséder comme personne ne l'a encore jamais fait ?

— Oui, murmura-t-elle, je t'appartiens.

— Ne bouge pas et laisse-moi prendre soin de toi.

Il ramassa un tube à l'endroit discret où il avait pris les préservatifs un peu plus tôt.

— Ce sera un peu froid au début.

Elle retint son souffle au premier contact du gel avec sa peau, mais une seconde après, elle se concentrait sur la sensation agréable de son doigt qui la frôlait.

Elle sentit la présence d'une flèche érotique tirant sur la corde d'un arc, sur le point d'être décochée et de faire voler en éclats ses convictions antérieures sur le plaisir ultime. L'impatience et les vibrations charnelles qui agitaient une partie de son corps jusqu'ici vierge des mains d'Irish renouvelèrent son excitation.

Le pouce lubrifié de son partenaire se posa sur l'œillet… et glissa en elle. Elle se raidit, son corps rejetant instinctivement l'intrusion.

— Détends-toi, ma douce. Ce sera peut-être un peu désagréable au début, mais ça va passer, promit-il. Quand je pousserai, je veux que tu expires, d'accord ?

Elle acquiesça.

Il fit une nouvelle tentative, et cette fois, elle fit ce qu'il avait demandé et lui permit d'aller aussi loin qu'il pouvait. Un conflit de sensations, à la fois étranges et excitantes, mit son corps en déroute. Comme s'il n'arrivait pas à se décider entre « ce n'est pas mon truc » et « hmm… continue, c'est bon ».

Kat resta immobile et se concentra sur sa respiration quand Irish fit lentement aller et venir son pouce, la progression de son doigt embaumé écartant doucement sa chair. Finalement, la sensation de plaisir dépassa celle de bizarrerie et elle voulut seulement qu'il continue. Elle lui adressa une prière silencieuse en tendant les fesses en arrière, ce qui provoqua un grondement appréciateur chez son amant.

— Dieu que tu es belle, comme ça, ma douce, dit-il d'une voix rauque. Tu sens comme tu t'ouvres à moi ? Tu es si vulnérable. Si confiante. Je n'ai encore jamais bandé comme ça de ma vie.

La passion renforçait son accent de Boston qu'elle adorait. Il n'était peut-être pas aussi distingué et sexy que l'accent français ou italien, mais il lui faisait beaucoup d'effet. Tout comme le fait de sentir qu'elle s'abandonnait à lui. Irish insérait maintenant deux doigts et elle avait l'impression de devenir folle quand il les écartait.

— Alors fais-moi sentir ton gland, le supplia-t-elle en cherchant son regard sur la fenêtre. Fais-moi l'amour, Aiden. Possède-moi.

— Avec plaisir.

Sa main se referma sur la base de son sexe, s'apprêtant à le guider enfin en elle, mais elle l'arrêta.

— Sans préservatif.

— Kat, on a parlé de ça.

Elle se redressa et le regarda par-dessus son épaule.

— À moins que je n'aie raté un cours d'éducation sexuelle, il est impossible de concevoir de cette façon-là, fit-elle observer avec un sourire malicieux.

Incapable de résister à sa bouche quand elle était si près de lui, elle l'attira dans un baiser passionné qui souffla sur les braises jusqu'à ce que les flammes du désir brûlent haut et clair.

— S'il te plaît, chuchota-t-elle entre deux étreintes. Je ne veux pas qu'il y ait quoi que ce soit entre nous.

Le grognement qui remonta dans le torse d'Irish se répercuta le long de sa colonne vertébrale.

— Tu me tues. Tu sais ça ? Penche-toi.

Elle s'empressa d'obéir tandis qu'il retirait le contraceptif et versait du gel lubrifiant au creux de sa main. Sur la fenêtre, son reflet caressa sa queue pour l'enduire de gel, puis l'empoigna et se plaça derrière elle.

Il inséra l'extrémité entre ses fesses et poussa. Kat mordit sa lèvre inférieure quand elle sentit l'œillet s'élargir. Son sexe était bien plus gros que deux doigts et la morsure lui fit retenir son souffle et se demander s'il pourrait y arriver.

— Continue de respirer, ma douce, l'encouragea-t-il tendrement.

Kat s'exécuta et Irish marmonna dans ses dents quand son gland franchit l'anneau de sa chair.

— Voilà, c'est bien.

Il se mit à cajoler la perle enflée de son clitoris tout en continuant de l'investir. Le nœud de délicieuses palpitations qui s'était formé dans son ventre gagna en force, libérant un flot de moiteur. La frontière ténue entre le plaisir et la douleur s'estompa jusqu'à ce que l'un n'existe plus sans l'autre.

Finalement, les cuisses d'Irish touchèrent son postérieur. Il la comblait entièrement, s'unissait parfaitement à elle. Pas seulement son corps, mais aussi son cœur et son âme. Kat avait été brisée jusqu'au jour où il était entré dans sa vie. Il n'y aurait jamais d'autre homme que lui. Elle le savait aussi sûrement qu'elle connaissait son propre nom.

Il se pencha en avant pour chuchoter à son oreille.

— Je t'ai possédée de toutes les façons possibles. Rien que moi, Kat. Personne ne pourra jamais nous prendre ça. Tu es à moi et je suis à toi.

Bouleversée par cette déclaration d'amour, elle ferma les yeux.

— Pour toujours, promit-elle.

Des larmes de joie apparurent entre ses cils et mouillèrent la joue d'Irish quand elle y frotta le bout de son nez.

— Ouvre les yeux et regarde-moi t'aimer, murmura-t-il.

*
* *

Aiden se retira lentement du fourreau brûlant de la chair de Kat. Elle laissa échapper un miaulement ravi et tendit les fesses en arrière, sollicitant à présent ce qu'elle redoutait l'instant d'avant. Il plaqua les mains sur ses fesses, les écarta et la regarda avaler sa queue. Le fait qu'elle l'accueille ainsi et sentir son corps l'étreindre amoureusement enflamma son cœur et fit fondre la gangue de glace qui l'entourait.

Il adopta un rythme lent et régulier, un va-et-vient aussi souple qu'aisé. Un plaisir transcendant vibrait le long de son sexe et au creux de ses bourses. Un voile de sueur couvrait son corps sous l'effort qu'il devait fournir pour ne pas jouir trop vite.

Les sons qui accompagnaient leur acte charnel apaisaient son âme comme aucune musique n'aurait pu le faire. Halètements tendus, faibles gémissements, grondements sauvages et murmures de chair glissant sur la peau. Tout était parfait.

Elle était parfaite.

Parfaite pour lui.

Elle tendit le bras en arrière et couvrit sa main gauche de la sienne.

— C'est délicieux. Mon Dieu, je vais jouir. J'y suis presque.

Aiden savait déjà cela. Il pouvait le dire à la façon dont elle fronçait les sourcils, pinçait ses lèvres, serrait les poings et cherchait à modifier le rythme de son va-et-vient pour le faire aller plus vite, plus fort. Mais il la tenait fermement. Ils finiraient cela comme ils avaient commencé. Et ils se souviendraient de chaque poussée, de chaque caresse.

De chaque instant.

Il ploya à nouveau en avant pour couvrir son dos de son torse, glissa le bras gauche en dessous d'elle, la main droite posée sur son épaule tandis que l'autre atteignait sa cuisse écartée et ses doigts son sexe moite. Aussitôt, sa chair enserra sa queue tandis que ses hanches poursuivaient leurs pressions.

Il leva la tête et étudia leur reflet sur le carreau. Le fait qu'on aurait pu les observer donnait à l'acte un petit côté exhibitionniste. Mais Aiden se faisait aussi l'effet d'être un voyeur. Comme s'il regardait un autre couple faire l'amour. Une part de lui refusait toujours de croire à sa chance.

— Je t'aime, Aiden.

Mais il y avait cela.

Son nom sur ses lèvres. Kat savait qui il était et ne l'en aimait pas moins. Elle était plus forte qu'elle ne pensait. Bien plus que lui.

Des larmes surgirent au coin de ses yeux et l'émotion étranglait sa voix. Il affermit son étreinte. Accéléra légèrement ses poussées. Les accentua. Ses mouvements s'intensifiant en même temps que son amour.

— Sens combien je t'aime, Kat.

Il la regarda tendre la main vers leurs images reflétées. Elle fit courir son doigt le long du visage d'Aiden, de son menton, de sa bouche. Un juron lui échappa quand il ressentit le contact de son doigt, comme si son image sur la vitre et lui étaient connectés de façon tangible.

Ses yeux s'embuèrent et sa vision devint floue. Il refoula ses pleurs.

— Jouis avec moi, ma douce, dit-il d'une voix chargée d'émotion.

D'ici cinq à six pressions, il serait incapable de résister à l'orgasme. Ses bourses s'étaient contractées et la base de ses reins était en feu. Il baissa les yeux sur les doigts qui agaçaient la perle de chair sensible de son clitoris, et sentit le plaisir l'envahir entre ses bras.

Elle cria son nom quand la jouissance suprême l'emporta et le corps d'Aiden la suivit dans l'éther, où le désir les consuma par vagues successives, et il se vida en elle pour la deuxième fois en autant d'heures.

Une éternité de secondes s'écoula avant qu'il ait l'énergie de bouger, mais il embrassa finalement le haut de son bras et se redressa. Le souffle de Kat était profond et régulier, ses yeux paisiblement fermés. Il la souleva et la porta jusqu'au grand lit à baldaquin. Il procéda à sa toilette avec un gant tiède, puis la recouvrit du drap soyeux et s'allongea auprès d'elle.

Instinctivement, elle se blottit contre lui et nicha sa tête au creux de son épaule qui semblait conçue pour elle. Il la serra contre lui, déposa un baiser sur son front et se laissa gagner par le sommeil en espérant que ses rêves lui permettraient de revivre ce qu'ils venaient de connaître.

20

Vêtue de sa tenue de la veille – à l'exception de ses sous-vêtements dont les lambeaux se trouvaient quelque part dans la voiture de Xander – Kat se laissa guider jusqu'au buffet dressé dans le hall de l'hôtel par une délicieuse odeur de bacon frit et de sirop d'érable. La nuit d'amour avec Irish l'avait régalée et épuisée, mais son estomac s'était rappelé à elle de bonne heure, exigeant lui aussi d'être satisfait.

Elle avait ouvert les yeux sur les belles couleurs des bras tatoués qui l'enlaçaient et soupiré de contentement. Elle ne s'était jamais sentie aussi aimée et protégée qu'auprès de ce lutteur. Elle avait failli le réveiller pour lui proposer de l'accompagner, mais n'avait pu s'y résoudre. La vie ne l'avait pas épargné et il faisait plus vieux que son âge, mais le sommeil semblait lui apporter la paix et adoucissait ses traits. Aussi marqué fût-il, Irish n'en demeurait pas moins très beau.

Kat réprima un gloussement à l'idée de ce qu'il n'aurait pas manqué de lui faire s'il avait su ce qu'elle pensait et se dit qu'il valait mieux garder cette idée pour elle.

Parvenue dans le hall, elle découvrit une somptueuse crédence sur laquelle trônaient œufs brouillés, bacon, saucisses, pancakes, fruits et quantité d'autres choses qui lui mirent l'eau à la bouche et firent gronder sa panse. Elle posa les mains sur son abdomen pour étouffer le bruit et s'approcha de la table. Elle allait manger rapidement avant de porter une assiette à son bel endormi.

Vingt minutes plus tard, elle se tassa sur sa chaise, rassasiée. Elle avait eu les yeux plus gros que le ventre, mais avait quand même trouvé assez de place pour des œufs, du bacon, des saucisses, des galettes de pomme de terre et la gaufre la plus énorme qu'elle ait jamais vue.

Elle baissa les yeux sur son ventre et le lissa du plat des deux mains. *On croirait que je suis enceinte*, se dit-elle avant de blêmir. *Enceinte...* La possibilité existait.

— D'Irish, murmura-t-elle en souriant.

Elle n'avait jamais eu envie d'avoir des enfants auparavant. Pas avec la vie qui était la sienne. Les bambins méritaient un foyer stable et des parents qui les aimaient. Elle savait qu'elle serait prête à tous les sacrifices pour protéger sa progéniture, mais jamais elle n'aurait imaginé rencontrer un homme qui soit disposé à en faire autant.

Irish le ferait. Il aimerait et protégerait ses petits avec la férocité d'un lion.

Kat se leva, impatiente de retrouver sa chambre et l'être humain qu'elle ne voulait plus jamais quitter. Elle le laisserait manger avant de s'attaquer à son corps nu. Peut-être irait-elle jusqu'à cacher les préservatifs. Plus elle y pensait, plus l'idée d'avoir un bébé de lui lui plaisait.

Un sourire flottait sur ses lèvres quand elle s'approcha du comptoir des jus de fruits pour lui servir un grand verre de jus de cranberry. L'odeur de cette boisson la faisait habituellement grimacer, mais imaginer le goût qu'il aurait sur sa langue la fit saliver.

— Permettez-moi de vous aider, dit un homme. Vous risquez d'en renverser.

— Oh, non, ce n'est pas la peine. J'ai…

Merde ! L'homme qui venait de lui prendre le récipient des mains était… Vinnie. Tout sourires. Il prit une gorgée de jus et grimaça.

— Moi, je suis plutôt pomme.

Qu'est-ce que tu attends, Katherine ? Tire-toi en vitesse, ma fille ! Sauve-toi !

Kat obéit à son subconscient et tourna les talons pour s'enfuir, mais Sully lui barrait la route. Sa bouche révélait un rictus tout en dents et il maintenait sa veste entrouverte de façon à lui laisser voir le revolver de son holster. Kat sentit sa bouche devenir sèche et eut l'impression que la pièce rétrécissait autour d'elle.

— Allons faire une petite promenade, ma belle, dit Sully en désignant les ascenseurs d'un mouvement du menton.

— Et évite de prendre des risques qui se solderaient par la mort de ton petit copain, ajouta Vinnie en refermant sa main sur le haut de son bras pour lui faire traverser le hall. Si tu déconnes, on te laisse en plan pour s'occuper de lui.

Oh, mon Dieu, mon Dieu, que faire ? Kat se secoua mentalement. Si elle voulait avoir une chance de s'en sortir, elle devait garder son calme et les idées claires.

Les portes de l'ascenseur s'ouvrirent et elle pénétra dans la cabine. Sully fit glisser une carte magnétique dans le lecteur et pressa le bouton du dernier étage tandis que les portes se refermaient sur le dallage de marbre et les lustres du hall.

— J'ai retiré le mouchard.

Sully regarda le pansement qui se trouvait à l'endroit où l'espion avait été incrusté.

— Oui, on avait compris. Je reconnais que tu as du cran. Vinnie tourne de l'œil à la moindre entaille.

— Lâche-moi un peu, Sully, tu veux ? Je t'ai dit que j'étais en hypoglycémie ce jour-là.

Kat ignora le gloussement de Sully et ne laissa pas le temps à Vinnie de riposter.

— Comment nous avez-vous retrouvés ?

Le rire mourut sur les lèvres de Sully qui prit l'air offensé.

— On n'est pas des gangsters d'opérette, princesse. Une fois qu'on a retrouvé ta voiture le nez dans un marais, on a lancé un repérage sur la moto de ton copain et la voiture de son pote. Sicoli a des contacts avec la police dans tous les États du Sud ; il ne nous a pas fallu longtemps pour vous mettre la main dessus.

Ils auraient dû continuer à rouler la veille. Franchir la frontière mexicaine sans regarder derrière eux. Mais quitter le pays n'aurait pas arrêté le chef de bande dans sa quête. Elle ne savait pas grand-chose de lui, si ce n'est qu'il était dangereux et redoutablement fier. Il n'aurait pas abandonné les recherches. Il en avait les moyens et il ne s'agissait plus d'une question de principes, mais d'une affaire personnelle. Plus il mettait de temps à la retrouver, plus il passait pour un imbécile.

Elle comprit que cette histoire ne finirait pas tant que Sicoli estimerait que sa dette n'était pas intégralement payée. Et ce n'était pas le problème d'Irish. Ça ne l'avait jamais été. Mais elle l'avait laissé s'en mêler et maintenant, il risquait de le payer de sa vie. Elle ne pouvait pas laisser faire ça. Elle ferait tout pour l'empêcher.

L'ascenseur atteignit le dernier niveau et ils la guidèrent vers la chambre. Quelques minutes plus tôt, elle était impatiente de la regagner, mais à présent, elle aurait tout donné pour ne jamais arriver à cette porte.

Elle planta solidement les talons de ses bottes dans la moquette, les obligeant à s'arrêter.

— Écoutez, je vous propose un pacte. Si vous me livrez à Sicoli tout de suite, je jure de vous suivre docilement. Je ne résisterai pas, je n'essaierai pas de m'enfuir. Marché conclu ?

Les deux hommes échangèrent des regards en coin, puis Sully prit la parole.

— Résumons-nous : tu *veux* qu'on te livre à Sicoli, c'est ça ?

Elle hocha vigoureusement la tête.

— Oui. Mais seulement si vous laissez Irish en dehors de tout ça. Je ne veux plus qu'il soit mêlé à cette histoire.

— Bon, alors j'ai une bonne et une mauvaise nouvelle pour toi. La bonne, c'est qu'on te livrera au patron.

— La mauvaise, enchaîna Vinnie pendant que son partenaire ouvrait la porte de la chambre avec sa carte magnétique, c'est que ton copain est déjà un peu plus mouillé qu'avant dans cette affaire.

Sully entra le premier. Sa haute silhouette empêcha Kat de voir quoi que soit avant que l'issue soit refermée et qu'il s'écarte sur le côté.

— Oh, Seigneur ! Qu'est-ce que vous lui avez fait, bande de salauds ? s'écria-t-elle en s'élançant vers lui.

Vinnie l'arrêta net et elle se débattit sans succès pour lui échapper.

Irish était assis sur le lit, le haut de son corps basculant vers l'avant autant que le permettaient ses bras étirés et ses poignets menottés aux montants du lit. Son torse nu était couvert d'entailles dégoulinantes de sang. Kat sut que quoi qu'ils lui aient fait, Irish s'était défendu jusqu'au bout. Parce qu'il était comme ça. Un lutteur. *Son* lutteur.

Mon Irish tenace. Il souleva la tête et Kat sentit ses poumons se vider. Son œil droit était si enflé qu'il demeurait clos et la blessure de sa lèvre s'était rouverte. Un bout de drap déchiré était enfoncé dans sa bouche. C'était plus qu'elle ne pouvait en supporter.

— Lâchez-moi !

— Laissez-la.

La troisième voix homme s'était élevée depuis le coin de la chambre, mais Kat n'y accorda aucune importance. Dès qu'elle se sentit libre, elle traversa la pièce et grimpa sur le lit.

— Excuse-moi, mon amour, murmura-t-elle en avançant à quatre pattes jusqu'à lui.

Elle s'agenouilla devant lui, ôta le bâillon de sa bouche et prit son visage entre ses mains.

— Seigneur, je te demande pardon.

— Ces salauds t'ont touchée ? demanda-t-il d'une voix affreusement enrouée dont l'accent n'en demeurait pas moins attendrissant.

La bête qui l'habitait avait refait surface. Ses muscles se contractaient spasmodiquement et il donnait l'impression d'être prêt à traverser l'enfer s'il le fallait.

— Non, je vais bien.

Chaque coupure, chaque goutte de sang, chaque coup qu'ils lui avaient infligés étaient de sa faute *à elle,* mais son premier souci était de s'assurer qu'elle était indemne. Les larmes qui emplirent les yeux de Kat brouillèrent sa vue et l'enragèrent. Irish était en piteux état, mais elle refusait que quoi que ce soit l'empêche de le voir.

— Mon Dieu, ils t'ont démoli !

— Ne t'inquiète pas pour moi, dit-il. Je me sens plus mal en point que j'en ai l'air. Non, attends... ajouta-t-il en fronçant les sourcils sous l'effet de la concentration. C'est le contraire. J'ai l'air plus mal en point que je ne le suis réellement.

Un son à mi-chemin entre rire et sanglot échappa à Kat tandis qu'elle écartait les cheveux d'Irish de son front et les lissait en arrière.

— Maintenant, je suis sûre que tu souffres. Tu n'arrives même plus à faire de l'humour.

— Non, je suis en pleine forme, assura-t-il avec un pâle sourire. Du moment que je sais que tu vas bien.

Kat pressa ses lèvres contre les siennes. Ce fut plus fort qu'elle. Il était nécessaire pour elle qu'elle perçoive cette connexion entre eux et qu'elle l'assure de son amour. L'entaille de sa lèvre le fit certainement souffrir, mais il lui rendit son baiser – il en avait visiblement autant besoin qu'elle.

— Bon, ça suffit comme ça, entendit-elle derrière elle. Il est temps de parler affaires.

Kat regarda par-dessus son épaule et découvrit le troisième individu, assis sur le fauteuil à oreillettes du bureau. Vêtu d'un complet noir assorti d'une cravate rouge, une cheville calée sur le genou opposé et les mains jointes devant lui par le bout des doigts, il affichait la posture du thérapeute qui écoute son patient avec attention alors qu'il était à l'évidence resté dans cette position à regarder un homme se faire menotter et torturer.

— Qui êtes-vous ?

Un sourire faussement charmeur apparut sur ses lèvres.

— Je suis celui qui vient s'assurer que vous vous acquittez de votre dette et de tous les ennuis que vous avez causés.

Kat en avait par-dessus la tête de cette histoire de dette qu'elle était censée avoir contractée envers ce prétendu parrain, et de passer son temps à fuir les gorilles qu'il avait lancés à ses trousses pour faire de sa vie un enfer. Elle en avait déjà plus qu'assez quand ils avaient menacé sa pathétique existence dans le Tennessee. Mais désormais, elle avait rencontré un homme qui avait transformé sa vie en véritable conte de fées. Quelqu'un qui donnait un sens à sa vie et qu'elle aimait. Elle ne laisserait pas ces crétins lui prendre tout cela sans résistance.

Elle descendit du lit et cala ses poings sur ses hanches.

— Et qu'est-ce qui vous fait croire que vous y arriverez mieux que ces deux-là ?

— Un principe élémentaire, ma chère. Basé sur un vieux dicton qui prétend qu'on n'est jamais si bien servi que par soi-même.

Un frisson saisit son scalp avant de se répandre le long de sa colonne vertébrale et elle laissa retomber ses bras. Le monstre était sorti du placard.

— Antony Sicoli, murmura-t-elle.

— Le seul et unique.

*

* *

Aiden vibrait de fureur. À cause de son imprudence, Kat se retrouvait au milieu d'une situation explosive. Il n'avait pas été fichu de la protéger. Il avait laissé son cœur supplanter sa raison.

L'alcool n'était peut-être pas la seule cause quand Janey était morte. Aiden était tout bonnement incapable de réfléchir quand ses sentiments entraient en jeu. Quelle ironie ! Plus il s'intéressait à une femme, moins il se révélait capable de la protéger. Et tous ceux qui l'approchaient finissaient toujours par souffrir. Kat comme les autres.

D'abord soucieux de lui voir infliger une sévère correction, Sicoli n'avait pas encore révélé ses projets. Mais Aiden avait une idée assez précise des possibilités. Et aucune n'était plus enviable qu'une autre.

Quand il avait été réveillé par Sully et Vinnie occupés à l'attacher et le bâillonner, il avait éprouvé un vif soulagement en découvrant que Kat n'était pas dans la chambre. Il avait souhaité qu'elle soit partie assez longtemps pour que Sicoli et ses gorilles le menacent ou lui fassent ce qu'ils voulaient, et repartent avant son retour.

Mais le mafieux avait fini par ordonner à ses sbires d'aller la chercher et Aiden s'était alors surpris à prier pour que Kat ait eu l'intelligence de le quitter. Qu'elle ait pris les clefs de la Nova et qu'elle se soit enfuie loin de lui...

Kat fit un pas en avant, se plaçant entre Aiden et Sicoli.

— Écoutez, je vous rembourserai par n'importe quel moyen, mais laissez-le en dehors de ça. Il n'a rien à voir avec cette histoire.

— Pas question, gronda Aiden. C'est moi qui ai bousillé le dernier arrangement, Sicoli. Sa dette et tout le reste me reviennent. Laissez-la tranquille. Elle ne pourra jamais vous rapporter autant d'argent que moi.

— N'en sois pas aussi sûr, mon ami, répondit le caïd en faisant glisser son regard sur le corps de Kat tel un loup convoitant un agneau sans défense. En la proposant à la clientèle adéquate, elle pourrait me rapporter beaucoup.

Les chaînes des menottes cliquetèrent quand il tira dessus jusqu'à ce que le métal morde sa chair et qu'un filet de sang tiède coule sur ses bras.

— Il faudra me passer sur le corps avant, promit-il en fusillant Sicoli de son œil valide.

— Absolument, acquiesça l'autre. Parce que je vais te donner une nouvelle chance de me rapporter un paquet de billets, O'Brien. Et si tu merdes encore une fois, non seulement je te tuerai, mais je me verrai contraint d'utiliser ta copine pour payer vos arriérés cumulés.

Kat eut beau redresser les épaules et soutenir le regard du monstre qui la menaçait de lui faire revivre son pire cauchemar, Aiden la vit pâlir.

— Pourquoi attendre un remboursement incertain alors qu'avec moi, vous êtes sûr de récupérer votre argent ? Prenez-moi, ça mettra fin une bonne fois pour toutes à cette histoire.

— *Kat !* Boucle-la !

Elle tourna son regard vers lui, ses beaux yeux bleus baignés de larmes qu'elle retenait de toutes ses forces. Crier sur elle lui faisait horreur, mais si ce véreux de Sicoli la prenait au mot, elle serait perdue pour toujours. Aiden ne pourrait jamais la retrouver ni la sauver.

— Ça n'a jamais été ton affaire, lui dit-elle. Je ne peux plus te laisser risquer ta vie pour moi. Je t'aime trop.

Derrière elle, Sicoli s'était levé et rapproché du lit.

— Cette scène est très touchante, mais vous oubliez tous les deux que c'est moi qui établis les règles ici. Voilà comment les choses vont se passer.

Le chef de bande fit un geste de la main. Sully s'approcha, un rouleau de papier collant à la main, tandis que Vinnie saisissait Kat par les bras et l'écartait du lit.

— Samedi, tu vas participer au championnat du Four by Four. Cette fois, tu vas bien te coucher au troisième round. Et pour être sûr que tu le feras, je vais garder la fille jusqu'à ce que ce soit fini.

— Ne t'inquiète pas, Irish, grinça Vinnie en faisant glisser sa sale patte depuis le cou de Kat jusqu'à sa poitrine qu'il pinça cruellement. Je prendrai soin d'elle pour toi.

Kat projeta son coude dans le plexus solaire de Vinnie, puis redressa le bras et lui asséna un coup de poing en pleine figure quand il se plia en deux, mettant ainsi en pratique les techniques qu'Aiden lui avait enseignées. Avant qu'il ait eu le temps de comprendre ce qui lui arrivait, Vinnie était à bout de souffle et avait la lèvre enflée. Malheureusement, il se remit rapidement du choc et riposta d'un revers de main qui fit valser Kat et l'envoya au sol.

Aiden vit rouge et tira sur ses entraves avec un rugissement de rage.

— Salaud, je vais te...

Avant qu'il puisse faire part de son intention d'étrangler Vinnie avec ses propres intestins, Sully lui balança un direct du droit qui manqua lui arracher la tête. À travers l'élancement de douleur qui avait saisi son cerveau et le goût du sang qui emplissait sa bouche, il entendit Kat hurler son nom et les supplier d'arrêter de le frapper. Il venait à peine de cracher quand Sully appliqua une bande d'adhésif en travers de ses lèvres.

Aiden se sentait comme une Cocotte-Minute sur le point d'exploser. La bête faisait rage en lui. Ses narines se dilataient et son torse se soulevait. Sans ces maudites menottes, il leur aurait lacéré les membres un à un pour avoir fait pleurer Kat et tenté de l'arracher à lui.

Tandis que Vinnie la forçait à se relever sans ménagement, Sicoli tira sur les manchettes de sa chemise pour les rajuster et exposa ses dernières instructions.

— À ta place, O'Brien, je me concentrerais sur ce que je dois faire pendant le combat de samedi. Suis mon conseil et tout sera terminé. Je récupérerai l'argent qui me revient et on ne se reverra plus jamais.

Sicoli planta ses poings sur le matelas en veillant à se tenir juste assez loin pour qu'Aiden ne puisse pas lui envoyer un coup de boule. Ses yeux gris et froids révélaient l'âme noire d'un homme qui voyait les autres comme des pions qu'il manipulait à sa guise et pour son seul profit.

— Avise-toi seulement de *penser* me doubler et je jetterai cette chienne aux loups jusqu'à ce qu'il n'en reste plus rien. Compris ?

Aiden hocha à peine la tête.

— Bien, déclara la crapule en lui tapotant la joue. On se revoit ce week-end. La clef des menottes est sur le bureau. La femme de ménage passera d'ici deux heures.

Sicoli se retourna et fit signe à ses hommes. Tandis qu'ils gagnaient la porte, Kat fit son maximum pour ne pas lâcher son regard, s'excusant encore et encore à travers ses larmes. Aiden maudit le bâillon qui l'empêchait de lui promettre que tout irait bien. Qu'il la sauverait. Il ne put que les regarder, impuissant, l'emporter loin de lui.

La technicienne de surface arriva trois heures plus tard. Heureusement, elle n'était pas du genre impressionnable. Au lieu de pousser des cris et de s'enfuir comme Aiden s'y était attendu, elle marmonna un chapelet de jurons bien sentis dans une langue étrangère et s'empressa de lui porter secours.

Une fois libéré, il se rhabilla aussi vite que possible malgré l'endolorissement de son corps, puis récupéra ses affaires cachées dans le coffre-fort de la chambre. Il offrit deux cents dollars à la femme qui l'avait délivré pour la remercier de son aide et de sa discrétion, puis rassembla le reste de ses effets. Mais avant de reprendre la route pour Alabaster, il avait encore une chose à faire.

Il décrocha le téléphone, composa un numéro et retint son souffle quand la sonnerie retentit à l'autre bout de la ligne.

— Patterson.

La gorge d'Aiden se contracta, l'empêchant de répondre.

— Allô ? Il y a quelqu'un ?

Il s'éclaircit la gorge.

— Ouais. Salut, Joey. C'est, heu...

— Bordel, cracha Joey. C'est toi, Aiden ?

Aiden jeta un coup d'œil par-dessus son épaule. Passer ce coup de fil le mettait affreusement mal à l'aise et il se serait volontiers passé d'un public. Mais la femme de ménage était occupée à retirer du lit les draps tachés de sang tout en soliloquant.

— Oui, c'est moi.

— Ça fait quoi ? Cinq ans ? Tu peux te vanter d'avoir fait du bon boulot pour m'éviter. Je ne pensais pas avoir un jour de tes nouvelles.

Aiden serra les dents et le regretta aussitôt quand un élancement s'empara de son crâne aussi douloureusement que s'il avait reçu un autre coup. Entre ses blessures et le fait de reprendre contact avec son ex-meilleur ami, Aiden aurait apprécié une bonne dose d'ibuprofène et de whisky irlandais.

— Je sais. J'ai été lâche. Crois-moi, tu n'aurais rien pu dire ou faire pour me punir davantage que je ne l'ai fait moi-même, déclara-t-il en portant son regard vers la fenêtre. Mais je n'aurais pas dû t'empêcher de le faire. C'était ton droit le plus strict.

— Tu es vraiment le roi des cons, tu sais ça ?

La colère à laquelle Aiden s'était attendu filtrait enfin dans la voix de Joey.

— Tu crois que je ne sais pas que ce qui est arrivé à Janey était un accident ? reprit-il. Tu l'aimais comme Colleen et Mary Catherine. Tu ne lui aurais jamais fait de mal volontairement.

— Si tu en étais persuadé, pourquoi as-tu cherché à me retrouver avec autant d'insistance ? s'étonna Aiden en fronçant les sourcils.

— Parce que je venais de perdre ma sœur et que j'avais besoin de mon meilleur ami pour m'aider à faire mon deuil, espèce de sale abruti narcissique. J'avais besoin de toi. Et toi, tu n'as pensé qu'à ta gueule et à ta foutue culpabilité.

Putain de merde. Aiden réfléchit à toute allure. Joey disait vrai. Il n'avait été qu'un faible doublé d'un égoïste. Il n'avait songé qu'à lui – sa souffrance, sa faute – alors qu'il aurait dû s'inquiéter de celui qui avait toujours été comme un frère pour lui.

Le remords vint piquer ses yeux. Il pressa le pouce et l'index contre ses paupières closes et lutta pour trouver ses mots.

— Joey, je... je suis tellement désolé, mec. Tu as raison et je ne le mérite pas, mais j'espère qu'un jour, tu pourras me pardonner.

Un long soupir franchit la ligne.

— Je t'ai déjà excusé depuis une éternité, Aiden. Tu ne m'as pas laissé l'occasion de te le dire, c'est tout.

Aiden eut l'impression d'être enfin libéré du carcan d'acier qui l'étouffait lentement depuis la mort de Janey. Pour la première fois depuis une très longtemps, il prit une profonde inspiration purificatrice, et se jura d'être quelqu'un de meilleur à l'avenir.

— Merci, mon pote, je te revaudrai ça, je le jure.

— Arrête un peu ces conneries, ronchonna Joey. C'est pas utile que tu me cires les pompes. Tout ce que je veux, c'est retrouver mon frangin, tu piges ?

— Oui, répondit-il, soulagé. Cinq sur cinq.

— Bon. Alors quand est-ce qu'on se retrouve chez Paddy pour écluser une bière ?

— Je ne suis pas à Boston, Joey. Je suis en Louisiane, dit Aiden, le regard rivé sur le sac à main de Kat. Et j'ai besoin de ton aide.

21

La semaine s'était traînée dans une atroce lenteur. Aiden avait à peine dormi et passé la majeure partie de son temps à s'entraîner dans la grange. Il avait déchargé son agressivité verbale sur Xan et Johnny jusqu'à ce qu'ils n'en puissent plus, et le physique sur son sac de sable, qui avait fini par rompre sous les coups.

Ses amis avaient beau essayer de le calmer et lui interdire de penser au pire, il ne pouvait pas éviter d'imaginer les sales pattes de Vinnie peut-être en train de raviver les pires cauchemars de Kat. Il n'avait encore jamais prié avec autant de ferveur de sa vie, mais il était prêt à tout tenter pour faire en sorte qu'il ne lui arrive rien avant qu'il puisse à nouveau la serrer dans ses bras.

Une heure auparavant, il avait écouté Joey récapituler leur plan d'action pour faire tomber son ennemi et sauver Kat. Son frère de cœur l'avait entraîné derrière la maison et avait posé une main sur son épaule.

— N'oublie pas. Tu dois faire comme si tu étais prêt à faire ce qu'ils ont exigé de toi. Si Kat n'est pas dans l'arène avec Sicoli, elle ne sera pas loin. Il voudra l'avoir à portée de main au cas où les choses ne tourneraient pas comme il veut. C'est son moyen de pression.

Aiden avait beau avoir pleinement confiance en son ami et son idée avait beau lui paraître solide, il ne pouvait pas s'empêcher de spéculer sur les milliers de possibilités susceptibles de la faire échouer.

— On va la récupérer, Aiden. Je te le promets.

— Oui, mais dans quel état ? Ils ont eu toute une semaine pour lui faire Dieu sait quoi.

— Tu l'aimes ?

— Tellement que ça me fait peur, avoua Aiden.

— Alors tu sauras faire ce qu'il faut pour l'aider à guérir et la tirer d'affaire. Comme tu l'as déjà fait.

Aiden plissa les yeux. Il n'était pas entré dans les détails avec Joey au sujet de sa relation avec Kat. Il n'avait pas voulu parler d'elle tant qu'elle était retenue en otage parce que ça n'aurait servi qu'à accroître sa rage.

— Comment es-tu au courant de ce que j'ai déjà fait ? s'enquit-il d'un ton soupçonneux.

— Parce que Xan est un affreux bavard, répondit Joey avec un petit sourire. Allez, mec, tu vas bientôt entrer en piste.

Aiden faisait à présent les cent pas dans le vestiaire de l'enceinte, fin prêt pour le combat, en attendant qu'on l'appelle. Assis dans un coin, Xander faisait tourner un rouleau de bandage autour de son index, l'une de ses jambes parcourue d'une trépidation irrépressible.

Le temps progressait avec une telle lenteur qu'il donnait l'impression de reculer. Quand la porte s'ouvrit, Aiden fut persuadé qu'on venait enfin le chercher. Au lieu de quoi, il se retrouva confronté au regard gris acier de l'homme qu'il rêvait de tuer de toutes les façons envisageables.

— Qu'est-ce que tu veux, Sicoli ? gronda-t-il.

Extrêmement élégant bien qu'il ait troqué sa chemise et le veston de son complet contre un simple polo, l'intéressé émit un claquement de langue faussement désapprobateur et glissa les mains dans ses poches.

— Quelle agressivité, O'Brien. Je pensais te trouver de meilleure humeur maintenant que cette affaire touche à sa fin.

— Ce qui prouve que tu penses mal, rétorqua Aiden en faisant craquer les jointures de ses doigts contre ses paumes.

Sicoli pouffa, parfaitement serein.

— Si tu le dis. Je voulais simplement te souhaiter bonne chance.

— Où est Kat ?

— Sully veille sur elle. Soucie-toi de ta performance, je m'occupe de la fille, déclara-t-il avant de rouvrir la porte pour sortir. Oh, une dernière chose, ajouta-t-il en s'immobilisant tout à coup. Il semble qu'il y ait eu un changement de programme. L'adversaire que tu devais affronter ce soir s'est malencontreusement cassé la jambe.

Aiden croisa les bras, intimement convaincu que le pauvre bougre avait perdu la partie contre un pied-de-biche.

— Ah, vraiment ? dit-il. Et qui a-t-on trouvé pour le remplacer ?

— Par un bienheureux hasard, il se trouve que Vinnie est un lutteur aguerri d'Arts Martiaux Mixtes. Mais contrairement à toi, il n'a jamais fréquenté les circuits professionnels, tu n'as donc pas à t'inquiéter, assura Sicoli avec un sourire jusqu'aux oreilles. Et puis ça n'a pas grande importance, puisque nous savons tous comment ce combat finira. Pas vrai, O'Brien ?

Aiden serra les dents et ses muscles se contractèrent autour de ses os. Le monstre en lui hurla son envie de passer à l'attaque et de mettre l'homme en pièce. Sicoli était baraqué, mais son expérience se limitait au combat de rue. Il n'aurait fallu à Aiden que quelques secondes pour lui faire une clef du bras et serrer sa trachée tel un anaconda.

Mais il devait garder sa bête en cage. La libérer maintenant ne servirait qu'à l'inculper de meurtre. Et le chef mafieux gagnerait par-delà sa propre mort. La dernière fois qu'il avait laissé parler son tempérament, Janey n'avait pas survécu. Cette fois, Aiden respecterait les consignes de Joey.

— Tout à fait.

— On se revoit après le combat, conclut le mafioso en quittant la pièce avec un rictus satisfait.

Xan appliqua une tape sur son épaule pour attirer son attention, puis l'aida à enfiler ses gants.

— Ne le laisse pas t'atteindre, mec. C'est nous qui avons la main. Tu vas récupérer Kat avant même de t'en rendre compte et cette ordure se retrouvera sous les verrous.

— On va faire ça, répondit-il avant de mettre son protège-dents en place.

Quand il traversa le couloir menant à l'arène pleine de fans surexcités, Aiden ne pensait qu'à retrouver Kat. Il parcourut la foule du regard en remontant l'allée centrale, mais il régnait une telle agitation qu'il était impossible de distinguer qui que ce soit.

Dès que l'arbitre eut fini de l'enduire de vaseline et l'eut autorisé à participer au combat, il fonça sur le ring et concentra son attention sur le public. Il repéra Sicoli, assis au premier rang, près de l'angle qui serait réservé à Vinnie. Kat n'était pas à côté de lui.

L'individu afficha un sourire de renard. Il savait qu'Aiden crevait d'envie de la voir. Il jubilait du pouvoir qu'il exerçait sur lui. La rage fit bouillonner son sang et un flot de haine accompagna l'adrénaline qui se répandit dans ses veines. Sans le quitter du regard, Aiden alterna les sauts de côté et secoua les bras pour se préparer au combat.

L'annonce de Vinnie comme remplaçant fut saluée par une huée du public. Même dans le cadre d'un tournoi clandestin, un tel revirement de dernière minute, excluant par-dessus le marché l'un des précédents combattants, était très mal perçu.

Malheureusement, ce changement avantageait Sicoli. Plus il y avait de paris sur Aiden, plus sa défaite lui profitait.

Quand Vinnie entra dans la cage, Aiden dut se faire violence pour résister à l'envie de lui bondir dessus et de le démolir sur-le-champ. Il ne pouvait s'empêcher de penser à la façon dont il avait touché Kat dans la chambre d'hôtel et à tout ce qu'il avait pu lui faire durant les jours qui venaient de s'écouler.

L'arbitre les appela au centre. Tandis qu'il énonçait les règles, Vinnie écarta son protège-dents.

— Je tiens à ce que tu saches que j'ai adoré ta rouquine, susurra-t-il. C'est trop bon quand elles ne peuvent pas se défendre.

Ces paroles atteignirent les nerfs à vif d'Aiden comme la décharge d'un câble à haute tension. Un flot d'étincelles remonta le long de ses muscles quand son poing droit percuta la joue de Vinnie. L'arbitre s'interposa, repoussa Aiden et le réprimanda pour avoir commencé le combat avant son signal. Le coup avait fait reculer Vinnie de quelques pas, mais il se redressa sans problème et sourit avant de remettre sa protection en place.

Finalement, le match commença officiellement, mais bien qu'il ait désormais l'autorisation de le cogner, Aiden ne pouvait plus se relâcher. Il était obligé de faire semblant de profiter des ouvertures que Vinnie lui laissait pour lui infliger des coups, tout en les dosant savamment afin qu'au bout du compte la victoire de Vinnie soit crédible. Aiden n'avait encore jamais réalisé à quel point il était difficile de chorégraphier une lutte. Maintenir le cap sur une telle corde raide se révélait finalement plus ardu que mener un véritable combat.

Le premier round fut globalement équilibré, aucun des combattants ne se retrouvant au tapis. Le deuxième connut plusieurs chutes et des empoignades serrées au cours desquelles Vinnie surprit Aiden par sa maîtrise du ju-jitsu. En se basant sur la facilité avec laquelle il lui avait coincé le bras entre les cuisses au cours de leur première rencontre chez Kat, Aiden avait considéré le gorille comme un amateur. Mais il avait oublié, en faisant ce raisonnement, qu'à l'époque Vinnie ignorait qui il était et qu'il ne s'était donc pas attendu à une prise aussi vicieuse.

À la fin du deuxième round, ils s'étaient sérieusement amochés l'un l'autre. Vinnie avait récolté un œil enflé et une entaille à la joue droite quand Aiden lui avait donné un coup de coude après l'avoir plaqué au sol. Quant à Aiden, son arcade sourcilière s'était ouverte lorsqu'il avait tenté de parer un crochet particulièrement vicieux de Vinnie. Sans compter les côtes et les reins rougis qui se transformeraient en hématomes pour tous les deux.

Pendant la brève pause qui suivit, ils n'eurent personne pour leur appliquer des poches de glace, leur donner à boire ou stopper les hémorragies. Sully était occupé à retenir Kat en otage. Tandis que Xander et Joey étaient censés trouver le moyen de la délivrer.

La cloche retentit et l'arbitre les rappela au centre. Tout allait se jouer au cours de ce dernier round. Si ses amis ne trouvaient pas Kat avant la fin, Aiden serait obligé de se coucher. Joey avait eu beau lui assurer que Sicoli ne la tuerait pas à cause de la valeur qu'elle représentait à ses yeux, l'aperçu qu'Aiden avait eu du tempérament de ce crétin dans la chambre d'hôtel ne l'incitait pas vraiment à le croire. S'il ne donnait pas satisfaction, Sicoli pouvait très bien donner ordre à Sully d'exécuter Kat.

Et il était hors de question qu'il joue avec sa vie.

L'arbitre donna le signal de début de round et l'horloge entama le décompte. Cinq minutes au cours desquelles il allait devoir autoriser l'homme qui avait frappé Kat à lui mettre la pâtée. Cinq minutes qui allaient déterminer si la confiance qu'il avait placée en Joey serait payante ou si elle n'aurait servi qu'à mettre Kat davantage en danger.

Aiden lança quelques coups qui manquaient de conviction, mais s'appliqua surtout à baisser sa garde pour encaisser ceux de Vinnie qui n'avaient rien de caresses affectueuses. Son bras était aussi puissant qu'un canon. Heureusement, Aiden n'avait pas une mâchoire de verre et pouvait encaisser un déluge de chocs sans s'écrouler.

Le public ne cherchait pas à cacher sa déception au vu de la tournure des événements. Ses cris de colère et ses huées résonnaient si fort à ses oreilles qu'il n'entendait pratiquement plus les insultes de Vinnie.

Aiden jeta un coup d'œil à la durée restant. La panique le saisit et, au même instant, le poing de Vinnie atteignit ses côtes. Une douleur fulgurante remonta le long de son flanc et il s'écroula. Les sifflements s'amplifièrent tandis que Vinnie levait les bras en l'air comme s'il avait déjà gagné. Aiden jeta un nouveau coup d'œil à l'horloge, laquelle confirma sa crainte précédente. Moins d'une minute avant la fin du round. Mais il ne pouvait pas encore abandonner. Il devait laisser à Joey autant de temps que possible.

Aiden se remit sur ses pieds, puis se redressa lentement, une main plaquée sur le côté gauche. Il fut certain d'avoir quelques côtes fêlées. Ça le gênait pour respirer et encore plus pour bouger, mais il n'avait pas le droit de se concentrer sur sa douleur. Il avait des soucis plus importants que cela.

Il se rapprocha de Vinnie, les gants levés devant son visage, faisant silencieusement savoir à son adversaire qu'il ne s'avouait pas encore vaincu. Vinnie grogna, visiblement vexé de ne pas avoir encore été déclaré gagnant. *Dommage pour toi, connard. Je ne suis pas encore prêt à me coucher.*

Piqué au vif, Vinnie balança coup sur coup, forçant Aiden à reculer jusqu'au bord de la cage. Le gorille s'élança alors sur lui et chercha à l'attraper pour l'entraîner au sol. Il possédait la force nécessaire pour réussir ce genre de prise, mais, grâce à son imposante stature, Aiden parvint à maintenir son centre de gravité en un point qui compliqua diaboliquement la tâche de son adversaire.

Pendant que Vinnie s'escrimait à le frapper pour l'entraîner au sol, Aiden se contentait d'encaisser sans broncher, le regard rivé à la pendule.

Trente secondes…

Il aurait mieux fait de retourner le bayou en tous sens pour retrouver Kat.

Vingt-cinq…

Il aurait mieux fait de tordre le cou à Sicoli dans le vestiaire et de se lancer à sa recherche.

Vingt…

Le destin de Kat – qui oscillait entre l'esclavage et la mort – reposait entre ses mains. Des larmes brûlèrent ses yeux.

Quinze…

Il l'aimait… et il l'avait trahie…

Au milieu des hurlements de la foule, il l'entendit pratiquement hurler son nom. Son vrai nom.

Vinnie lui balança un crochet en pleine face qui projeta sa tête sur le côté… et ce fut alors qu'il la vit descendre l'allée et, oui, elle criait bien son nom.

— *Aiden !*

Il cligna les yeux pour s'assurer qu'il n'était pas victime d'hallucination. Et quand il aperçut Joey et Xander qui couraient derrière elle, il comprit qu'il ne rêvait pas. Kat était saine et sauve.

La force de dix hommes le gagna soudain et il repoussa brutalement Vinnie. Il restait neuf secondes. Il projeta le bras droit en arrière et, de toute la force de la haine que lui inspiraient des hommes comme Sicoli et ses acolytes qui ne faisaient que répandre le mal et profiter des faibles, il envoya son poing dans la mâchoire de Vinnie.

BAM !

Aiden sentit l'os craquer sous ses jointures et regarda les yeux de Vinnie se révulser avant qu'il n'aille rebondir contre la grille et atterrisse face contre terre. Voyant qu'il ne remuait plus un seul muscle, l'arbitre annonça la fin du round deux secondes avant le temps réglementaire. Le public explosa de joie, mais Aiden était bien plus préoccupé par un chef de la mafia qui tâchait à présent de se frayer un chemin vers le fond de l'arène.

— Joey ! cria-t-il en désignant la direction prise par Sicoli. Par là !

Joey acquiesça, lança une paire de menottes par-dessus le haut de la cage et se lança à sa poursuite tandis que Xander rebroussait chemin de son côté, sans doute dans l'espoir de lui barrer la route à la sortie.

Aiden se tourna vers Vinnie que l'arbitre aidait à faire asseoir tandis qu'il reprenait conscience.

— Merci, c'est bon, je gère, déclara Aiden en écartant l'arbitre.

Il souleva Vinnie et le traîna jusqu'à la grille. Profitant de son hébétude, il menotta l'un de ses poignets, fit passer la chaîne de l'instrument autour des barreaux et la referma sur l'autre.

— Voilà, dit-il en pensant à toutes les horreurs qu'il avait pu faire subir à la femme qu'il aimait. Et maintenant, qui est-ce qui se retrouve sans défense ?

Il envoya une fois de plus son bras en arrière, disposé à le cogner jusqu'à ce que mort s'ensuive.

— Aiden !

Il se figea puis tourna seulement la tête vers la voix qui avait l'effet d'un baume sur son âme meurtrie. Sa robe était salie et des hématomes jaunissants marquaient la peau de ses bras. Ses yeux étaient lourdement cernés et ses cheveux tout emmêlés, mais même ainsi, c'était la plus belle femme qu'il ait jamais vue.

Vinnie toussa, puis émit un rire étranglé qui retint l'attention d'Aiden.

— Qu'est-ce qui te fait glousser, connard ?

— L'ironie… râla l'autre en braquant sur lui le regard de son œil valide. Je connais ton histoire, Irish. Tu l'as peut-être sauvée aujourd'hui… mais tu finiras par lui porter malheur. Comme à cette pauvre fille de Boston.

L'espace d'une fraction de seconde, Aiden sentit ses anciennes frayeurs ressurgir. Mais il jeta un coup d'œil à Kat qui se tenait derrière lui, les bras serrés autour de sa taille comme si elle cherchait à se réconforter elle-même. Son cœur enfla, et pour une fois, la bête qui l'habitait se soucia davantage de la protéger et de l'aimer que de la venger.

Aiden laissa retomber son poing.

— Amuse-toi bien en prison, trou du cul. Et fais attention en ramassant ta savonnette.

Il savoura la satisfaction de voir l'unique pupille de Vinnie s'écarquiller de terreur, puis se redressa et se tourna vers la femme à qui il tenait davantage qu'à sa vie.

Elle se jeta sur lui et il la serra contre lui aussi fort qu'il put sans l'écraser. Son corps trembla contre le sien et il ne pensa plus qu'à l'entraîner loin de la folie qui les entourait.

Il glissa un bras sous ses jambes, la souleva, sortit de la cage et traversa la foule jusqu'au vestiaire. Dès qu'ils eurent franchi la double porte du couloir, il vit Xander et Joey qui s'avançaient vers eux, poussant devant eux un Sicoli menotté et piteux.

— Vous l'avez eu, dit Aiden à l'intention de Kat. Tout est terminé.

— Ouais, on l'a coincé sur le parking, jubila Xander.

Kat, qui avait gardé son visage enfoui dans son cou, releva la tête pour regarder l'homme qui l'avait terrorisée pendant des mois. Joey, qui tenait le bonhomme par le bras, tira dessus pour l'obliger à s'arrêter.

— Il ne pourra plus jamais embêter personne, maintenant, déclara Joey en couvant Kat d'un regard chaleureux.

— Il sera libéré dans combien de temps ? demanda-t-elle en affermissant son étreinte autour du cou d'Aiden.

— Il ne ressortira pas, ma douce, répondit-il tout en foudroyant Sicoli d'un regard assassin. Mon copain Joey travaille maintenant pour le FBI et il l'emmène avec lui. Cet escroc est recherché pour racket et trafic sexuel dans l'État de New York.

— Entre autres choses, ajouta Joey. Ce qui explique qu'il se soit terré dans les montagnes du Tennessee ces dernières années. Il passera le restant de ses jours en prison, Kat. Je vous le promets.

Elle acquiesça en silence et se laissa à nouveau aller au creux de l'épaule d'Aiden. Elle semblait épuisée. Il salua ses amis d'un signe de tête et l'emmena au vestiaire. Après avoir verrouillé la porte, il la porta jusqu'au divan et la fit asseoir sur ses genoux.

Il caressa ses cheveux et se prépara à recevoir les réponses qu'elle allait donner à ses questions.

— Qu'est-ce qu'il s'est passé, mon cœur ? Est-ce qu'ils t'ont... Est-ce que Vinnie...

Bon sang, il n'arrivait même pas à le dire.

Elle renversa le visage en arrière et leva vers lui le regard insondable de ses yeux bleu topaze.

— Non. Sicoli ne voulait pas de « marchandise abîmée », dit-elle doucement. Il ne l'a pas laissé me toucher.

Aiden laissa échapper un soupir de soulagement.

— Dieu merci, murmura-t-il en l'attirant contre lui.

Il refoula les larmes qui lui montèrent aux yeux, bouleversé de la sentir à nouveau entre ses bras.

— Je n'arrive pas à croire que ce soit vraiment fini.

— Tu dois le croire, Kitty-Kat, souffla-t-il d'une voix brisée par l'émotion. Et je ne permettrai plus jamais à personne de te faire du mal. Je le jure.

Elle remua de façon à enfourcher ses genoux et prit délicatement sa frimousse tuméfiée entre ses mains.

— Est-ce que ça veut dire que tu vas arrêter de me résister ? Que je vais pouvoir t'avoir rien qu'à moi sans que tu cherches à me repousser « pour mon bien » ?

— J'ai fini par admettre que tu étais une adversaire redoutable et je me déclare vaincu par abandon, répondit-il avec un sourire qui craquela les filets de sang coagulé sur ses joues. Je serai à toi aussi longtemps que tu voudras de moi, Kitty-Kat.

— Tant mieux. Parce que tu es la meilleure chose qui me soit jamais arrivée de ma vie et je n'ai pas l'intention de te laisser filer. Je t'aime, Aiden.

— Oh, ma douce, murmura-t-il contre ses lèvres. Moi aussi, je t'aime. Je t'aime tellement.

Incapable de se contenir plus longtemps, il captura sa bouche et l'embrassa de toute son âme. Kat finit par rompre leur baiser et se leva.

— Viens, dit-elle. Je veux rentrer à la maison.

Alors qu'elle traversait le vestiaire, Aiden prit soudain conscience qu'il avait bien failli ne plus jamais la revoir. Ne plus jamais l'observer mener à la baguette toute une salle d'ivrognes du samedi soir. Ne plus jamais sentir son regard toucher son âme pendant qu'il lui faisait l'amour.

Il n'y avait pas très longtemps de cela, il vivait une existence triste et monotone, sans aucune intention de la changer. Et maintenant, il ne pouvait plus envisager de respirer sans elle. Elle lui avait apporté la joie et la spontanéité.

Et aussi miraculeux que cela puisse paraître – l'amour.

Une main posée sur la poignée de la porte, elle se retourna et inclina la tête d'un air perplexe.

— Tu es avec moi, Irish ? lui demanda-t-elle simplement.

Aiden ramassa son sac, la rejoignit et l'enlaça.

— Oui, Kitty-Kat, répondit-il le plus honnêtement du monde. Je suis avec toi.

Elle sourit, noua ses doigts aux siens et ils se dirigèrent ensemble vers le parking et vers une nouvelle vie… à deux.

22

Vanessa avait raison. Kat *adorait* Hawaï. Elle n'avait jamais été fan des villes surpeuplées et avait toujours rêvé de grands espaces, loin de la civilisation. Oahu répondait à toutes ses attentes… en mieux.

Kat avait ressenti le besoin de faire une pause au milieu des festivités du mariage. Elle se tenait debout, face à l'océan, l'écume des vagues venant lécher ses pieds nus et l'ourlet de sa robe de demoiselle d'honneur. Elle leva les yeux vers la pleine lune projetant ses rayons sur la surface de l'eau et prit conscience de la vitesse à laquelle sa vie avait changé au cours des dernières semaines. Et de tous les changements qui s'annonçaient dans les mois à venir.

Après l'arrestation de Sicoli, ils avaient décidé de quitter Alabaster pour aller chez Aiden, à Boston. Elle avait fait connaissance avec les autres femmes de sa vie, qu'elle avait toutes adorées et qui, selon Aiden, ressentaient toutes la même chose vis-à-vis d'elle. Sa mère l'avait même prise à l'écart pour la remercier d'avoir « ramené son fils d'entre les morts ». Ce à quoi Kat avait répondu : « Il m'a sauvée du même endroit. »

Ils avaient aussi passé pas mal de temps avec Joey. Kat avait apprécié de les voir se retrouver, se raconter de vieilles histoires et en partager de plus récentes.

Et puis ç'avait été au tour de Kat de faire amende honorable vis-à-vis de sa famille. Aiden avait fini par la convaincre d'appeler sa sœur. Kat avait été si distante de Nessie pendant tellement longtemps que l'idée de lui parler, et plus encore de la revoir, l'avait rendue nerveuse. Mais quand elle avait composé son numéro, Aiden s'était assis auprès d'elle et avait passé son bras autour de ses épaules pour lui apporter son soutien, comme toujours.

Reprendre contact avec sa sœur leur avait permis de vivre depuis trois semaines dans ce paradis tropical. Et elles avaient passé chaque jour ensemble. À finaliser les détails du mariage de Jax et Vanessa ou bien à se prélasser sur la plage en regardant Jax tentant vainement d'initier Aiden au surf.

Elles avaient aussi parlé de leur enfance et de ce que Kat avait enduré après le départ de Nessie. Des conversations difficiles, mais cathartiques également. Ces trois semaines leur avaient permis de se découvrir en tant que femmes, certes bien différentes des gamines terrorisées qu'elles avaient été autrefois.

Maintenant qu'elle avait retrouvé sa sœur et que l'homme qu'elle aimait était auprès d'elle, il ne pouvait plus rien lui arriver.

— Hé, Kitty-Kat. Tout va bien ?

Elle se retourna et vit Vanessa approcher dans son élégante robe de mariée. Sa sœur était encore plus belle que dans son souvenir. Plus féminine, plus gracieuse et infiniment plus classe. Enfin... tant qu'on ne plaçait pas un verre de bière dans sa main et qu'on ne la défiait pas aux fléchettes ! Kat avait été ravie de découvrir la facette trash de Nessie quand ils avaient passé une soirée au *Duke's Waikiki*. Après douze shots de tequila, sa grande sœur était toujours capable de tirer dans le mille.

— Oui, oui. Je profite du paysage, répondit Kat. Ça me manquera.

— Je regrette que tu doives repartir si tôt, dit Vanessa en prenant ses mains. Vous êtes vraiment obligés de rentrer à Boston ?

— On en a déjà parlé, Nessie. Aiden a cru faire un trait sur sa vie quand Jax et toi lui avez demandé de me retrouver, et je veux qu'il passe plus de temps avec sa famille. Et puis il a déjà une maison là-bas, alors ça s'impose comme une évidence.

Vanessa poussa un soupir de résignation.

— Bon, du moment qu'il ne s'oppose pas à mon droit de visite chaque fois que l'envie m'en prendra, déclara-t-elle avec un clin d'œil.

— J'y veillerai, assura Kat en riant.

Nessie noua son bras à celui de sa sœur et se tourna vers l'océan. Kat avait encore du mal à réaliser qu'elle avait retrouvé sa sœur. Après tant d'années passées à tenir Vanessa à distance pour la protéger, chaque fois qu'elles se retrouvaient ensemble, le moindre détail la rendait toute chose et elle ne savait pas trop comment gérer ça.

— Nessie, je sais que je suis très maladroite quand il s'agit d'exprimer mes sentiments, mais je veux que tu saches que je suis très heureuse pour toi.

Kat sentit le regard de sa sœur peser sur elle, mais n'osa pas le croiser par crainte de fondre en larmes.

— C'est tellement flagrant que Jax t'aime, qu'il t'adore, même, et... je suis si contente que vous vous soyez trouvés. Voilà.

— Oh, ma chérie, s'émut Vanessa en la serrant dans ses bras. Merci. Tu ne peux pas savoir combien ça me touche. Mais je tiens à ce que tu saches, ajouta-t-elle en s'écartant pour la regarder dans les yeux, que quel que soit l'amour que j'ai pour Jackson, sans toi, ma vie ne pouvait pas être parfaite.

Des sanglots vinrent brouiller ses yeux verts et Kat sentit que la même chose se produisait dans les siens en dépit de ses efforts pour bloquer ses glandes lacrymales.

— Tu as toujours été la pièce manquante dans mon cœur. Il n'y a pas de mots pour exprimer ce que je ressens maintenant que je t'ai retrouvée. Je t'aime tellement, Kitty-Kat.

Nessie pouvait se vanter d'avoir réussi à faire pleurer Kat. Quelques larmes avaient suffi pour réduire à néant le dur labeur fourni par le staff des organisateurs de mariage pour faire de Kat une demoiselle d'honneur digne de ce nom. Maintenant, elle devait être décomposée, avec le nez tout rouge et les yeux gonflés et dégoulinants de mascara. Mais au risque d'empirer les choses, Kat serra sa sœur dans ses bras.

— Je t'aime aussi, Nessie, murmura-t-elle.

— Dis-moi, Irish, tu n'as jamais fantasmé de te faire deux sœurs ?

— Non, celle que j'ai me suffit.

Elles s'écartèrent l'une de l'autre pour découvrir Jax et Aiden qui avançaient vers elles, tout pimpants dans leurs costumes de mariage. Dès qu'il fut à portée de main, Vanessa fit mine de repousser son futur mari d'une tape sur le torse. Il rit, la prit à la taille et déposa un baiser sur son front.

Aiden adressa un sourire à Kat et elle se jeta dans ses bras. Levant les yeux vers lui, elle haussa un sourcil.

— Alors comme ça, je « suffis » à monsieur ?

Il inclina la tête pour approcher la bouche de son oreille.

— Ça serait pas classe de dire à un mec le jour de son mariage que c'est moi qui ai décroché la plus jolie des deux.

Kat gloussa.

— Tu es vraiment un bon copain.

— Si c'était un aussi bon pote, il arrêterait de chipoter sur les détails de notre association, intervint Jax qui devait avoir surpris une partie de leur échange.

Aiden braqua sur Jax un regard furieux et Nessie laissa échapper un soupir dégoûté. Kat se tourna vers son beau-frère.

— Quelle association ?

— Je lui ai proposé d'ouvrir un gymnase d'AMM, mais il fait sa chochotte.

— C'est pas vrai. C'est toi qui t'excites comme un gamin.

Kat leva les mains en l'air.

— Waouh ! De quoi vous parlez, exactement ?

Une vague aspergea le pantalon de lin blanc et la chemise assortie de Jackson. Kat s'efforça de réprimer un éclat de rire face à son expression choquée quand il se tourna vers sa femme qui le contemplait avec un sourire satisfait.

— Tu avais dit que tu lui laisserais le temps d'en parler avec elle, dit-elle d'un ton accusateur.

— Il a déjà eu plusieurs semaines pour le faire. Si je ne lui avais pas mis un pétard sous le cul, il n'aurait jamais bougé !

D'abord déterminée, l'attitude de Jackson devint soudain offensive. Et quand il tira le cordon de son pantalon pour l'enrouler autour de sa main, les yeux de Vanessa s'écarquillèrent.

— Jackson, dit-elle d'un ton égal tout en reculant d'un pas, tu te souviens que je t'ai dit que je te ferais payer de m'avoir flanqué notre gâteau de mariés dans le nez ? ajouta-t-elle en reculant encore de deux pas. Eh bien considère que nous sommes quittes désormais. C'est fini.

Jax avança. Et elle recula encore.

— Jackson Thomas Maris, je porte ma *robe de mariée* !

— Cours petit lapin, cours, répondit-il en la gratifiant d'un clin d'œil assorti d'un sourire diabolique.

Vanessa poussa un cri de terreur qui s'acheva sur un éclat de rire avant de soulever sa tenue et de s'enfuir le long de la plage, son mari sur les talons.

— Cette fois, j'en suis sûr, ces deux-là sont complètement fous, déclara Aiden en croisant les bras.

— Ce n'est pas moi qui te contredirai. Dis donc, si tu me parlais un peu de ces projets avec Jax ?

Aiden plongea les mains dans ses poches et contempla la surface de l'océan.

— Ce ne sont pas vraiment des plans. Pas encore. Je voulais d'abord t'en parler pour savoir ce que tu en penses.

Kat se planta devant lui.

— D'accord. Parle-m'en.

Il prit une longue inspiration avant de se lancer.

— Je me suis dit que je pourrais me servir de l'argent que m'a rapporté le Four by Four pour investir dans un gymnase avec Jax. Il a l'intention d'en ouvrir un ici et je me suis dit que ce serait un moyen de gagner ma vie tout en m'entraînant en vue de reprendre ma carrière.

— Mais… et ta maison de Boston ? Ta famille, Joey ? Ils sont tous là-bas.

Il posa les mains sur sa taille et l'attira contre lui. Kat fit remonter ses mains le long de ses bras et les posa sur ses épaules.

— J'ai déjà passé toute ma vie là-bas. Et j'ai bien vu que tu te plaisais ici. Tu as besoin d'être avec ta sœur, et moi, tout ce que je veux, c'est être avec toi.

Kat sentit ses larmes remonter.

Encore ! Ça devient ridicule, à force !

— Et puis, ajouta-t-il, on pourra toujours retourner à Boston de temps en temps, en visite.

— Dans ce cas, autant programmer tout de suite une ou deux visites au cours des six mois à venir, parce qu'après, ça risque d'être compliqué.

— Comment ça ? demanda-t-il en fronçant les sourcils.

Son ventre se serra et elle se sentit si nerveuse qu'elle faillit changer de conversation, mais elle prit son courage à deux mains.

— Parce que j'imagine qu'un vol aussi long ne doit pas être très pratique avec un bébé.

Aiden lui donna l'impression d'avoir cessé de respirer. Le cœur de Kat se mit à cogner très fort tandis qu'elle guettait la réponse de l'homme qu'elle aimait.

— M-mais… C-comment ? D-depuis combien de temps ? bredouilla-t-il finalement.

— À peu près six semaines, je dirais. Tu te souviens de la fois où on était dans la Nova de Xander ?

— Mais c'est la seule fois !

— Oui, répondit-elle, de plus en plus nerveuse. Bizarrement, il en suffit d'une.

Aiden la tint à bout de bras et posa sur son ventre plat un regard émerveillé.

— On va avoir un bébé, murmura-t-il avant de relever les yeux. *On va avoir un bébé !* cria-t-il alors.

Il saisit sa taille, la souleva et la fit tournoyer avant de la reposer délicatement sur le sable.

— Tu ne peux pas savoir ce que tu me rends heureux ! Bon, alors je suppose qu'il faut que je fasse de toi une honnête femme et que je te demande en mariage, hein ?

— Ça ne me dérangerait pas qu'on ne soit pas mariés, répondit-elle franchement. Du moment que tu ne cesses jamais de te battre pour nous et notre famille.

— Jamais, je le jure.

Il prit son visage entre ses mains et l'embrassa à la lueur de la lune, plus tendrement que Kat n'aurait jamais cru possible.

— Mais autant te l'avouer tout de suite, j'ai vraiment très envie de me marier avec toi. De te délivrer de ce stupide patronyme écossais pour te faire don d'un noble nom irlandais.

— Ah, vraiment ? gloussa-t-elle.

— Oui. Alors qu'est-ce que tu en dis ? ajouta-t-il en la soulevant dans ses bras. Tu es avec moi, Kitty-Kat ?

Des larmes dans les yeux et la gorge nouée, Kat hocha la tête.

— Maintenant et pour toujours.

Composition
NORD COMPO

Achevé d'imprimer en Espagne
par CPI Iberica
le 6 avril 2015.

Dépôt légal avril 2015.
EAN 9782290110744
OTP L21EDDN000656N001

ÉDITIONS J'AI LU
87, quai Panhard-et-Levassor, 75013 Paris

Diffusion France et étranger : Flammarion